小説

独《とっ》鈷《こ》山《ざん》

黒坂 正文
KUROSAKA Masafumi

文芸社

もくじ

読者の方へ……文中、現代では、不適切な用語も含まれていますが、時代背景に鑑みて、当時使用されていた言葉として記していることをご了解ください。

信州に遅い春がようやく到来、花が一斉に咲き始めた四月下旬。さんさんと降り注ぐ春の光に包まれた真っすぐな道を、一人の少年が叫びながら、学校から集落に向け走ってくる。「はだしのアベベ、いよいよ独走状態です。なんということでしょう。この無名の選手が、このローマ・オリンピックで……。これをカイキョと言わずして、なんと言いましょう?」

ラジオで聴いた、一九六〇年ローマ・オリンピックのマラソン実況中継を、アナウンサーとアベベになりきって、走りながら、再現しているのである。

昼に近い午前中、真っすぐな道には少年一人しかいない。

少年の名前は古坂一平。西塩田小学校の四年生である。

学校道

上田駅で、別所線と呼ばれるローカル線に乗り換えると、小さな電車が、西へ約十キロの所にある別所温泉に向けて、ゆっくり走りだす。

千曲川の赤い鉄橋を渡った電車は、のんびり横揺れしながら走り、しばらくすると山国信州には珍しく、空が広い田園地帯に入っていく。ここは塩田平と呼ばれる。この塩田平の南側には、いくつもの鋭い切り立った峰々が、まるで巨人の群れのようにそびえている。独鈷山《とっこざん》と呼ばれる。

独鈷山の山麓には、いくつかの集落が点在しており、その最も東にあるのが東前山集落。その東前山集落から一本の道が、定規で引いたかのように真っすぐ、西の端の手塚地区にある小学校に向かっている。その道は「学校道」と呼ばれている。おそらく子どもたちが、学校へ通うためだけに作られた道だから、そんな名前が付いたのだろう。登校時は蟻の行列のように、子どもたちは、その道をゾロゾロと学校に向かう。

東前山から学校までは約二キロ。途中上り下りもあるので、低学年の子どもの足では、四十分近くかかる。その道を一平は、真っ昼間、学校は授業中だというのに、集落に向けて走っているのだ。

一平の担任は、二年までは上野先生という優しい女の先生だったが、三年から「オニダ」に変わった。本当は尾谷だが、あまりにも恐ろしいので、子どもたちは陰で「オニダ」「オニダ」と呼んでいた。戦争中は軍隊の上官だったそうで、その規律をそのまま学校に持ち込んで、子どもにゲンコツは当たり前だった。「民主教育」が叫ばれ始めた頃で、親たちからクレームが付いたが、それもどこ吹く風、「オニダ」は自分の教育方針を変えようとしなかった。

三年になって「オニダ」が担任と決まったとき、二歳上の姉から「一平、オニダに決まったんだって？　オニダはオッカネエぞ」と散々脅かされた。西塩田小学校には一学年に西組、中組、東組と三クラスあり、一クラス三十五名ほど、全校で約六百名が在校していた。これほどたくさんのクラスがあるのに「オニダ」が当たるとは……。一平は自分の悲運を嘆いた。

でも、一年間、オニダと付き合ってきて、最近、なんだかオニダが、そんなに嫌いじゃなくなっていた。相変わらず、ゲンコツは食らうが、いいのは「ひいきをしない」こと。勉強ができる子にも、エライ人の子にも、先生の子にも悪いことをしたら、対等にゲンコツを食らわせた。「ひいき」も「ゲンコツ」もイヤだったが、比べたらまだ「ゲンコツ」

の方が、爽やかさが残った。

そして「鬼のオニダ」は、忘れ物は必ず家まで取りに行かせた。どんな遠い所でも行かせる。学校の西側には女神岳《めがみだけ》という高い山がそびえ、その山を越えた所に野倉という集落があり、冬は分校になるほど遠いのだが、そこの子たちでさえ、忘れ物をしたら容赦なく「取りに行ってこい」と行かされる。取りに行って戻ってきたら、もう学校は終わっている。「厳しい罰を与えたら、忘れ物はしなくなるだろう」とオニダは信じていたのだろう。

一平は、なんとも忘れ物が多い少年だった。その日も、三時間目の国語の授業が終わり、四時間目の算数の授業のために教科書を出そうと、ランドセルをのぞいたら、算数の教科書が入っていない。

「ありゃあ、昨日、姉チャンに分かんないとこ聞いて、あのまま茶の間に忘れてきた」

一平はすかさず、いさぎよく、

「先生、教科書忘れました」

と、教壇に立つオニダのところに行って叫んだ。オニダは、

「またか?」と、ゴツンと頭を小突くと、

「取りに行ってこい」

と、静かに言う。

一平は、「行ってきまーす」と、教室を飛び出した。下駄箱に上履きを入れると、靴は履かずに、そのまま裸足で駆け出した。校門を出たところから、一平の実況中継が始まった。

「オリンピック競技場をスタートしたアベベ、なんと裸足です。三十分後に、ここに帰ってきます。果たして新記録が出せるでしょうか？」

一平は走るのが大好きだった。学校へ行くときも、山へ行くときも、いつも走っていた。特に、忘れ物をして、昼間、誰もいない「学校道」を日差しと風をいっぱいに浴びて走るのは、これが天国というものではないか、と思えるほど全身が溶けそうなぐらい気持ちが良かった。足の裏が土に触れるたび、粘土質の土の柔らかさが跳ね返ってくる。道の真ん中には草が生えていて、時々、その草の上を走る。

「おっと、アブねえ」

一平は草をよけると、一瞬止まり、

「また、こんな罠作りやがって」と、草の先を結んで、それにつまずいて転ぶようにしてある「罠」を思い切り蹴った。

草は「ブチッ！」と音を立てて切れた。四年生になった一平の足は筋肉も付き、それくらいの罠は一蹴りで壊すことができた。

「まったく、あの第四地区の六年生たちは『ワルイコ』だなあ。一年生が引っかかって転んでケガでもしたらどうするんだや？」

決して「良い子」とは言えない一平が、急に大人びて言った。

この罠は、東前山第四地区に住む六年生のワルグループが作ったに違いない、と一平は確信した。東前山集落は六つの地区から構成されており、山際の東に第三地区、少し離れて西に第四地区があった。

そして、アベベは、また走り出した。

学校道は東前山集落の入り口で上下二つに分かれる。上は第四地区に行く道、下は第三、第二地区に行く道である。

まもなく、その二股に着こうとしていたとき、二股の下の方から、一人の少年が、母親らしき人と一緒にとぼとぼと歩いてきた。

「だれだや？」

一平は見たことのない少年と母親らしき人を、ジロジロと眺めながら、すれ違った。少年の年は、自分と同じか一学年下に見えた。向こうの二人も、こんな昼日中、裸足で走っている少年に驚いて目をまあるくした。母親らしき人に手を引かれた少年は、地元の人間でないことが一目で分かった。この地域で四月に半ズボンをはく子どもはいない。真夏でもめったにはかない。

肌の色も青白く、明らかにこの辺りの子どもとは違う。上田市内か、もっと遠くから来たのだろう。一平はすれ違った後、向きを変え、バックで走りながら二人をずっと見つめていた。バックだろうが、目をつむってだろうが、夜中だろうが走って家までたどり着ける自信があった。

一平の家は、第三地区の上の方にあった。一平の父は土木工事の技師。そのころ、長野県の北西に建設されていた大きなダム工事に関わっていたので、正月以外帰ることはなかった。その家を、母と祖母が守っていた。技師の給料は安く、母と祖母が養蚕と稲作をやり、家計を支えていた。一平の家の隣には桑畑が広がっていた。

一平は家の前まで来ると、

「アベベ、いよいよ折り返し点です」

と実況すると、家に向かって、

「ただいま」

と大声で叫んだ。

すると桑畑の方から、

「一平か？　また忘れもんか？　この馬鹿たれ」

と、ばあちゃんの声がした。そして続けて、

「台所にイモふかしてあるから、食ってけ！」

と言ってくれる。

一平は茶の間にあった、算数の教科書を持つと、台所に行き、まるで帰ってくることを予期して、置いておいてくれたかのようなふかし芋を頬《ほお》張った。ばあちゃんのふかした芋は甘くて、

「ウマイ、ほっぺたも鼻も落ちそうだ」

と叫んだ。

芋を二つ食べ、表に出ると、

「アベベ、折り返しました」

と言って、学校に向かって再び走り出した。このペースで走ったら、あの二人に必ず追

いつける、と確信したが、「折り返し」では農作業から昼飯を取りに帰る顔見知りの大人以外、誰にも会うことはなかった。

「あの二人は、どこへ消えたのだろう?」

と不思議に思いながら、二宮金次郎の石像が待つ校門に到着した。校門をくぐって、

「アベベ、凱旋門に到着です。世界新記録です。金メダル、おめでとう」

と叫んだ。そんな一平を、午前中の授業を終え下校する新一年生が、ポカンと口を開けて見ていた。

足を丁寧に洗い、上履きを履き、ソロリソロリと教室に入ると、オニダはジロッと見て、かすかに微笑みを浮かべた。一平は、なんだか薄気味が悪かった。その笑いと同時に、カランカランと用務員さんが鳴らす鐘が鳴り、四時間目が終了した。結局、家まで取りに帰った算数の教科書は、なんの役にも立たなかった。

転校生

給食と昼休みが終わると、五時間目の社会が始まる。

芋と給食をたらふく食べた一平は眠い。でも、その眠気を吹き飛ばすようなことが起き

た。オニダが一人の少年を連れて教室に入ってきたのだ。みんなザワついた。そして後ろの方に座っていた春雄たち男子数人は、

「半ズボンだぜ」

と笑った。でも、一平だけは笑う前に、

「あっ」

と声を上げた。その少年も一平を見た。オニダが、

「今日から、おまえたちと一緒に勉強する転校生を紹介する。自己紹介を」

と少年に促した。

一平は「緊張している転校生に、もう少し優しくなれないのか？　東組の山田京子先生だったら、『新しいお友達を紹介します』とか言うだろうに、オニダはどこまでもツメタイ」と、心でつぶやいた。

少年は極度に緊張しているらしく、しばらく声が出ない。

でも、声を振り絞るように言い始めた。

「カカカ」

ドモっている。これにはクラス中からクスクスと笑い声が出た。

「笑うな！」

オニダが鬼の形相で皆をにらみつけた。少年は、その声に押され、気持ちを取り戻し、

「カカ、カツマタツヨシです。ヨヨヨ、よろしくお願いします」

と言い切った。オニダが黒板に「勝俣剛」と書いた。小柄でひ弱な少年は、完全に名前負けしていた。また笑いたくなったが、皆、我慢した。

オニダが、

「勝俣剛は東京の小学校から来た」

と言った。また、みんなザワついた。

「東京だって」

という声が女子から聞こえる。ほとんど転校生などやって来ることがない村で、「転校生」というだけでも珍しいのに、「東京から」というのは、ザワつくのも無理はなかった。

そしてオニダは、

「後ろの空いてる席へ」

と、一平の隣の席を指さした。そこは昨日まではなかったのに、朝来たら置いてあった席だった。そして、オニダは、

「一平！」

と、カツでも入れるかのような声で一平に向かった。

「ハイ」

と元気よく答えた一平にオニダは、

「おまえが、いろいろと面倒見て、教えてやれ。家はおまえの家の近くだ」

と言い放った。

「オレかよ？」

一平は自分を指さし、クラス中が一平を興味深く見た。一平は、

「なんでオレが、コイツの面倒見なきゃいけねえんだよ」

とぼやいた。でも、なんだか分からないが、少しうれしさもこみ上げてきた。家でも学校でも教えてもらう立場ばかりで、人に教えてあげることは、ほとんどなかったからかもしれないが、それだけでもないような気がした。

午後の授業は、社会と国語。勝俣剛はもらったばかりの「信濃教育会」というところが作った、長野県にしかない教科書をうれしそうに広げ、熱心にノートも取った。いつも授業中ボーッとしてオニダにゲンコツを食らっている一平も、それにつられて、その日は授

業に集中した。

「何せ、オレは教える立場だから、模範とならなければならないのだ」

と胸を張った。

六時間目が終わると、いつもは校庭で野球をやって帰るのだが、その日、校庭は村の消防団が訓練に使うから下校するようにと言われ、仕方がなしに帰ることにした。

走るのが大好きだった一平は、いつものように走って帰ろうかと思ったが、そういう訳にはいかない。剛がねだるように見つめてくるので、

「勝俣君、一緒に帰ろうか?」

と言った。クラスのみんなが興味津々、一斉に見つめた。

「一平さん、よろしくね」

と、春雄がからかう。一平と剛は並んで校門を出る。校門を出るときに、二宮金次郎の石像にペコッと頭を下げる。

「登校するときと、下校するときにはこうやってな。この人に頭を下げるんだ」

一平が教える。

「コココ、この人、誰?」

と、剛が聞いてくる。

「この人、知らねえのか?」

剛が首を横に振る。

「東京の学校には、いねえのか?」

剛がうなずく。一平は得意になって、

「この人はなあ、ニノミヤキンジロウという人」

「どどど、どんな人?」

「エライ人だ」

「どど、どんな?」

「オレもよく知らねえ」

メンドクセエ、と一平は思った。

二人は、東前山集落に向かって歩きだした。それにしても、剛は歩くのが遅い。一平が速すぎるのか、剛はすぐに遅れてしまう。イライラした一平は、

「おまえ、もっと速く歩けねえのか?」

と文句を言った。

「ゴゴゴ、ごめん。僕歩くのは苦手で……」

一平は、

「おまえ、それでよくこんなところに引っ越してきたなあ？　オレたちの村から学校まで、毎日一時間は歩かなきゃいけねえんだぞ。オレはアベベだから、まあ三十分もあれば軽く往復するけど。それに、今はまだいい季節だけど、真冬は零下二十度にもなって鼻が凍るんだぞ」

と脅した。剛の顔は青ざめた。そして、

「ところで、おまえに今日会ったよな。あの後、オレは忘れ物を取ってすぐに引き返したんだけど、絶対おまえたちを追い抜けると思ったのに、いなかった。どこへ消えたんだ？」

と聞いた。

「ニニニ、にし前山の家」

「西前山か？」

西前山とは、東前山から学校に向かう途中にある集落だ。

「西前山に親戚でもあるのか？」

「ウン」

剛がうなずく。

「どこのウチだ？」

「ささ、さくらだ……」

「桜田さんちか？」

桜田家は、西前山では大きな家だ。一平も知っていた。

「おまえ桜田さんちと、どういう関係だ？」

「ととと、とうサンの家」

「そうか、桜田さんちが、父ちゃんの家か？　じゃあ、西前山に住めばいいじゃねえか？

父ちゃん仕事、何やってるんだ？」

「死んだ」

剛はドモらずに言った。

その気迫のようなものに押され、一平は押し黙ったが、すぐに、

「そうか、オレも父ちゃんは、ほとんど帰ってこねえから死んだようなもんだ」

と言い、剛をなんとか慰めようとした。うつむいてしまった剛に一平は、

「オメエ、あの山の名前知ってるか？」

と、南にそびえる山を指さした。剛は首を横に振る。

「あれは独鈷山ていうんだ。昔、弘法大師というエライ坊さんがここへ来て、峰だか谷だかが、百あったら寺を建てようと思ったけど、残念ながら九十九しかなかったんで、独鈷というお経を読むときに使う道具を置いていったんだって。だから独鈷山。格好いいだろう？　峰がいっぱいあって。峰がなんか一人一人の顔みてえだろう？　オレはあの一番右の峰。オメエは小っちゃいから、あの真ん中の小さい峰」

剛は不機嫌な顔をした。

「うん？　いやか？　じゃあ、あのスラッとした高い峰。だったらいいか？」

剛はうなずいた。一平は、

「独鈷山は校歌にも出てくるからな」

と言って、歌いだした。

「朝空高くそびえ立つ、独鈷の峰が呼んでいる………」

すると剛は、一平に、

「ここ、これあげる」

と、何か差し出した。

一平は仰天した。

「おまえこれ、長嶋のブロマイドじゃねえかよ。どうしたんだ?」

「ささ、最初の友達に、あげようと思った」

「ほんとにくれるのか? おれ、長嶋の大ファンなんだ。本当にいいのか? いやあ、いい奴だなあおまえ。じゃあ、あの細い峰じゃなくて、一番てっぺんの峰にしてやる」

長嶋のブロマイドをもらった一平は小躍りした。こんなものは、この辺りでは売っていないどころか、東前山に店は一軒もなかった。

一平は手をズボンでこすり、丁寧に、汚さないように長嶋のブロマイドをランドセルのポケットに入れた。

「わりいなあ。こんなもんもらっちゃって。おれも何かお近づきの印を、と思うんだけど、何もねえなあ」

と言いかけたが、

「そうだ」

と、ランドセルのふたをもう一度開け、奥の方をごそごそ探すと、小さな一センチほどの石を取り出した。そして、

「おまえに、これあげるよ」

と差し出した。それは白く輝く水晶のような石だが、曲がった十字架のような形をしていた。

「キレーイ！」

女の子のような声で剛が叫んだ。

「これはな、〝掛け算石〟っていうんだ。ほら、石の形がバッで掛け算になっているだろう。あそこに独鈷山より低い山があるだろう？　あれは弘法山っていうんだけど、あの山で採れるんだ。今度連れてってやるよ」

剛はうれしそうに受け取ると、ランドセルを持ってきていなかったので、布の袋にしまった。

互いにモノを交換したところで一平が聞いた。

「ところで、オレたちなんて呼び合う？」

剛が何か言う前に、一平が言う。

「オレは、みんなにイッちゃんて呼ばれているから、そう呼んでくれ。おまえはツヨシだから、ツッちゃんか？　なんか変だなあ。つんのめりそうだなあ。じゃあツヨシでいいか？　オレはおまえの先生だから、呼び捨てでも」

「ウン」

剛はうれしそうに、うなずいた。

「それにしてもツヨシ、オメエは運の悪い奴だなあ。何もオレたちの中組にならなくてもよかったのに。西組だったら林先生は優しいし、東組の山田京子先生なんか優しいだけじゃなくて、いい匂いがするぞ。オニダはいつも汗くせえし、なんていったって学校で一番おっかねえぞ」

剛が首をかしげる。

「あっ、オニダってのは、尾谷のことを、あんまりおっかねえから、みんな陰ではオニダ、オニダって呼ぶんだ。怒ると、ゲンコツだぞ。オレなんかほとんど毎日食らってるよ。今日もゴツンだ。おかげで、また頭悪くなっちゃったよ」

と頭をなでる。

「それはそうとツヨシ、オニダがオメエの家はオレんちの近くだって言ってたけど、どこだ？」

と聞いた。

「ししし、下の方」

「第三地区の下の方か？　もしかしてトメばあさんが住んでた所か？」

剛は首をかしげた。

一平が「トメばあさんが住んでた家」と言わずに、「所」と言ったのには訳があった。

その家は、半分は牛小屋だった。いや半分どころか、ほとんどが牛小屋で、部屋が一つ付いているだけだった。そこに、トメさんというお婆さんが一人で住んでいたが、二年ほど前に亡くなっていた。牛も耕運機がでてきたので、いつの間にかいなくなり、ずっと空き家になっていた。

「あそこかあ」

つぶやいた一平は、山姥《やまんば》のようなトメさんが、ボロボロに破れた戸を開けて出てくる姿を思い出し、少し憂鬱《ゆううつ》になった。

真っすぐな学校道が二股で分かれるが、二人とも左に行く。ただ、その先をしばらく行くと、東前山を上下に走る坂道に突き当たり、そこで二人は別れる。一平は右に折れ坂を上り、剛は左に折れ坂を下る。

一平はもう少し、剛と話してみたかったが、「この新しい友達のことを早く母ちゃんや

婆ちゃんに話したい」という欲求の方が勝っていた。一平は剛に、

「じゃあな、あしたの朝ここで七時に会って、一緒に学校行こうぜ」

と言うと、山に向かって伸びている急な坂道を一気に駆け上がっていった。

剛の家の田んぼ

「かあちゃん！　ばあちゃん！」

大声を出して、一平が家に飛び込んでいった。

一平の祖母と母は、農作業を終えてお茶を飲んでいた。

「なんなんだ？　何が起きた？」

と婆ちゃんが聞く。

「大変だ！」

「いったい、どうしたんだ？　学校に何か忘れてきたか？」

「そんなんじゃねえ」

「どうした？」

「今日、転校生が来た。しかも住んでるのは東前山だ。あのトメばあさんが住んでた所だ」

よほど驚いてくれるだろうと思ったが、二人に反応はない。

「知ってるよ」

婆ちゃんと母ちゃんが冷たく言う。母ちゃんが、

「今日、お母さんが挨拶に来たよ。一平君と同じクラスになったようだから、よろしく、って」

「なんだ、知ってたのか？」

一平は気が抜けてしまった。母ちゃんが言い始めた。

「東京の江東区からだって」

「コウトウクって、どこだ？」

「ごみごみした所だよ。埋め立て地で、川より低い所だよ」

母ちゃんが教えてくれた。

「へー、東京には、川より低いところがあるのか？　それで家は水に浸からねえのか？」

「しょっちゅうあふれて、町中水浸しらしいよ」

「そりゃ大変だなあ」

そう言いながら、これは知らないだろう？　とばかりに得意げな顔で一平は言う。

「父ちゃんは西前山の人だって？」

でも、それも知っていた。

「そう、桜田さんちの一番下の息子だね」

母ちゃんが言う。

「じゃあなんで桜田さん所に住まねえんだ？」

一平が聞く。

「遠慮したんじゃねえかや」

婆ちゃんが言い始めた。そして続ける。

「その息子は昔、桜田から東京の金持ちの親戚に養子にもらわれていったんだ。でも、戦争で全部焼けちゃって。戦争が終わって結婚して、子どもが生まれて、なんとか幸せを取り戻した。だけど、結核をこじらせて去年亡くなってしまったそうだ。亡くなる前に『信州に行けば、桜田家が田んぼ貸してくれる。そこで米を作ったら、剛と二人ぐらいなら食べていけるだろう』と言われ、母子でここへやってきたんだそうだ。田んぼなんか、東京の人間にできるだかや？　と思ったけど、自分は新潟出身で子どもの頃は、米作りの手伝いをしていたから、大丈夫だって言う。でもなあ、新潟みてえに水がいっぺいあるところの米作りと、雨がほとんど降らねえこの土地の米作りは、ぜんぜん違うからなあ？　それに田んぼは下田《しもだ》だそうだ」

婆ちゃんはお茶をすすりながら心配そうに言う。

山に囲まれた長野県は、日本で最も降水量が少なく、その中でもとりわけ、この塩田平は、雨がほとんど降らない土地だ。そのため、昔から人々はため池を造り、それを頼みに稲作を行っていた。ただ、そのため池でさえ干上がってしまうことがあり、昔は水をめぐって争いが絶えなかった。

この東前山地区と西前山地区の間には、棚田が百枚近く広がっていた。その水源は、独鈷山から流れ出る水。その水を棚田の一番高い所にある塩野池にため、水が必要なときに「せんげ」と呼ばれる水路に放水し、それぞれの田んぼに水を入れる。その棚田は塩野池に近い所から市来、拾二、入海堂、中島、前田、下田と六区画に分かれていた。下田は一番下である。

水は上から下へ流れる。当然上の田んぼが有利になる。確かに、公平に分配できるよう「役水」と言って順番に水を引いたり、「通し水」と言って下の田に水を一気に流す制度はある。でも、日照りが続くと、その制度にも限界があった。公平にはいかない。

「下田の辺りは、水持ちも悪い。砂地だから、水がドンドン抜けてしまう。桜田もなんであんなトコ貸すんだろう？　他にもいっぱい田んぼ持ってるっていうのに」

婆ちゃんは、ちょっと怒ってる。

一平の家の田んぼは、中島にあった。上流でもなく下流でもない。ちょうど真ん中辺りだ。

それぞれの田んぼの水管理は、この辺りの男の子たちの仕事だ。一平も、

「一平、田んぼの水、見に行ってくれや」

と、母ちゃんに言われると、

「よし、まかしとけ」

と得意げに家を飛び出していく。一キロほど離れたところにある田んぼまで、一平が走ったら五分で行ける。水が少なかったら、せんげ（水路）に石や砂利、泥を入れて堰《せき》を作り、水を引き込む。多かったら、水がそれ以上入らないようにする。一平は堰作りの名人だった。稲の成長に合わせて、もっとも適した量の水を田んぼに引き込む。

近くの田んぼの大人たちから、

「一平は本当に上手に堰を作るだや」

と言われ、鼻高々だった。

四月の下旬、そろそろ田起こしをし、田植えの準備が始まっていた。

翌日、一平は剛と待ち合わせて一緒に学校に行った。剛も「蟻の行列」に加わったのだ。その日はちゃんと長ズボンをはいていた。学校道を、この春入学したばかりの小さい蟻、来年は中学生の大きな蟻たちがゾロゾロと小学校へ向かっていた。

それにしても、剛の足は遅い。

「おまえ、もうちょっと速く歩けねえのか?」

そう言うと、しばらくは一生懸命速く歩くのだが、すぐにまた遅くなってしまう。

いつも誰よりも速く歩き、時にはランドセルを揺らしながら走って「二十人抜いたぞ」などと威張っている一平だが、今日は、女子や下級生にまで抜かれてしまう。

そして追い抜いていく連中が皆、二人をじろじろ見ていく。しびれを切らして、剛を置いていこうと思うのだが、そのたびに、オニダに「おまえが剛の面倒を見ろ」と言われたときの顔が浮かぶ。

「もしかしたら、オニダはオレに剛の世話をさせるために中組で引き受けたのでは?」

と思った。いつもは二十分ほどで学校に着けるのに、四十分近くかけてようやく到着した。

剛は、勉強はよくできた。自分から手を挙げて発言こそしないけれど、テストをすれば八十点以上はとった。

一平はといえば、体育以外の成績は中程。勉強がよくできる姉といつも比較され、

「おまえは姉ちゃんがあんなにできるのに、なんでこんなバカなんだ」

と親戚のおじさんたちに言われていた。

剛は、運動は苦手だった。でも、不思議な度胸を持っていた。

オニダは野球が好きで、体育の授業は、男子は野球、女子はソフトボールが多かった。

その野球指導がまた厳しくて、ボールをよけて捕ろうとしたりすると、

「逃げるな！　逃げたらボールは絶対捕れない。胸にぶつけろ」

と怒鳴りつけながら投げてくる。剛はそれに向かっていった。たとえ捕れなくても胸にぶつけた。バッティングもオニダが投げる手加減なしの速球に、小さい体で食らいついていった。ただ、足が遅いので、打ってもアウトが多かった。

剛のドモリは初日だけじゃなく、ずっと続いた。でも、次第に誰も笑わなくなった。

オニダに怒られるから、ということもあっただろうが、みんな慣れてきていた。

一平は、からかうのは「貧乏ゆすり」のようなモノだと思った。止めないと、いつまでも続くけど、ガツンと押さえて止めてしまえば、何もなかったように止まる。

一平と剛は、ほとんど毎日一緒に下校した。下校しながら一平は、剛にいろいろと教える。

剛は一平の言うことに大きくうなずき、教えを受けた。兄弟に下がなく、教えることがほとんどなく、教えられてばかりいた一平は、教えたり、注意する、ということがこんなに気持ちがいいモノだと初めて知った。

そういえば、姉ちゃんが教えるときや、学級委員で優等生で、長女の悦子さんが、「一平君、廊下は走らないでください」「給食の時のおしゃべりはやめてください」と注意してくるときには、なんとも気持ちよさそうな顔をしている。

学校道の脇に生えている草を採った一平は、いきなりむしゃむしゃと食べ始めた。

驚く剛に一平が言う。

「これはな、スイコンといって食べられるんだ。ウマいぞ、食ってみろ」

残りを剛に差し出す。剛は恐る恐る食べる。

「なあ、ウマイだろう?」

剛はそれほどウマイとは思わなかったが一応、

「ウン」

とうなずいた。

「ただ、似てるけど、これは食っちゃいけねえんだ。これはウマズイコンって言って毒なんだ」と、近くに生えていた同じような草を指さす。剛には違いが分からない。

一平はさらに土手に生えていた細いネギのような草を抜くと、根っこに付いている小さなタマネギのような部分の泥をズボンではらい、薄皮をむくと、

「これ、ネビロっていうんだ。これもウマイんだ」

と食べ始めた。

「ホントはな。味噌付けて食うんだ。これにオレのばあちゃんが作った味噌を付けてく食ったらメチャクチャうまいぞ。今度食わせてやるよ」

一平は続ける。

「ここには、ウマイモノがいっぱいあるんだ。もう少しするとな、あそこに大きな桑の木があるだろう? あそこに桑の実がいっぱい付くんだ。これがウマイのなんのって。桑の

実はな、いくら採っても怒られねえぞ。リンゴや柿は、採ったら怒られるからな。気をつけろ。特に、あそこに見えるリンゴ畑はな、おっかねえぞ。大きなシェパード犬を飼って見張ってるからな。道にはみ出してなってるからって採ったりでもしたら、そいつが吠えながら追っかけてくるからな」

剛はうなずき続ける。一平は気持ち良すぎた。あまりにも気持ちがいいので止まらなくなった。

「それと蜂の子。見かけはウジ虫みたいで、気持ちわりいが、これはメチャクチャうめえ。土の中に大きな巣を作るジバチっていう蜂の子だ。夏になるとな、男はみんな蜂の子捕りをやるんだ。一匹捕まえて、それに綿付けて飛ばすんだ。その後を川があろうが、崖があろうが追っかけるんだ。そうするとな、土に小さな穴が開いていて、そこに入っていく。入り口は小さいけれど、その下には円盤みたいな巣が七、八段あるんだ。その入り口に『煙幕』っていう煙だけ出る花火があるだろう？　あれを突っ込むんだ。そうすると、親の蜂は逃げていく。その留守に、ごそっといただく。ちょっと刺されたりもするけど、小さい蜂だからどうってことねえ。ションベン付けときゃ、治っちゃうよ。蜂の子は生でも食えるが、いっぺい捕れたときは、ウチへ持って帰ると、母ちゃんから『よくやったオメエは勉強できねえけど、たいしたもんだ。今日は蜂の子のご飯だ』って褒めてくれるんだ。この蜂の子ご飯が、うめえのなんのって。今度食わせてやるよ」

剛はだんだんうなずかなくなっていく。

一平はそれでも続ける。

「それと、イナゴは知ってるだろう?」

剛は首を横に振る。

「イナゴも知らねえのか? バッタは知ってるか?」

剛は弱々しくうなずく。

「バッタみたいなもんだ。ちょっと違うけどな。これは秋になると田んぼで捕って、学校に持ってかなきゃいけねえからな。給食のおばさんたちが煮てくれるんだ。これもうめえぞ。一緒に捕りにいこうな」

剛はもううなずかない。

一平はめんどくさいと思っていた剛と、一緒の下校がなんとも楽しくなった。と同時に、同じ日本に暮らしているのに、「こうも違うモノか」と思った。イナゴも知らねえ、蜂の子も食べたことがねえ。どうして、こんなに違うのかと思っていたとき、別れ道に来た。

一平が、

「じゃあな」

と言った後、ちょっとふざけて、

「止めてくれるな、妙心どの」

と言った。すると剛が、

「おお、落ちぶれはてても、ひひ、ひらては武士」

と言い返してきた。一平が続けた。

「行かねばならぬ」

それに剛がまた返す。

「いい、行かねばならぬのじゃ」

と。当時大ヒットし、ラジオから流れていた三波春夫の『大利根無情』だった。一平は
「やっと同じモノがあった」と安心した。

原動機付き自転車

一平の家族は、母と祖母、二歳上の姉新子《しんこ》、遠くに行っている父。そしてもう一人、一

平が「ヒロニイ」と呼ぶ人がいた。弘ニイは、一平や新子の兄ではない。母の弟だった。一平たちにとっては、おじさんである。六人兄弟の長女だった母とは、十歳も年が離れていて、まだ三十二歳だった。名前は山田弘。「弘おじさん」と呼ぶところだが、「おれはまだ若いから、〝ヒロニイ〟と呼んでくれ」と言うので、一平と新子は「ヒロニイ」と呼んでいた。

弘ニイは二年ほど前、この家に来た。弘ニイは、東前山から坂を下りた町にあるミシン針の工場に勤めていた。ここに就職が決まった時、実家のある丸子町よりずっと近いので、ここに住まわせてくれ、と言うので母も祖母も承諾した。父も自分の留守に男手があるのはありがたい、と大賛成だった。一平も新子も、弘ニイが大好きだったので大喜びだった。

弘ニイは足が悪かった。少年兵として参加した戦争で、足を撃ち抜かれ大ケガをした。松葉杖を使うほどではないが、歩くと大きく肩が揺れた。

弘ニイは、土蔵に住んでいた。古坂家には古い土蔵が一つあり、漆喰も傷んで、土壁がむき出しになっていたが、中は床も壁もしっかりしていた。

「オレは土蔵でいいです」と、中にあった伝来の巻物や鎧兜を片付けると、自分の寝るスペースを作り、住み始めた。一平に、

「一平、土蔵はいいぞ。冬は暖けえし、夏は涼しい。オメエも一緒に住まねえか？」

と誘った。

一平は「オレはいいです」と断った。

小学校一年の頃に、イタズラをして婆ちゃんに土蔵に閉じ込められたことがあった。小さな窓が一つしかない土蔵は薄暗く恐ろしく、古い鎧兜が今にでも襲ってくるようだった。二度とあそこには入らない、と決めた。弘ニイは、あそこが最高だと言う。「変な人だ」と思った。

五月、「こどもの日」も過ぎた頃のある日だった。剛が熱っぽいというので、放課後、校庭で遊ぶこともせず、授業が終わるとすぐに付き添って一緒に下校した。剛と別れ、家に着くと、弘ニイが庭でちょっと古びた自転車のスタンドを立て、それにまたがってこいでいる。

一平は、

「ヒロニイ、この自転車どうしたんだ？」

と聞いた。

「一平、これはただの自転車じゃねえんだ。これを見ろ」

と、その自転車の後部車輪の脇に付いたエンジンのようなモノを指さした。そして、

「これはな、原動機付き自転車っていってな、このバーを上げると、このゴムの輪っかがタイヤに触れ、エンジンが動き出し、ペダルを漕がなくても、前へ進むんだ」

「漕がなくても、進むのか？　すげえなあ、それは？」

「ちょっと見てろ」

と、弘ニイは自転車のスタンドを立てたまま、勢いよく漕ぎ始めた。

そして、そのエンジンから前へ突き出ている棒をぐいと上げた。するとエンジンが少し持ち上がり、エンジンに付いているゴムのリールが、自転車のタイヤに触れた。触れた途端、エンジンが「トトト」と音を立て回り始めた。弘ニイは、ハンドルに付いている小さなレバーをぐいと引っ張った。するとエンジンは「ドドド」という音に変わり、ものすごい勢いでタイヤを回していく。

「スゲエ！　これ、スゲエなあ」

一平は興奮した。

「これ買ったんか？　ヒロニイが？」

と聞いた。

「ウン、中古だけどな。これだと、ここへ帰るときのあの坂道をまったく漕がなくても登ってくるんだ。オレはこんな風に足が悪いから、こいつは、ありがてえんだ。今日もスイスイ登ってきた。でも、いろいろガタが来てるみたいで雨に濡れると、エンジンが止まっちゃうらしい。まあでもこの辺りは、ほとんど雨が降らねえからなあ」

と、うれしそうにエンジンを眺めている。

一平は聞いた。

「これは自転車だろう？　だったらオレも乗れるだかや？」

「まあ、このエンジンを使わなかったら、普通の自転車だからなあ」

と言う。一平は少し勇ましい声で言った。

「ヒロニイ！」

「なんだ？」

「おれに、ちょっとこれ乗らしてくれねえかや？」

「まあ、ちょっとだったらいいよ」

弘ニイは一平には弱い。一平の頼みは、ほとんど聞いてくれる。一平が可愛くて仕方がないのだ。弘ニイは、

「ただ、エンジンはかけるなよ。自分で漕ぐんだぞ」

と言う。

「ウン、分かった」

そう言って、一平は自転車のスタンドを外し、門《かど》から道へ漕ぎ出した。

一平は自転車が大好きだったが、家にあるのは、姉から譲り受けた子ども用の自転車だった。それも父ちゃんが誰かから、もらってきたもんだから、もうボロボロで、しかも四年生になった一平には三輪車のように小さく思えた。学校では放課後、校庭で自転車の練習をすることは許可されていた。

家が近い子は、家にいったん帰り、自転車を持ってきて校庭で乗り回した。一平も一度その小さい自転車を持っていったことがあったが、その時、さんざん笑われたので、もう二度とあの自転車には乗らないことにした。母ちゃんに自転車を買ってくれ、とせがむのだが、「まだ、あれは使える」と聞く耳を持たない。

一平にとって、弘ニイの自転車は、がっしりしていて、またぐといきなり大人になった感じがした。ちょっと足がピッタリとペダルに届かないけれど、そこは体を左右に揺らせば大丈夫だ。一平は坂道を下ると左に折れ、学校道に向かった。この自転車を、オレを笑った奴らに見せたい、という気持ちが膨らんでいた。学校道の中程に来たとき、一生懸命漕いでいたが、大人用の自転車は重く、疲れてきた。一平は、

「エンジンかけたら、どうなるのだろう？」

と思った。

「ヒロニイは漕ぐだけ、と言ったけどガマンできねえ」

一平は欲求に勝てなくなった。

「ちょっとだけ」

と言いながら、サドルの隣にあった棒をぐいと引いた。すると、

「トトトっ」

とエンジンがかかった。そして、弘ニイがやっていたように、ハンドルに付いている小さなレバーを手前にグイと引いた。するとエンジンが勢いよく回り始め、自転車を加速させる。

ペダルを漕ぐ必要は、まったくない。

「ひゃー！　スゲエ！」

一平はもっと強くレバーを引いた。自転車はグングンスピードを上げる。

「こりゃスゲエ、空飛んでるみたいだ。アベベより速いぞ」

一平が乗った「弘ニイの自転車」は、ブルルと大きな音を出しながら、一直線の学校道を学校に向け走っていく。下校途中の下級生たちが、ビックリして見ている。

学校には、あっという間に着いた。でもさすがに、学校の近くになったらエンジンを切った。学校の前には交番があり、駐在さんがいつも暇そうに座っていた。校庭に着くと、まだみんな遊んでいた。そこへ一平は凱旋した武士のように乗り込んだ。

みんな、「一平、なんだ、それ?」と言って、集まってくる。

「これはな、なんとか自転車っていうんだ。これはエンジン。でもオレは、子どもだからこれは使わない」

オニダものぞいてきた。そしてシゲシゲと一平の乗った「弘ニイの自転車」を見ている。

「先生、これ自転車」

と、オニダに言った。

何か言いたそうだが、オニダもまったく初めて見る乗り物だったようで何も言わなかった。

この村では「原動機付き自転車」というモノを知る人は、誰一人いなかったようだ。

掛け算石

五月も終わりの頃になると、剛は学校にもだいぶ慣れてきて、相変わらずドモっていたが、楽しそうに学校生活を送っていた。また、第三地区の子供会にも参加するようになった。第三地区には一年生から六年生まで三十人の小学生がいて、子供会をつくり、道祖神祭りや、どんどん焼きなどを子どもたちだけでやっていた。

五月の下旬の日曜日、前に約束していたように〝掛け算石〟を拾いに弘法山に行こう、と剛を誘った。二人だけで行って崖から落ちられでもしたら困るので、一年上の賢ちゃんと、同じ学年だけど東組の信夫も誘った。

弁当を持って市神様に九時に集合、弘法山に向かうことにした。市神様は、第三地区の真ん中にあり、昔は「市の神」の社があったようだが、今は石垣しか残っていない。

弘法山は戦国時代、山全部が「塩田城」という山城だった。武田信玄がここを根城にして、川中島で上杉謙信と戦った、と言われていた。古坂家は、その信玄と親戚だったらしく、一平の父は何かというと「ウチは信玄とつながっている。誇りを持て」と言っていた。でも一平は、信玄より上田城の真田幸村や猿飛佐助の方が好きだった。

弘法山は山城を思わせる洞穴や、岩をくりぬいたトンネルがたくさんあり、これが子どもの冒険心をくすぐった。それと、この辺りにはさまざまな伝説があり、そこから民話も生まれていた。その中には恐ろしいモノもある。学校の隣にある池は、舌を喰う池と書いて「舌喰池《したくいけ》」と呼ばれていた。昔、池を作るときの人柱に選ばれた娘が、舌をかみ切って自害したというので、そんな妙な名前になったらしい。

「時々、池のほとりに若い娘が立っている」などと脅かされたり、弘法山に時々、火の玉のようなものが浮かぶのは、落城したときの落武者の霊だ、などと大人たちが怪談話に使っていた。実際に、山に入ったまま消えてしまった人がいたり、つい半年ほど前も、西前山の谷の奥にある作業小屋が燃え、そこから身元不明の焼死体が発見されたりして、村中大騒ぎになっていた。さすがに、そのときは、一平は一睡もできなかった。でも、そんな山の恐怖は逆に、少年たちの意欲を駆り立てる。

出かけるとき、婆ちゃんが、

「マムシとスズメバチには、絶対勝てねえから、逃げろや」

と忠告してくる。そして婆ちゃんは、

「あとバケモノな」

と付け加える。ちょっとビクッとしたが、顔に出すわけにはいかない。

「あいよ」

と言いながら、一平は意気揚々と家を出た。一平の腰には、刀が二本差さっている。刀といっても、自分で木の枝を削って作ったモノだ。木の種類は「ウリの木」。刀を作るのは「ウリの木」と決まっていた。正確にはウリハダカエデ。表面が青くマクワウリに似ているから「ウリの木」と呼ばれていた。これは折れにくいうえ、樫のように堅くないから、チャンバラで体に当たってもケガをしにくかった。

九時に市神様に集合した剛以外の三人は、皆握り飯と水筒を風呂敷に包んで肩にななめに背負い、腰に刀を差している。袴こそ着けていないが、さながら武士だ。

一平は腰に差していた二本のウチ一本を、

「剛、これ使いな」

と渡した。

「ありがとう」

と言って、剛も腰に差す。

「バケモノが出たら、これで戦うんだ。杖にもなるしな」

と、一平が言う。

これで武者四人衆がそろった。

「今日は剛もいるから、塔の原から登ろう」

と、五年の賢ちゃんが言う。

弘法山に登るルートは主に二つ。東前山から真っすぐ登っていく直登ルート。それと東側に回り込み、「塔の原」から登るルート。直登ルートは大きな岩をいくつも越えなければならず、一平も何度か岩から落ちたことがあった。とても剛には無理だと判断し、少し時間がかかるが、剛のために「塔の原ルート」を選んだ。

賢ちゃんが、

「いざ出陣！」

と声を上げ、信夫と一平が、

「おーっ！」

と応える。

剛も真似をして、

「おーっ！」

と片手を高く挙げた。

皆、すっかり武者になりきっている。

「塔の原」は、なぜ「塔の原」かというと、その原の下の方に三重塔があるからだ。

「前山寺三重塔」である。鬱蒼《うっそう》とした竹藪の中に、いきなり大きな三重の塔がドンと現れる。一平は小さい頃、それがものすごく怖かった。塔が大きな生き物のように見えた。その塔を、弘ニイは、

「ありゃ美しい塔だで、オレは京都や奈良で、いろんな有名な塔を見てきてるけど、それに引けを取らないぞ」

と言っている。一平には竹藪の中にある、あの古びた塔のどこが美しいのか、よく分からなかった。剛は前山寺に近づくなり、いきなり現れた三重塔にポカンと口を開けていた。

「塔の原」に着くと、林をぬけ谷に下りる。谷に下りるときに木の枝を握り、体を支える。

剛が枝に触ろうとしたとき、一平が突然言う。

「剛！　駄目だ。その木は。これはウルシっていってな、触ったらかぶれて、かゆくてかゆくて大変だぞ」

剛は手を引っ込める。そして、

「こっちは大丈夫だ。似ているけど、こっちはくるみだから大丈夫」

剛にはまったく見分けがつかない。同じような葉っぱで同じような枝で、何が違うのか？

「何が違うの？」

と一平に聞くと、

「そのうち分かる」

と冷たい。

谷に下りると、川が流れている。信夫がいきなり川に入り、石の下を探ると、

「ほら捕まえた」

と、何かを手のひらに浮かべて、そのまま剛の前に差し出した。

剛は最初、魚だろうと思った。ところが、それには手足が付いている。

剛は「キャッ」と声を上げた。一平は、

「これはな、サンショウドジョウっていってな。ウチの婆ちゃんなんか、これも丸呑みにしちゃうよ。スゲエ栄養あるらしいけど、オレは気持ちわりいから呑まねえ。この川にしか、いねえらしい。初めて見たか？」

と言う。

剛は「ウン」と、うなずいたが、これが以前図鑑で見たことがある「山椒魚」のことだ

と思い出し、うれしかった。

川を渡ると、いよいよ弘法山に登り始める、そこは石がゴロゴロしているガレ場だ。

「ここはヘビの天国で、いっぺいいるから気をつけろ。でも、ヘビはマムシ以外の青大将やシマヘビやヤマカガシは、おっかなくねえからな。マムシは向かってくるから、遭ったら逃げろよ。マムシはかまれたら死ぬぞ」

剛には何がマムシなのか、他のヘビなのか、まったく分からない。一平の言うとおり、ガレ場はヘビのすみかで、ちょっと歩くとニョロニョロと動いた。一平はサンショウドジョウで、あれだけ驚いた剛だから、さぞかし悲鳴を上げるかと思ったが、ヘビは平気みたいだ。一平は気が抜け、なんか面白くなかった。

長いガレ場をぬけると稜線に着き、頂上はもうすぐそこだ。頂上には、見晴らし小屋が建っていた。剛は、もうくたびれていたので、そこで一休みしたかったが、みんなは見晴らし小屋で休まずに、登ってきたのとは反対側に下りていく。そして子ども一人が、ようやく通れるような岩を掘ったトンネルをくぐると、少し広いところに出た。そこで止まると、

「ここでいい」

と、賢ちゃんが荷物を下ろした。賢ちゃんは風呂敷の中から、握り飯と一緒に包んでいた鉈《なた》を取り出した。その鉈で、周りの木をバッサバッサと切り始めた。その枝で何本か棒を作ったあと、地面に刺し、木の皮で作った紐を結んで、屋根に大きな葉っぱを持つ木の枝を敷き、あっというまに小屋らしきモノを作り上げた。

「おー、立派な城ができた」

と信夫が言う。

この村の子どもたちは、自分たちが「城」と呼ぶ小屋をいろんな所に作った。村の外れにある「おたや神社」には、もっと立派な「城」を家から不要になった材を持ってきて、何日もかけて建てた。それを隣の第四地区の悪ガキどもが壊しにきて、「城」を守る戦いまでやっていた。

一平も信夫も、いつもやっているので慣れた手つきで手伝った。小屋の中には、ヒバの枝を敷く。新芽を持った緑色のヒバはふかふかして、いい香りがして最高の座敷ができあがる。四人で肩を並べて、そこに座り込んで、弁当を広げた。一平は水筒を取り出すと、賢ちゃんにふたを渡し、

「賢治殿、ご苦労さんでごわした。まあ、いっこん」

と水をつぐ、賢チャンは、

「かたじけない」

と水を受ける。まるで武家屋敷である。

その小屋から塩田平が美しく見えた。もうじき田植えが始まる、田んぼに水が張られ、何枚もの鏡が折り重なって銀色に輝いている。その景色を眺めながら、少年たちは握り飯を頬張った。たらふく食べると眠くなる。「城」は、陽が遮られ、春の風がそよそよと入り込み、いい匂いがして気持ちよすぎた。四人ともウトウトと眠りに入った。

しばらくして一平は、ぼんやりと目を開けた。

その目に、とんでもないものが飛び込んできた。

屋根になっている広い葉っぱの間から、大きな目がギョロリと中をのぞいているのだ。

「ウオー！　出たー！」

一平は大声で叫んだ。その声でみんな飛び起きた。そして小屋を飛び出した。

そこにいたのは、腕も顔も毛むくじゃらの大きな男だった。一平は、これが婆ちゃんの言っていたバケモノか？　と思い、刀を取った。

男は、

「ウェイ、ウェイ、ウェイ」

と叫んでいる。

そして、何かしゃべった。（ホワット　アー　ユー　ドウーイング　ヒア）

一平には、何を言っているか分からない。どうもバケモノではないようだ。

「もしかして、ガイジンか？」

一平は眉をひそめた。

一平はガイジンの実物は、上田の町で一度だけ見たことがあった。それは、綺麗な女の人だった。金髪で肌が真っ白で、これがガイジンというものかと思った。それ以外には、まったく見たことがなく、信夫の中学生の姉ちゃんが東京へ修学旅行に行って、東京タワーでガイジンにサインをもらった、と言って見せてくれ、うらやましかった。

この村の子どもたちにとって、ガイジンは、果てしなく遠く、珍しい存在だった。でも、このガイジンは前に上田の町で会ったガイジンとはまったく違い、肌の色は赤く、太い手には長い毛がびっしり生えていて、何よりも背は、村のどんな大人より大きく、まるで西前山の中禅寺の山門にある仁王さんのようだった。

「これがガイジンの男か」

と思ったときだ。ビックリすることが起きた。

剛が男に向かって、しゃべり始めたのだ。

「ウィアー　エレメンタリー　スクール　スチューデンツ　イン　ディス　ビレッジ」

(僕たちはこの村の小学生です)

英語だ。

ガイジンにもビックリしたが、剛が英語で話し始めた方がもっとビックリした。

それも、まったくドモっていない。

「おまえ、英語話せるのか?」

一平は聞いた。

「すすす、少し」

日本語はやっぱりドモっている。剛は、またガイジンに向かう。

「ウェア　アーユー　フロム」

「オー　アメリカ」

「アメリカから来たって」

剛が皆に説明する。そのときだった。

岩のトンネルの向こうから、

「ドクタージョンソン、ドクター」

と呼ぶ声が聞こえた。

「ヘイ、アイムヒア」

と、ガイジンが答える。

狭いトンネルをぬけて、二人の男の人が現れた。

「こんな所にいらっしゃいましたか?」

と一人の男の人が言うと、もう一人が英語になおして、ガイジンに伝える。どうも通訳の人みたいだ。もう一人の人は、見たことがあった。役場の人だ。その人が言い始めた。

「おー、君たちは、西塩田小学校か?」

「はい」

「どこの地区だ?」

「このすぐ下の東前山です」

「そうか」

「このガイジンさんはなあ、石を研究する先生なんだ。ここの『違い石』を調べたいって言うんで、連れてきたんだ」

「違い石って、掛け算石のことですか？」

一平は聞いた。

「ああ、君たちは、そう言うんか？　なるほど掛け算石か、それもいいなあ。そうそう、その掛け算石は、日本広しといえども、ここにしかないんだ」

一平は驚いた。

村の子どもみんなが持っていると思われる〝掛け算石〟が、日本でここにしかない、なんて初めて知った。通訳の人が役場の人に、

「この子は、英語を話すみたいですよ」

と剛を指さし言った。ガイジンが通訳に伝えたのだろう。役場の人が驚いて剛に言った。

「へー君、英語話せるのか？」

「はは、はい。すす、少し」

と剛が答える。すると役場の人が、

「もしかして、君はちょっと前、東京から転校してきた子か？　ああ聞いてるよ。頑張れよ、あんまりこいつらに悪いこと教わんないようにな」

と言う。

「悪いこととは、失礼な」

と剛は憮然とした。ガイジンも含めた大人の男三人は、

「じゃあ、気をつけてね」

と言いながら、またトンネルに向かっていった。

ガイジンは愛想よく、

「ハブア　ナイスデー　スイー　ユー　バイバイ」と言う。剛は、

「ハブア　ナイス　ツアー　テイク　ケア」

と流れるような英語で答える。一平が、

「なんて言ってるんだ?」

と剛に聞く。

「良い一日を、またね、だって」

一平は、

「おまえ、どこで英語勉強したんだ?」

と剛の顔を見つめた。剛は、

「かか、かあさん」

「かあさんって、おまえの母ちゃん英語話せるのか?」

「うん」

どこで勉強したんだ?

「アア、アメリカ軍」

さっきから呆然としていた賢ちゃんが聞く。

「シンチュウグンっていうやつか?」

「ウン」

一平も聞いたことがあった。ちょっと前まで、日本にはシンチュウグンというアメリカの軍隊がいて、今でもアメリカ軍の基地があるということを。

その後、四人は「城」を根城にしてチャンバラをしたり木登りをしたり、遊んだ。

一平はガイジンにも度肝を抜かれたが、それ以上に剛が英語をしゃべったことへの衝撃の方が大きかった。剛の英語を話す姿が、残像のように目の前をチラチラして、いつものように遊びに夢中になれなかった。剛が、まったく別の人間のように思えた。

しばらくトンネルをくぐったり、岩登りをしたりして遊び、西日がかなり傾いてきた頃に下山した。一平は目的の〝掛け算石〟を採ることは、すっかり忘れてしまっていた。下山途中で、それに気がついたが、「また来ればいいや」ということにした。

市神様に、帰ってきた頃は、まだまだ明るかったが、五時までには帰るように、と母ちゃんに言われていたので、解散することにした。

賢ちゃんがいきなり、「止めてくださるな、妙心殿」と言い始めた。それに呼応して剛も一緒に三人が言う。

「落ちぶれ果てても、平手は武士」

そして全員で、

「行かねばならぬ、行かねばならぬ」

と唱和する。

誰も止めてなんかいないのに……。

家に帰ると、婆ちゃんが待っていた。

「おー、無事に帰ってきたか?」

婆ちゃんが続ける。

「山の上で、外人さんと役場の山下さんに会わなかったか?」

「会った」

「なんか、弘法山の掛け算石が珍しいんだってよ」

と婆ちゃんが一平に説明する。

「うん、聞いた」

一平は、ぼっとしている。一平は剛と別れてから、よりいっそう「英語を話す剛」の残像をちらつかせていた。一平は婆ちゃんに言った。

「婆ちゃん、剛は英語を話せるよ」

婆ちゃんは何のことか分からず、

「そうか」

と言った。その夜は、英語で演説をする剛の夢を見た。学校の講堂の舞台で、まったくドモらず、ぺらぺらと英語でしゃべっている。先生も児童も、みんなそれを聞いてうなずいたり、笑ったりしている。自分だけが何を言っているのか分からない。

「剛は、いったい何者なんだ？」

一平は少し怖くなった。剛は、自分の生徒でなければならないのだ。少なくともこの村では……。教える立場の自分が、消えてゆくのが寂しかった。

剛の家

剛と距離を置きたくなったが、剛はべったりと付いてくる。それとオニダの「世話をしろ」の言葉がまだ消えていなかった。

数日後の帰り道、剛が、「今度の日曜日、ウチに来ないか？」と誘ってくれた。一平はこの一カ月、剛と一緒に帰ってきたが、剛の家へ行ったことはなかった。誘われもしなかったし、トメばあさんが住んでいた崩れかかった家を思い出すと、進んで行く気にはなれなかった。剛も、あんな小屋のような所に住んでいる自分を見せたくないだろう、と信じていた。だから、ちょっと驚いた。

その日、昼ご飯を一緒に、と言われ、十一時ごろ、母ちゃんが、「ニワトリが今朝産んだ卵を持っていけ」と言うので、それを風呂敷に包んで出かけた。

剛の家は相変わらず、元牛小屋だった部分の屋根は、ぺんぺん草が生え、崩れかかっていた。

ボロボロの玄関には「勝俣美智子、剛」と書かれた小さな表札がかかっていた。

「こんにちは」と言うと、
剛と剛の母さんが、

「いらっしゃい」

と出てきた。

「どうぞどうぞ」

と、中に通される。部屋は一部屋しかない。

「狭いでしょ。一平君の家の十分の一ぐらいかな」

と、剛の母さんは言う。

一平は、

「いや、オレんちは、家は大きいんですが、今はオカイコさんが来てるんで、アレに全部占領されちゃって、このくらいの所に、家族四人みんなで寝てるんですよ。もう婆ちゃんのイビキがうるさくてしゃあねえ、ですよ」

剛の母さんはケラケラ笑いながら、

「あ、そう。養蚕もやってるんだ。可愛いでしょう?」

「はい、ちっちゃい奴が桑やると一生懸命ムシャムシャ食って、可愛いです」

一平は家の中を見渡す。

驚いた。想像とまったく違っていた。その家は、確かに外側はトメばあさんが住んでた家と変わらず、あばら家なのだが、家の中は棚も机も小さな台所もキチンと片付き、ピカピカに磨かれていた。一平の家の泥だらけの台所や、一年に一度しか掃除しない埃がたまった棚や茶簞笥と、まるで違っていた。そしてただ綺麗、というだけじゃない。明るい壁紙が張られ、一平が今まで見たこともない置物や食器が置かれ、不思議な絵が飾られていた。

おととし、婆ちゃんが上田公園で行われていたサーカスに連れていってくれたが、そのときの感じが蘇った。

「サーカスの子どもは、みんなサラワレてきてるんだぞ。おまえも、リコウにしてねえとサワラレルゾ」と脅されて、恐る恐るテントに入った。ところが、そこに現れた世界は、照明がキラキラと光り、お人形さんのような女の子が踊っている。

「この子たちが、サラワレタ子であるわけがない。婆ちゃんはまたウソついた」と思いながら、見たこともない美しい世界に興奮していた。剛の家も、サーカスよりはずっと小さいけれど、同じように、見たこともない美しいものにあふれていた。その美しいものに囲まれて、剛のお父さんの優しそうな笑顔の写真がこちらを見つめていた。一平は思わず「こんにちは」と言ってしまった。

剛も、剛の母さんも笑っている。

一平は、

「これ母ちゃんが持っていけって」

と、卵を差し出した。

「わー、卵じゃない。こんなに、たくさん。鶏も飼ってるの？」

「はい、七羽だけですけど。いや、今は六羽。この間、卵生まなくなった奴を、婆ちゃんが絞めて皆で食っちゃいました」

剛の母さんは、またケラケラ笑って、

「ありがとう。今日はホットケーキを作ろうと思っていたの。古い卵があるけど、今日は一平君の家の卵を使わせてもらうわ」

と狭い台所に卵を持っていく。

「ホットケーキって、何だ？」

と、一平は剛に聞いた。

「ケーキみたいなもんだよ。ウチの母さんが作るホットケーキは美味しいよ」

と言う。剛は、家ではドモっていない。驚いた。

剛の母さんが作ってくれた初めて食べる「ホットケーキ」というものは、本当に美味しかった。「蜂の子」と同じくらいウマイ、と思った。去年、クリスマスに父ちゃんがお土産に買ってきてくれた「クリスマスケーキ」は、甘いばっかりで、それほど美味しいとは思えなかったが、剛の母さんのホットケーキは、一口食べただけで、体全体が布団に包まれていくような気持ち良さまで感じさせてくる、と一平は思った。

一平が、

「ウマイです」

と言うと、

「ここの村の牛乳と一平君の家の卵が素晴らしいのよ」

と言ってくれる。ちょっと誇らしかった。

本棚には、外国語の本がズラリと並んでいる。一平の家にも本棚はあるが、そこに並ん

でいるのは農業雑誌の『家の光』だけだ。婆ちゃんは、小学校を途中でやめたから字が読めない。時々、

「一平、これなんて読むんだ？」

と聞いてくる。

部屋の片隅には小さな机が二つ置いてあり、一つは剛の机、もう一つは剛の母さんのもののようだった。その机の上にボタンがいっぱいついた機械が置いてあった。

「これ、なんですか？」

と一平は指さした。

「これはねえ、タイプライターっていってね。ここをこうやって押すと、字が印刷されるの。英語だけだけどね」

「おばさんのお仕事で使うんですか？」

「そう、おばさんはね、翻訳っていって、英語を日本語にしたり、日本語を英語にしたりする仕事をしているの」

「へー、すごい！」

「でもね、まだそれで食べていけるほどじゃないのよ」

「アメリカ軍にいたって、剛君から聞きました」

「そう、少し前まで、米軍キャンプ、っていうアメリカ軍の施設で働いていたの、そこで英語覚えてね。一平君は英語知ってる?」

「いや　アイ　ラブ　ユーぐらいしか知らないです」

「それでいいのよ。アイは私、ラブは愛する、ユーは何?」

「あなた」

「そう、じゃあこれは?」

と食器棚のフォークを指さす。

「フォーク」「これは?」「ナイフ」「これは?」「スプーン」

「じゃあこれは?」

と言って、壁に貼ってある剛が描いたと思える下手くそな「鉄腕アトム」の絵を指さす。

「アトム?」

「そう、これみんな英語なの」

「え?　アトムも英語なんだ」

「そう原子って言う意味。アトムは原子力で動くでしょう?」

「へー、それじゃオレも英語いっぱいしゃべってるんだ」

「そう、英語はむずかしくないのよ。アメリカの子どもは、みんな英語で話してるのよ。当たり前だけど」

「そうか……」

一平は、目の前が少し明るくなった気がした。

一平は、アトムの絵の隣に貼ってあった映画のポスターのようなものを指さし、

「これ、なんですか?」と聞いた。

剛の母さんは、よくぞ聞いてくれました、というような得意げな顔になり、

「これはね、おばさんが大好きな、『シェーン』っていうアメリカの映画なの」

「おばさんが日本語にしたんですか?」

「まさか。でもね、いつかこんなお仕事もできたらいいなって思ってるの」

「馬に乗った男の人と小さい子どもがいるけど、どんな映画なんですか?」

「この男の人は、シェーンっていうの。カウボーイなんだけどね。拳銃の腕前がすごくて、農民を悪い連中から守るの。この子は、シェーンが大好きだったんだけど、いろいろあってシェーンは村を出ていかなくちゃならなくなるの。その出ていくときに、この男の子が

『シェーン、カムバック』って叫ぶの。『シェーン、行かないで、帰ってきて』て言う意味ね。それが素晴らしいシーンなの」

「へー、シェーン、カムバックですか」

「そう、『シェーン、カムバック』。思い出しただけでも泣けてくるわ」

と剛の母さんは涙ぐんでいる。一平は、剛とアメリカ製のトランプで遊んだ後、ホットケーキの残ったものを包んでもらい、坂道を上り、帰った。

帰りながら、曇り空にぽっかり穴が開き、その向こうに今までまったく知らなかった世界が見えているように感じた。

「シェーン、カムバック」「シェーン、カムバック」

と何度も言ってみた。そして、

「カッコウいいなあ。『止めてくださるな、妙心殿』より、いいかもしれない」

とつぶやいた。

独鈷山が夕日を受けて輝いていた。

家に着くと、弘ニイがまた原動機付き自転車をいじっている。

「ヒロニイ、ただいま」

と叫んだ。弘ニイは一平に気が付くと、

「おー、帰ったか。お帰り。どうだったアメ公の家は？」

と言う。

「アメ公じゃないよ。米軍キャンプで働いていた、っていうだけだよ」

「似たようなもんだ。オレはアンポハンタイだ」

と弘ニイは、いきなり変なことを言う。

弘ニイはアメリカが嫌いで、いつもアメリカを「アメ公」「アメ公」と犬みたいに呼ぶ。弘ニイがアメリカを嫌う訳は二つあった。一つは、戦争で自分の足をこんな風にしたのはアメリカだ、ということ。

もう一つは、弘ニイは最近、毎日、

「アンポハンタイ、アンポハンタイ」

と叫んで、母ちゃんに、

「弘、警察のやっかいになるようなことだけはするな」

と言われていた。一平は弘ニイに、

「アンポってなんだ？」

と聞いた。すると、原動機付き自転車をいじる手を休め、胸を張って話し始めた。

「アンポっていうのはな、日米安全保障条約っていって、名前はいいけど、簡単に言うと、日本がアメリカの家来になる、って言うことだ。アメリカが日本を基地にしてソ連と戦う。日本はそれを助けなきゃいけねえんだ。国っていうのはな、どっかの国の家来になるんじゃなくて、大きな国も小さな国も平等で、独立してなきゃいけねえんだ。人もそうだ。みんなが同じ権利を持ち、平等でなきゃーいけねえ。それが民主主義というもんだ。そんで、自分の頭で考える。つまり〝個〟を確立しなきゃいけねえんだ。あの独鈷山みていにな。あの山は、もしかしたら個人の〝個〟を使って〝独個山〟っていうんかもしれねえ。個人の〝個〟という漢字は習ったか？」

「うん、でも、独鈷というのは、坊さんがお経を読むときの道具だって先生が言ってたよ」

「それも、あるかもしれねえ。だがよ。ものの名前なんていうのはよ、どうやって付いたか分からねえのよ。例えば台風って、なんで台風って言うか、分かるか？」

「台湾から来る風だから、って先生が言ってた」

「それもある。でも大風を〝たいふう〟って読んだだけ、という説もある。オレは絶対独鈷山の個は、個人の個だと思うな。一つ一つの峰がしっかりしているだろう？　それでいて助け合っていく。いいなあ、オレはあの山大好きだ」

と言った後、拳を突き上げ、

「日本に真の独立を！　アンポ反対！」

と叫ぶ。弘ニイの後ろに夕日が陰り、黒く影だけが浮かび上がる独鈷山がそびえている。黒い独鈷山は、ゴツゴツの岩がシルエットで浮かび上がり、昼間よりずっと力強かった。

弘ニイの演説が終わったので一平は聞いた。

「ヒロニイ」

「なんだ？」

「『シェーン　カムバック』って知ってるか？」

「あったりめえよ。三回も観ちゃったよ。アレは良かった。泣けるわー。オレも、いつか、この村の可哀そうな百姓たちを助けて、これに乗って出ていくから、そん時は『ヒロシー、カムバック』て言ってくれよな」

と、シェーンになりきっている。一平は、

「その映画って、アメリカ映画じゃねえのか?」

と聞いた。

弘ニイは一瞬戸惑い、

「うん?　そうか?　そりゃ……、それとこれとは違うわい」

と言いながら、また原動機付き自転車をいじり始めた。

やっぱり訳の分からない人だ、弘ニイは。

でも「シェーン、カムバック」が好きだと言う。

安心した。

田植え休み

西塩田小学校は六月に入ると、一週間ほど「田植え休み」になる。正式な呼び名は「農繁休業」。

「農繁休業」は十月にもある。十月は「稲刈り休み」と呼ぶ。「学校を休んで田植えや稲刈りの手伝いをしなさい」ということだが、これは、農家にとってはありがたいことで、この季節、養蚕と田植えが重なり、本当に「猫の手も借りたい忙しさ」になる。

一平も野球をしたり、山に行くことはできず、家の手伝いをしなければならない。でも、体を動かすことが好きな一平にとって、農作業は決して苦になることではなかった。特に、田植えは大好きだった。裸足が好きで、家の庭に裸足で出て、「こら、ハダシで外へ出るな！」と、いつも婆ちゃんに怒られてばかりいた一平にとって、堂々と裸足で泥の中に足を入れることができる作業は、苦痛より快感だった。泥に足を突っ込むと「ぬるっ」と土の温かさを感じ、それがジワジワと体全体に伝わり、何かに包まれているようだ。

田んぼに真っすぐに張られた糸に沿って、小さな苗を一つひとつ、指先で植え込んでいく。泥が体に付いても、顔に付いても、構いはしない。十歳で「泥遊び」をしても、怒られないし、恥ずかしくない。

そして、一平が田植えが好きなのには、もう一つ訳があった。それは、田植えは大勢でやるということ。

大勢で一気にやる。稲刈りはまだ、少しずつできるが、田植えは、苗代と呼ばれる苗を育てる田から運ばれてきた苗を、皆で短時間で植えなければならない。そのために、日にちを決め、家族総出はもちろん、近所の人や近くの親戚が手伝いに集まってくる。そして一列になって、バックしながら植えていく。弘ニイも会社を休んで、不自由な足を引きずりながら手伝う。一平は田植えを一年生の頃からやっているので手慣れている。

「一平はうまく植えるねえ。天才だに」と大人たちから言われ、鼻を高くしている。

そして一平が最も楽しいのが、お昼だ。昼近くなると、母ちゃんと姉ちゃんが家に帰り、朝早く起きて作っておいた昼ご飯をリヤカーいっぱいに積んで田んぼに戻ってくる。これを、田んぼの畦《あぜ》で車座になってみんなで食べる。これがウマイのなんのって。梅のおにぎり、いなり寿司、竹輪や大根のお煮しめ、ゆで卵。

一平は、大きな梅の握り飯を頬張ると、独鈷山に向かって、

「ウメーゾー！」

と、リンゴ園のシェパード犬のような叫び声を上げた。

一平は、剛も田植えに誘おうかと思ったが、「初心者は足手まといだ」と自分に言い聞かせ、やめた。その代わり、次の日行われることになっていた、剛の家の田植えを手伝いに行くことにした。

母ちゃんに、

「剛のところの田植えに行ってもいいか？」

と聞くと、

「おまえが行ったら、ずいぶんはかどるだで。行ってあげな」

と言うので、朝飯を食べたら、すぐに出かけた。剛の家の田んぼは、一平の家の田んぼよりかなり下流にあった。

「あら、一平君。やっぱり来てくれたの？　ありがとう」

一平の姿を見た剛の母さんは、明るい声で迎えてくれた。田んぼの大きさは、一平のところの田んぼの半分ぐらいだった。剛の母さんは、

「この子、田植えなんかやったことないのよ。教えてあげて。一平君、うまいんだって？」

と言う。

「いやあ、まあちょっとは」

と照れながら言う。そこへ、

「苗持ってきたよ」

と二人の男の人が現れた。二人とも、年は一平の父さんよりは、かなり上のようだ。剛の母さんは頭にかぶっていた頬かむりを取ると、

「お兄さん、お忙しいところ、ありがとうございます。苗まで持ってきてくださって」

と深々と頭を下げた。どうやら、剛の父さんのお兄さんが、手伝いに来てくれたようだ。

そのお兄さんが、

「こちらお隣の佐々木さん。佐々木さんちも、ウチももう終わったから気にしないで。田起こしと代かきをしておいたから、後は植えるだけ。今年は水もたくさんあるし、良かった」

と言う。そして、

「おー、剛君。少しは慣れたかね。学校はどう?」

剛は、もじもじしながら、

「はは、はい、たたた、楽しいです」

「そうか、それは良かった。こちらはお友達?」

「はは、はい。いい、いっぺい」

と言い始めたが、一平は、自分で名乗らなければ、と思い、

「古坂一平です」

と元気よく答えた。

「ああ、古坂さんちね。お父さんがダム造ってるんだよね」

「はい、ぜんぜん帰ってこないです」

と答えた。

「ははは、そうか。それは大変だね」

剛の母さんが、一平に桜田さんを紹介する。

「この方は西前山の桜田さん。剛のお父さんのお兄さん。私たちが、ここへ来るお世話をしてくれたの」

「いやあ、世話という世話はできなくて。田んぼもこんなところで申し訳ない」

と頭を下げる。

「これで充分です。剛と二人ですから」

「そう。じゃあ、そろそろ始めようか？」

と佐々木さんに声をかけた。

「美智子さんは、田植えは大丈夫だったね」

「はい、新潟の農家で育ったもので、小さい頃からやっていました」

「そうか、じゃあ安心だ。剛君は初めてだね」

剛が、

「ああ、ハイ」

と答える。

「一平君は？」

「あ、オレは、ちょっと」

と言い始めたら、剛の母さんが、

「一平君は上手なんですって。この間、お母さんに道で会ったら、上手だから使ってくれ、って言ってたわ」

「そうか、それは頼もしい。君のウチの田んぼは、どこ？」

「中島です」

「中島か？　あそこは、いい土地だね。もう終わったの？」

「ハイ、昨日」

桜田家は代々庄屋だったという。今は農協の役員をされている桜田さんは、お百姓なのに言葉が都会の人のようだ。だけど、手際よく作業を進めてく。

一平も剛も裸足になり、ズボンをたくし上げ、田んぼに入る。剛はヌルヌルの土に、

「キャッ」

と声を出す。一平も勢いよく田んぼに入る。だが、

「うん？」

と思った。中島の田んぼと何かが違う。二〇〇メートルも離れていない田んぼなのに、こうも土が違うのか、と一平の素足は感じ取っていた。

一平は剛の手を取ると、

「こうやって、苗を三、四本、親指と人差し指と中指でつまんで、穂先がこのくらい出るように泥の中に押し込むんだ。三、四本だぞ。一本だと倒れてしまう。多すぎると栄養が行き渡らねえんだ」

剛を除いては皆熟練者なので、作業はドンドン進む。剛も必死に皆についてきた。足は遅いが根性はある。しばらく作業が進んだ頃、剛の足にヒルがくっついているのが目に入った。

「剛、足見てみな」

と一平は、剛が悲鳴を上げることを期待しながら言った。

ところが剛は、自分の足からヒルをむしり取ると、何事もなかったかのようにポイと田んぼの外に放り投げた。

それを、見ていた剛の母さんが、

「この子は、足が付いていない虫は大丈夫なの。足が付いていると異常に怖がるの。だからカブトムシもだめ」

と言う。そういえば、ヘビは平気だったのにサンショウドジョウは異常に怖がった。

「普通は逆だろう」と一平は不思議がった。

お昼は、一平の家のお昼と雰囲気が違っていた。敷物も一平の家はゴザだったが、剛の家のお昼は、綺麗な布と、英語がいっぱい書かれた新聞だった。

握り飯と一緒に、

「一平君が美味しいって言ってくれたので、ホットケーキも焼いてきました。ごめんね、今日は普通の卵だから美味しくないかも」

と出してくれた。田んぼで食べる剛の母さんのホットケーキは、また格別の味だった。

田植えが終わり、大人たちが帰った後、一平と剛は二人で田んぼの縁に立ち、今植えた苗を眺めていた。

小さな苗が並んでいる。まるで、この四月に入学してきた新一年生のようだ。一平は思わず、

「頑張れよ！　元気に育てよ。オレたちがいっぺい水あげてやるからな」

と声をかけた。苗の先っぽが、風に揺られ二人の声に応えている。

「剛、おまえはこの苗たちの先生だぞ。強い奴もいる、弱い奴も、病気になる奴も、虫に食われる奴もいる。でも、みんな一生懸命伸びていこうと頑張る。おまえが、こいつらの面倒見て育ててやるんだぞ」

二年生の時、婆ちゃんに言われた言葉をそっくりそのまま剛に言った。

剛は、

「ウン」

と大きくうなずいた。そのとき、後ろで、

「おいたちは、よくだなあ」

と声がした。「おいたち」は「君たち」、「よくだなあ」は、「頑張ってるなあ」に近い意味である。

振り返ると、そこには腰が曲がった老人が立っていた。第二地区の大きな家に一人で暮らしている「源ジイ」と呼ばれる老人だった。源ジイは、剛の家の田んぼの水路を隔てて隣にある田んぼで、朝から一人で田植えをしていた。剛の家の田んぼよりは、少し小さい。

でも一人で、全て植えきった。昼食の時に剛の母さんが、「ご一緒にどうですか?」と声をかけたが、「持ってきてますので」と、こちらが昼を摂ってる間も、黙々と植え続けていた。源ジイが植えた田んぼは美しかった。剛の家の田んぼは、特に剛の植えた部分は、列が所々右左に曲がって真っすぐに並ぶことができない新一年生の列のようだが、それに比べ、源ジイの田んぼは、器械体操をする六年生のように、真っすぐで、まるで田んぼ全体が図形の絵のようだった。

「よくだなあ」

とだけ言って、源ジイはあぜ道を上っていった。

その後ろ姿と独鈷山が重なった。

水管理

「これから、こいつらはこんなにちっちゃいのに、ウンと水を欲しがるからな。おまえの指を伸ばして手を真っすぐに田んぼに突っ込んで、手のひらが全部沈むくらいまで水を入れてあげなくちゃいけねえ。水はあったけえから、こいつらも気持ちいいんだ。赤ん坊を温める布団みたいなもんだな。そんで、少し大きくなったら、『分げつ』といってな、茎が増えてくるから、そしたら、そんなにいらねえ。中指が沈むくらいでいい。それで七月の下旬ごろになったら、いったん全部水を抜くんだ。『中干し』っていってな。これによって根っこがしっかりするんだ。『根っこをしっかり張って自分で生きていく力を付けろ』ってとこかな。今のオレたちみてえなもんだ。その後、これが肝心だ。夏休みが終わるころには、穂を付ける。そしたら、また水をいっぱい欲しがる。その後は二日おきに、水を入れたり出したりしなきゃいけねえ。忙しいぞ。遊んでなんかいられねえぞ」

一平はまた、婆ちゃんの言葉を、口調も含めそのまま剛に伝えている。一平はますます調子が乗ってきた。

「そんで、九月には完全に水を落とし、十月の『稲刈り休み』に、稲刈りだ。これが楽しいぞ。また、みんな集まってな。ザクザクと刈るんだ。稲刈りのときの昼飯が、またウメエのなんのって。その頃は、キノコもいっぱい出るからな。シメジとかリコウボウとか。そんで、刈り終わった田んぼで野球やるんだ。オレたちの村は、どこへ行っても坂ばっかりだから球が転がっていっちゃうだろう？　一気に真っ平らな野球場が出現するわけよ。ちょっと切り株は気を付けなきゃいけねえけどな」

一平は目を輝かせながら言う。

「水の管理はオレに任せろ。オレは水管理のプロだからな。水を入れるのは、ここ水口《みなくち》。水を出すのは、向こうにある尻口。肝心なのは、この水口に水を引き込む堰をうまく作れるかどうかだ。それが、プロとアマチュアの差よ。水が必要なときは、しっかりした堰を作って下へ流さねえようにするんだ。特に『役水』と言ってな、順番に水を入れさせてくれるときがあるんだけど、そんときは一滴でもムダにしちゃいけねえ。それで、そんなにいらねえときは、いるぶんだけ水が入るようにするわけよ。いいか、見てろ」

と言って、拳の大きさの石を「せんげ」と呼ばれる、用水の真ん中に置いた。そして、その間を小石で埋めていく。さらには、そこに砂利を埋め込んだ後、ネバリ気のある土を、粘土のようにして隙間を埋めていく。わずかな時間で見事な堰ができあがり、せんげ（水路）の水はどんどん剛の家の田んぼに吸い込まれていく。剛は、

「いい、いっちゃん、スゴイ」

と拍手をする。一平はさらに胸を張って、

「水は朝早くか、夜入れるのが一番いいんだ。お日様は朝早くから水をあっためてくれるからな」そして、

「これから、学校へ行く前か、夕メシ食ったら田んぼだ。いいな」

と、いきなりオニダになって、剛の肩をポンとたたいた。剛は、
「はい!」
とオニダに、にらまれた一平のように素直に答えた。

分げつ期と蛍

その日から毎日のように、東前山の田んぼには二人の少年の姿があった。いや、この二人だけではない。この村の少年たちは皆、田んぼの水管理をやらされていたので、上の方の田んぼにも、下の方の田んぼにも少年たちの姿があった。

一平と剛は、特に夜の田んぼ行きが大好きだった。

いつもだと夜出かけたら「どこへ行くだ?」と怒られるが、こればかりは「仕事」だから誰も文句を言わない。昼の塩田平は、緑の絨毯で美しいが、夜はまったく違う世界を映し出していた。満天の星、綺麗な月、上田の町の夜景、遠くを走る蒸気機関車の汽笛、田園の向こうをトコトコ走る別所線の窓の明かり。そして、特にこの時期は蛍が飛び交う。

懐中電灯の明かりを点滅させると現れる。

初めて蛍を見た剛は、ボーッとして、

「父さんかな?」

とつぶやいた。

一平は一瞬ドキッとしたが、剛の思い詰めたような目つきに押され、

「そうかもしれねえ。人の霊は、蛍になって帰ってくるって、婆ちゃんが言ってた」

と言った。蛍は、本当に剛の父さんかと思えるほど、剛に近づきくるくる回る。そして、差し出した剛の手のひらに、スッと留まった。その瞬間、剛は、

「きゃっ」

と言って手をふりはらった。

蛍の足を見てしまったのだ。やっぱり、こいつは足の付いた虫が駄目だ。

「可哀そうに。おまえの父ちゃん、逃げてったじゃねえか。蛍はな、捕まえるより、こうやって見るのがいいんだ」

と田んぼの土手に寝っ転がった。

剛も真似をして、隣に寝っ転がった。

寝っ転がると同時に剛は、

「わーっ！」「わーっ！」

と、幼稚園の子どものようなカン高い声を上げた。

空いっぱいに広がる満天の星。剛にとっては、それだけでも、カン高い声だったが、その星たちを、蛍の光がつなぐように飛んでいく。カン高い声が止まったと思って剛を見たら、目に涙をいっぱいためていた。

この時期、稲は「分げつ期」といって、茎の数を増やす。一カ月前、三、四本で植えた苗が二〇本から三〇本になる。

そんな蛍の光の下で、稲たちはドンドン茎の数を増やしていった。それから、しばらくして「中干し」だ。

夏休み

西塩田小学校の夏休みは短い。二週間ほどしかない。理由は農繁休業が六月と十月に一週間ずつあるからだ、と言うことだが、

「農繁休業は、オレたちは遊んでいるわけではない。そのぶん、都会の子たちより夏休みが短いなんて不公平だ」

と一平は文句を言った。新子姉ちゃんは勉強が好きだから、文句は言わない。その短い夏休み、一平のスケジュールはビッシリだ。田んぼの水管理、盆の行事、カブトムシ捕り、蜂の子取り、野球の練習、そして、塩野池での水泳。

カブトムシと蜂の子取りは剛が怖がるから、連れていかない。捕ってきた蜂の子は、母ちゃんが炊き込みご飯にしてくれたので、お裾分けしたら、剛はウマイウマイと食べたらしい。剛の母さんはダメだったようだ。

盆には従姉妹たちが遊びに来る。七歳と五歳と三歳の男の子。

父ちゃんの妹にあたるおばさんから、「一平ちゃんは、遊ぶのだけは上手だから遊んでやって」と言われているので、その子たちと遊んでやらなければいけない。一平は一人では大変だから剛も誘った。その子たちから「一平兄ちゃん」と呼ばれ、悪い気はしない。剛も「剛兄ちゃん」と呼ばれ、うれしそうだったが、小さい子たちから、

「東京から来たの？」「東京ってどんなとこ？」「東京タワーに行ったことある？」

と次々と質問を浴びせられ、そのたびに、ドモって言えない。変な顔をする小さい子たちに一平は、

「剛兄ちゃんは、英語しか話せないの。アメリカ人だから英語ペラペラ。英語で聞いてみ

な？」

と言うと、ようやく黙った。

一平にとって、トンボやセミ捕りは、幼稚で退屈だったが、おばちゃんが、小遣いを三百円くれた。少年画報が二冊買えた。おばちゃんが帰るとき、母ちゃんに、

「姉さん、この家もそろそろテレビ入れたら？　ウチは入れたよ。一平ちゃんたちも見たいだろうに」

と言ってくれた。一平は何度かテレビは見たことはあったが、それほど欲しいとは思わなかった。テレビより、山や池や田んぼの方が断然面白いと思った。

塩野池での水泳と間断かんがい期

雨の少ない塩田平には、大小二百もの「ため池」があり、それにより稲作が可能となっている。塩野池は独鈷山の麓にある、今から三百年前に作られたため池だ。東西八四メートル、南北八八メートルの池、深さは一番深いところで四メートルほど。塩田平のため池の中では、中規模の池である。海も川もなく、プールもない、この村の子どもたちにとってこの池は、独鈷山から流れ出る水が少し冷たいことを除けば、最高の遊泳場だ。

この池での水泳は、ただ泳ぐのでなく、潜って底にある石を拾ってきたり、鮒など小魚と遊ぶこともできる。大人が交代で監視し、まだうまく泳げない子どもたちのために、タイヤのチューブをたくさん浮かべてくれている。川や海と違い、まったく流れがないので、おぼれそうになったら、それにつかまればいい。一平は夏休みは、ほぼ毎日ここへ泳ぎにいく。剛も誘った。池で泳ぐのは初めてだ、と言うので怖がるかと思ったが、スイスイと泳ぎ始めた。

一平は「さすが、いつも水浸しになっている江東区から来た子だ」と思ったが、どうも東京の学校には皆プールがあり、そこで泳いでいたらしい。一平は、プールは入ったことも、見たこともなかった。

一平は、泳ぎながら剛に言った。

「これだけ水があれば安心だ」

去年は、水があまりなく、岸がむき出しになっていた。それに比べ、今年は岸がほとんど見えないくらいまで水がたまっている。梅雨の時期、ちゃんと雨が降ってくれたし、何よりも冬に、独鈷山に雪がたくさん降ってくれた。この水が、一平や剛の家の田んぼに注がれる。田んぼは今、水を入れたり出したりしなければならない間断かんがい期。まだまだ水を必要としていた。

水があることにホッとすると、もよおしてきた。一平は「水と一緒に肥《こやし》もあげるわ」と水の中で思いっきりションベンをした。体がブルッと震えた。すると、剛もブルッと震えた。二人は思いっきり笑い合った。プールで、これをやったら大目玉だろうが、ここでは怒る人は誰もいない。泳ぎ終わると、婆ちゃんの畑からくすねてきたナスを、石でたたいて食った。婆ちゃんが作ったナスは絶品だ。ナスが嫌いだったという剛も、バクバク食っていた。それから二人は田んぼの水を見にいった。

「オレたちの肥やしで、大きくなれよ」

と言いながら、まずは、一平の家の田んぼを見、次に剛の家の田んぼに行った。着くと、剛がいきなり、

「イイイ、イッちゃんこれ」

と苗を指さした。

剛の田んぼの一つの株から、もう穂が出始めていた。一平は、

「ほう、これは『走り穂』っていってな、その田んぼで一番早く出る穂よ。つまりオレみたいに走るのが速い奴だよ。その後、ゾロゾロとオレについて遅い奴が穂を出してくるか

らな。オメエは一番遅く穂を出す『どん尻穂』だ」

と言った。そんな言葉はない。剛はふくれた。一平は、

「まあ、そう怒るな。穂はな、早きゃいい、ってもんじゃねえんだ。早く出ても、そいつがしっかり育つかというと、そうでもねえんだ。いくら速く走れても、忘れモンばっかりして、オニダに怒られているオレみたいな奴がいるのよ。その反対に遅く出てきてもシッカリ育つ奴もいる」

剛は機嫌をなおした。一平はつぶやいた。

「でも、面白くねえなあ。走るのがダントツ速いオレの田んぼより、ノロマのおまえの田んぼの方が『走り穂』が早く出るなんて」と。

でも気を取り直し、

「さあ、これからが大変だぞ。これから十日近くは、こいつらは一生で一番水を必要とするんだ。そして、それが終わったら、水を入れたり、出したり。これによって穂のつき具合が違ってくるからな」

と、自分と剛に号令をかけた。

それから二人は毎日、いや時には、一日に何度も田んぼの水を見にいき、穂がようやく

出てきた稲たちに愛情をいっぱい注いだ。一平や剛の母ちゃんたちも、穂を育てるための肥料をやったり、草取りをして育てていった。

稲刈り

九月中旬、朝早く、

「一平、今日の夕方、もう田んぼの水を落とせ」

という婆ちゃんの声で目を覚ました。

一平は総司令官の婆ちゃんの言葉に、いきなり兵隊になり、

「はい」

と答え、学校に行った。

剛に会うと、

「今日は田んぼの落水《ラクスイ》だ。学校終わったら、すぐに田んぼに行くからな」

と、部下に命令するかのように言った。

剛は、

「ハハ、ハイ」

と答え、敬礼した。

学校が終わり、急いで家に帰ると、鍬を持って剛と田んぼに行った。そして、今までのように尻口の板を外すのでなく、鍬をふるって田んぼを取り囲んでいる畦を切った。たまっていた水は、一気にせんげにドッと流れだし、みるみる間に田んぼから水がなくなった。

「アバヨ、水くん、ありがとうな。来年もまた、いっぱい来てくれよな」

一平は流れていく水に向かって言った。

同じように剛の家の田んぼの畦も切った。でも、水の勢いが違った。同じように水を入れていたはずなのに、遙かに少なかった。今年はいっぱい水があったから良かったが、来年少なかったら、どうなるだろう？　と心配になった。

でも、とりあえず、これで水管理者の役割は終わった。ホッとしたと同時に何か寂しくなった。

落水をして、田んぼから水がなくなると、稲は一気に色を変えてゆく。黄緑から黄色へ、そして、秋の日に照らされ、黄金色の輝きを増してゆく。

水の心配をしなくてよくなった日曜日、一平は、また賢ちゃんと信夫と剛を誘い、四人で弘法山に行くことにした。また皆、刀を差して、市神様に集合した。春の時と同じように、頂上の脇のトンネルをぬけたところに小屋を建てて、弁当を食って、チャンバラをした。今度は、アメリカ人は来なかった。ただ、その小屋から眺める風景は、春とはまったく違っていた。

塩田平は黄金色の絨毯が敷き詰められ、輝いていた。今度は、掛け算石を拾うことを忘れなかった。でも、アメリカの博士も興味を持つぐらい貴重な石だというので、一人一個ずつにした。

夕方まで遊んで下山、前山寺の山門に来たときに、ちょうど陽が沈むところだった。

「陽が沈むよ」

信夫が言った。

「ちょっと見ていこう」

と賢ちゃんが言い、みんなで前山寺の山門の階段に座った。真っ赤なお陽様が、西にある男神岳《おがみだけ》に吸い込まれていく。陽が沈んで立とうとした時、賢ちゃんが言った。

「ちょっと待て。これからだ」

その声に押され、三人は座り直した。それまで青かった空が、みるみる金色に染まっていく。空も地も、何もかもが金色に輝いている。

そして、動いている。

「金の龍だ」

信夫が叫んだ。

一筋の雲が金色に輝き、立ち昇っていた。

「小泉小太郎の龍だ」

賢ちゃんが静かに言う。この時、剛を除く三人は皆、この村の年寄りから、耳にタコができるほど、何度も聞かされてきた独鈷山に伝わる龍の子の民話「小泉小太郎」を思い出していた。

四人の少年は、しばらくの間、まったく言葉を出さず、呆然と龍を眺めていた。


十月に入ると、いよいよ「稲刈り休み」。学校は、また一週間休みになる。

稲刈りはうれしい。何よりも自分が毎日毎日、水の管理をしながら、愛情いっぱいに育ててきた稲作が、一応ここで完結する。

「今日は、稲の卒業式だ」

そう言いながら、一平は張り切って稲刈り用の鎌《かま》を持って田んぼに向かった。稲刈りの鎌は草刈り用の鎌と違い、刃先がノコギリの歯のようにギザギザになっている。それで「ザクッ」と一発で刈る。その音が心地良い。この時期、その「ザクッ」「ザクッ」が塩田平中の田んぼから鳴り渡り、独鈷山にまで反響しているようだ。それは、収穫の喜びを歌い上げる大合唱に聞こえた。

一平は田植えの時と同じように、次の日行われた剛の田んぼの稲刈りにも手伝いに行った。また、桜田さんと桜田さんの友達の方も来てくれた。剛も「初めての稲刈りだ」と張り切っている。一平は鎌の持ち方、引き方を教えてあげた。ドンくさい剛だが、意外と筋がいい、と思ったとき剛が、

「ギャー!」

と叫んだ。そこに剛の大敵が現れたのだ。

イナゴだった。

田んぼの水管理は、水口だけ見ればいいので、イナゴに出くわすことは、ほとんどなかった。稲刈りと同時に、稲の中に潜んでいたイナゴが一斉に現れたのだ。

剛は「キャー、キャー」と、イナゴから逃げ回る。

「まったく、ヒルはなんともなかったのに、イナゴで逃げ回るとは」

と一平はあきれた。仕方がないので、稲を刈ってからやろうと思っていた「イナゴ捕り」を先にやった。

婆ちゃんに、

「剛くんの田んぼのイナゴも捕ってきてくれや」

と言われていたのだ。

一平の家では、いや、この辺りの家では、イナゴは大切な食料だった。

また学校の給食のおばさんたちから、

「イナゴ捕れる人は捕って持ってきてください」

と言われていた。一平が去年、持っていったイナゴの量はクラスで一番だった。

「今年は、剛の分を持っていってやらなければいけない」

剛のイナゴ騒ぎで、まごついたが、剛の家の稲刈りも無事終わった。田んぼの中に桜田さんがリヤカーに載せ持ってきてくれた長棒を組み立て、稲を掛ける櫨《ハゼ》ができあがる。そこに稲の束を掛けていく。全部掛け終わると、広場ができあがる。剛の母ちゃんが、

「ちょっとウチで用意してありますので」

と、手伝いに来てくれた二人を家に招待し、大人たちは帰っていった。

剛と一平は、ゴムボールを取り出し、できあがった「田んぼ広場」で、キャッチボールをした。

また、空が金色に輝き、龍が二人を眺めていた。

せんげ（水路）隔てた向こうでは、朝から源ジイが、たった一人で稲刈りをし、たった一人で束ね、たった一人で干していた。源ジイの干し方は、多くの田んぼがやっているハゼ掛けでなく、一本の杭の周りに木の枝のように稲を掛けていく。できあがると、人間の立ち姿のように見える。「きれいだ」と一平は思った。あとで婆ちゃんに聞いたら、

「あれは杭掛けといって、あれの方が、稲束が広がってウマイ米ができるけど、難しいぞ。一本の棒で立てるから、よっぽどウマクやらねえと倒れてしまう。源ジイにしかできねえな」

と言った。

稲刈り休みも終わり、捕ったイナゴを持って学校へ行った。給食室に持っていくと、給食のおばさんたちが、

「こんなにたくさん、ありがとう」

と言って、甘辛く煮て給食に出してくれた。

オニダが、

「イナゴは、食べられないものは食べなくていい」

と言う。いつも「給食は残さず全部食べろ」と厳しいのに、変だと思ったら、オニダはシッカリ残していた。尾谷先生は、福井県の出身らしい。福井県では、イナゴは食べないようだ。

一平は「こんなウマイもの、なんで食べられないんだろう?」と不思議で仕方がなかった。それにイナゴは「稲子」、食べると稲の匂いがする感じがした。

剛といえば、隣の席になった中組で一番可愛い小百合さんが、剛が足が付いた虫が嫌いなことを知って、足を箸できれいに取ってあげた。そしたら「うまい、うまい」とムシャムシャ食っていた。あれほど、逃げ回っていたのに調子のいい奴だ。その頃になると、剛の面倒を見る女子が増えていた。「頭のいい奴は得だ」と、一平は焼き餅をやいた。

運動会

稲刈りが終わると、いよいよ大運動会だ。子どもたちの運動会なのに、村人全員が集まるのでは、と思えるほど西塩田小学校の校庭は人でいっぱいになる。

なぜか「豊作祭り」の伝統がないこの村の人たちにとって、運動会はその代わりになるものなのかもしれない。

一平の家族も、婆ちゃん、母ちゃんはもちろん、弘ニイも原動機付き自転車でやってきて、校庭の隅に置いて、運動会に来た人たちに見せびらかしている。

六年の新子姉ちゃんは、勉強はできるが、運動はからっきしダメで、運動会ではまったく見せ場がない。それに比べ、走ってばかりいる一平は「この日を待ってました」とばかりに活躍する。

いつもだったら、婆ちゃんと母ちゃんが言う「なんで、こんなに違うのかねえ」の言葉は、グサリと一平の心臓に突き刺さるが、この日の、「なんでこんなに違うのかねえ」は、「なんて気持ちのいい言葉だろう」と、ウキウキと響く。

その言葉のとおり、一平は、短距離走、障害物競走、リレー、器械体操と大活躍だ。

そして、今年は四年生男子マラソンが加わった。これには、強力なライバルがいた。女《め》神岳《がみ》を越えた集落、野倉から来る三郎だ。野倉から学校まで片道六キロ。しかも、東前山からの学校道のように平らでない山道だ。熊も出るので、ランドセルには鈴を付けている。

そんな「訓練」を毎日している三郎に、春、学校の隣にある舌喰池を回る競走では負けていた。そんな彼に勝っていることは、一つしかない。

「忘れ物」だ。

三郎はキチンとしていて、まったく忘れ物はしない。

それに比べ、一平は剛に初めて出会った四月の「忘れ物ランニング」から、六回もやっていた。

「一平は、わざと忘れ物しているんじゃないか」と、クラスで噂されていたが、どこ吹く風。最近も、集金袋を忘れ、取りに帰った。紅葉が美しい独鈷山や弘法山を眺めながら、誰もいない学校道を走るのは、もう天にも昇るような気分だった。

その成果が実ることを期待した。

また、一平は運動会の一カ月前から、朝、剛に会うと、

「剛、オレは運動会まで、毎日走って学校へ行くぞ。オメエ、わりいがこれ持っていってくれ」

と、自分のランドセルを持たせ、全速力で学校に向かい、駆けていくのだった。剛は怒るどころか、

「ウン、分かった。イッちゃん頑張れ」

と、喜んでランドセルを持ってやり、一平の練習を応援した。一カ月近く、小さな体でランドセルを二つ持ってトコトコ歩く剛の姿が学校道の上にあった。

その甲斐があり、本番では「忘れ物の一平」に軍配が上がった。一平は、キチンとした三郎が可哀そうに思えたが、「勝負の世界は厳しい」と割り切った。

運動会での剛は、予想通り、走るのはまったくダメだったが、「帽子取り」で大活躍した。「帽子取り」は、騎馬戦と同じように四人で騎馬を作り、上に乗った騎手が帽子を取りにいく。帽子を取られたら、負けになる。剛は体が小さくて軽いので騎手だ。持ち前の「向かっていく」精神で、次から次へ帽子を取り、剛の騎馬が優勝した。胸を張って凱旋する剛の姿を見て、一平は、心の底からホッとし、自分がマラソンで優勝したことよりうれしかった。


剛の田んぼの稲は、一週間ほどハゼに掛かった後、桜田さんのところで脱穀してもらい、六俵の米になった。婆ちゃんにそのことを伝えたら、

「あそこの田んぼで、六俵とは、てえしたもんだ。さすが新潟で米作ってただけあるなあ」

と言った。

一平も誇らしかった。

運動会も、脱穀も終わると、村は急に静かになる。気温は毎日ドンドン下がり、霜が降り、また厳しい冬が来る。

静かになった村に、子どもたちの声だけが元気に響く。

学校道を行く蟻の行列から、白い息が吹き出している。その蟻たちの中には、ランドセルと一緒に大きな荷物を抱えている者がいる。ストーブ用の薪だ。薪は、ただ割った木を持っていけば良いというわけではなく、真ん中に燃えやすい新聞紙、その外にカンナクズ、その周りに豆ガラ、一番外側に細く割った材木の順で並べ、それを細縄で締め、巨大な海苔巻きのような美しい作品にしなければならない。剛に、そんなことができるわけながない。剛のストーブ当番の時は、一平が作ってあげた。

クリスマス

「クリスマスイブは我が家で、新子さんも一緒にどうですか?」と、剛の母さんから招待を受け、一平と新子は出かけた。一平はまた卵を、新子は「お葉づけ」をお土産に持っていった。「お葉づけ」とは野沢菜漬けのことである。この村では決して「野沢菜」とは呼ばない。

「わー！　野沢菜じゃない。私、大好物なの」

と、剛の母さんの声で迎えられた。

「ちょっと、まだ早いかもしれませんが。お正月が食べ頃なんです」

新子が、すました声で話す。新子は部屋を眺めながら、

「素敵なお部屋ですね」

と言う。剛の母さんが、

「狭いでしょ？　それに、ちょっと臭うでしょ？　隣が牛小屋だったから。でもね、キリストさんは馬小屋で生まれたって言うから、クリスマスイブにはピッタリでしょ？」

と笑っている。部屋は、色とりどりの英語の本の前にクリスマスの飾り付けがされていた。

新子は一平以上に、部屋の壁に貼られているものや、置かれているものに興味を持ったみたいで、目を輝かせた。壁に、一平にとっては、落書きにしか見えないような絵が貼ってあった。

「これってピカソですか？」

新子は聞いた。

「そう、雑誌の切り抜きだけどね。好きだから貼ってるの。よく知ってるね」

「はい、絵大好きなんです」

そう言いながら隣の絵を指さし、聞いた。

「これは誰の絵ですか？」

「それもピカソ」

「えー、ピカソに、こんな絵もあるんですか？」

「そう、若い頃に描いていた絵。これはね『海辺の母子像』という題が付いているの」

「この赤ちゃんは、もしかして剛君ですか」

剛の母さんは、ちょっと照れながら、

「ハハハ、そんなつもりで貼ったんじゃないんだけど、そうかもね」

と、うれしそうに笑いながら、

「なんにもないけど、カレーライス作ったから食べて」

と言った。一平は、

「なんだ、カレーライスか、カレーライスはオレんちでも作ってるわい」とがっかりしたのだが、出てきたものは、一平の家のインスタントのカレールーを使ったカレーライスとは、まったく違っていた。まずは、カレーの汁の色もネバリも同じカレーというものだと思えなかった。それと、一平が大興奮したのは、牛肉が入っていたことだ。

「肉だ！」

と叫ぶ一平に、剛の母さんは、

「アメリカ軍のお友達からもらったの」

と英語でラベルが書かれた牛肉の缶詰を見せてくれた。

一平が牛肉を食べたのは、もう一年も前。父ちゃんがお土産に買ってきて、ほんの一切れだけ食べることができた。鶏肉やウサギの肉は、よく食べていたが、豚肉や牛肉は、ほとんど手に入らず、カレーに入っているものは、いつもサバの缶詰だった。

去年、村にトラックで販売に来た行商人が「牛肉だ」と言って安く販売したので、村の多くの人が買った。ところが翌日から、その肉を食った人たちが皆、犬に吠えられたので「あれは絶対犬の肉だった」と村中の噂になった。

牛肉が、いっぱい入ったカレーライスを頬張り始めた一平は、

「カレーもうまいけど、ライスもウメエなあ」

と言った。それを待っていたかのように、剛の母さんが言った。

「ご飯も美味しいでしょう？　あなたたちが作ったお米よ」

「うっっ」

一平は喉が詰まりそうになった。

「新米か？」

「そう、あなたたちが一生懸命水をやり、育ててくれたお米」

一平の家では、新米は正月に初めて食べる。

新米を食べながら、一平は涙が出てきた。涙を流しながら、思い出していた。

田植え、水入れ、間断かん水、稲刈り、この半年、剛と一緒に毎日毎日こいつらを面倒見て育ててきた。

「ウマイナー！　自分で育てた米でクリスマスなんて最高だ！　なあ、剛」

一平は叫んで剛の肩を思いっきりたたいた。食べている途中だった剛も、喉を詰まらせた。

一平はカレーライスを四回もお代わりをした。

食べ終わった一平は剛に聞いた。

「剛、ご飯は英語でライスだろう？　米は英語でなんて言うんだ？」

「ライス」

「じゃあ稲は？」

「分かんない、お母さん稲は何？」

とお母さんにふった。

「ライス。稲もライスなの」

と答えた。

「みんなおんなじかよ。つまんねえなあ英語って」

一平が言う。

「そうね、日本語の方が、ご飯だったり、お米だったり、稲だったりで、面白いね」

剛の母さんが優しく言う。その時、新子が、

「おばさん、英語教えてくれませんか？」

と言い出した。

「私は、この春から中学生です。英語が始まるのでとても楽しみなんです。いつか英語が

話せるようになって、外国へ行きたいんです」

と言う。

「わー、素敵ね。いいわよ。いつでもいらっしゃい」

と、うれしそうに新子の申し出を受けた。

一平と新子は、クリスマスケーキとして出たホットケーキの残りを包んでもらい、坂を上り、家に帰った。家に帰り着くと、茶の間のコタツで弘ニイが母ちゃんとお茶を飲んでいた。

「ただいま」と声をかけると、弘ニイが、

「おう、どうだった？　アメリカ帝国主義は？」

と言ってくる。

「何それ？」

と一平が聞くと、母ちゃんが、

「弘、子どもをからかうんじゃないの」

と、弘ニイを怒った。

一平は弘ニイに対抗して言った。

「ヒロニイ、イエス様は、馬小屋で生まれたって知ってるか？」

「馬小屋か？　土蔵じゃねえのか？」

「外国に土蔵なんかあるか？」

弘ニイは、クリスマスイブに甥と姪の二人がいなかったのが悔しかったみたいだ。

どんどん焼き

冬休みに、剛は母さんと新潟の実家へ行ってしまい、正月が明けるまで帰ってこなかった。一平は、賢ちゃんや信夫と塩野池でスケートだ。

剛がいなくて良かったと思った。

なぜなら、一平たちがやるスケートは〝下駄スケート〟だ。

〝下駄スケート〟とは、スケートの刃が下駄に付いているもの。そのまま履いただけでは、グラグラしてしまうので、真田ひもという真田幸村が考案したと言われる幅二センチほどの平らなひもで、足に縛り付ける。その縛り方が難しい。わらじを足に着けるのも熟練を要するが、それ以上に下駄スケートを足にピッタリ着けるのは難しい。しっかりした結び方をしないと、すぐに緩んでケガにつながりかねない。ぶきっちょな剛には無理だろう、と一平は思った。また教えるのも面倒くさい。留守で良かった。

大晦日に、父ちゃんが帰ってきた。

「一平、元気でやっているか？　おまえは元気だったら、それでいい」と、冬休みに入る前にもらってきて、母ちゃんに「どうしてこんなに違うだかねえ」と、ため息をつかれた通信簿など見やしない。父ちゃんは酒ばかり飲んで、三が日が明けるとダムの工事現場に帰っていった。

一平にとって正月は、みんなが「楽しい楽しい」と言うほどは、楽しいものではなかった。一平が心から「楽しい」と思えるものは、その後の小正月と旧正月にあった。

小正月の一月十五日に行われる「どんど焼き」。そして二月の最初の土日に行われる「道祖神祭り」。両方とも小学生が行う祭りだが、一平にとっては「どんど焼き」こそが、一年中で最も大切な行事だ。

道祖神祭りは、市神様に小屋を作り、そこで甘茶を沸かし、甘茶を飲みにきた村人からお賽銭をもらい、それで学用品を買うという、どちらかというと、女の子のままごとのような祭りだが、「どんど焼き」は男の子の祭りだ。

山から太い竹を切ってきて、家の高さほどもあるやぐらを建てる、という重労働から始まる。そのやぐらの中に、燃えやすい藁や、薪を置き、その上に、正月飾りや、ダルマ、お札、書き初めなどを入れ、火をつける。火は高々と上がり天を焦がす。その火でネコヤナギの枝の先に付けた繭玉という繭の形をした餅を焼いて食べる。その餅を食べると風邪をひかない、と言われた。「どんどん焼き」のやぐらは、地区ごとに建てる。そして、どの地区が一番高く立派なやぐらを建て、大きな火柱を上げたか、を自慢し合う。

新潟から帰ってきた剛に、一平は言った。

「今日学校から帰ったら、賢ちゃんと信夫とお寺の竹藪に『どんどん焼き』の竹を見に行くからな」と。

「どんどん焼き」は、まずこの竹選びから始まる。

前山寺の三重の塔を取り囲む鬱蒼とした竹藪には、しっかりした太い孟宗竹《もうそうだけ》がたくさん生えていた。寺はそれらの竹を「どんどん焼き」のために提供してくれ、子どもたちが切り出すことになっていた。ただ、伐採は当日の朝早く。竹は伐採するとすぐに葉っぱがしおれて美しくなくなる。

「どんどん焼き」で燃やす竹は、葉っぱが青々としていなければならず、そのためには、その日の朝に伐採する必要があった。そこで、何日か前に竹選びをして赤い布を巻いておく。その竹選びは、入念にしなければならない。

あまり大きなものだと、寺から市神様まで運んでくるのが大変だ。そして注意しなければならないのは、竹は火がついてしばらくすると、中の空気が膨張し爆発する。あまり太い竹だと大爆発になり、火の粉が飛んでケガをしたりする。だからといって、あまり細い竹だと載せた正月飾りや、ダルマを支えられないし、何よりも火を高く上げることができない。程よい太さと高さが必要だった。一平たち第三地区の「竹やぐら」は、前山寺の竹林のおかげで、どの地区のものより立派で、炎を高く上げることができた。が、ゆえにネタまれた。

竹選びをしながら、賢ちゃんが言い始めた。

「今年は、あいつらからなんとしても守らなきゃいけねえからなあ」

一平と信夫が同時に、「ウン」と強くうなずいた。

剛にはなんのことか分からなかったが、三人の強い決意だけは感じることができた。

実は、去年の「どんどん焼き」は、とんでもないことになっていた。

「どんどん焼き」は、どの地区も日が暮れた午後六時に「火入れ」ということになっている。

朝、前山寺から切り出してきた竹を組み、お昼ごろまでには、基本のやぐらを建てる。午後二時ぐらいまでに、各家からしめ飾りなど燃やすものを持ってきてもらい、やぐらの中に入れたり、周りに付けたりして「どんどん焼きやぐら」が完成する。あとは六時の点火を待つだけだ。

ただ、ここで気を緩めてはいけない。必ず見張りを立てなければならない。なぜか？他の地区の連中が襲ってくることがあるからだ。去年は見事にやられた。第四地区の建男《たてお》が中心になった悪ガキ連中に襲われ、明るいうちに火をつけられたのだ。基本のやぐらが完成し、ホッとして皆が家に帰ったちょっとした隙を狙われ、まだお陽様がある三時ごろ一気に燃えてしまった。

一平は、「どんどん焼きが燃えている」の声で、あわてて戻ったが、もう遅かった。せっかく建てた立派なやぐらは、高々と炎を上げ、燃え落ちてしまった。まるで塩田城の落城のようだった。第三組の男子どもは愕然とし、肩を落とした。六時過ぎ、楽しみに繭玉を焼きに来た小さい子たちは、すっかり炭になってしまっている「どんどん焼き」に、「これじゃ、繭玉焼けないよ」とがっかりしていた。その言葉に一平たちは、もう顔を上げられなかった。

これに対し、村人たちは「なんて酷いことをする」とは、誰も言わない。倒されても、火をつけられても、ちゃんと守らない方が悪い。これは祭りなのであり、喧嘩も祭りの華なのだ。

それと、小屋を倒されたり、どんどん焼きを焼かれたりする、村での「子ども抗争」を、子どもたちは、絶対に学校には持ち込まない。それが原因でイジメやケンカになることはない。決して恨んだりもしない。しっかり割り切る。学校では、東前山地区の子どもみんな「なかよし」なのである。

一月十五日の朝早く、四人はまた前山寺の竹藪に向かった。賢ちゃんは、カウボーイのピストルのように、ナタを腰に掛けている。竹藪に入ると、赤い布を付けた竹に向かった。「今年は、雪がないので楽だなあ」と賢ちゃんが言う。一平は確かに、いつもだったら二〇センチほどはあるのに、今年はまったく雪がなく地面が見えている。

一平は「このまま雪は降らないのだろうか?」と少し不安になった。

その不安を打ち消しながら、竹を伐採。ある程度枝を落とし、竹やぶの外に出した。

それを賢ちゃんが一本、一平が一本、信夫と剛で一本計三本を、前山寺から市神様まで約五〇〇メートルをずるずると引いて降りてくる。

市神様では、六年生の一郎さんなど第三地区の上級生の男子が迎えてくれた。第三地区には、十五人の男子がいるが、四年生以上は八人。ただ、六年生の一郎さんは、ヒヨロヒョロで頼りがいがないし、他の三人も力仕事では期待できなかった。そんな中、賢ちゃんは五年生なのに、弘法山で小屋を建てたときのように器用にナタをふるい、みんなに指図をして、やぐらを組み立てていった。

竹のやぐらは昼頃までに、高々と立ち上がった。昼を過ぎると、村の人たちや学校へ上がる前の子どもたちが燃やしてほしいものを運んでくる。それをバランスよく飾り付けるのも賢ちゃんだ。一雄さんは見ているだけだ。そして不安げに言った。

「また、あいつら焼きに来ないだろうか？」

賢ちゃんは、

「来ると思うよ」

と、平然と答えた。一郎さんは、

「どうするんだよ」

と、うろたえた。賢ちゃんは、

「戦うしかないねえな」

と言う。

「戦うって、どうするんだよ？　あっちは建男をはじめ六年のモサばっかりだぞ」

一郎さんは自分も六年なのに、まったくだらしがない。ただ、一郎さんが恐れるのも無理はなかった。第四地区には建男を大将として、元気な六年の男子が五人、五年の男子が六人もいた。以前、「おたや神社」に第三地区の皆で建てた小屋を壊しに来たのも、こいつらだった。戦力の差は、目に見えていた。

賢ちゃんは、みんなに号令をかけた。

「みんな、今から交代で家に帰って昼飯だ。戻ってくるときに、鍋のふた、豆まきで使うクズ豆。そして持ってる奴は、パチンコと刀を持ってきてくれや」

と言う。刀は例の弘法山に登るときに持っていく「ウリの木」の刀。パチンコもウリの木の又枝《またぶり》にゴムをつけて、豆や石を飛ばす武器。

賢ちゃんは、どんなことがあっても今年は「どんどん焼き」を死守するつもりだ。

みんな交代で、家に昼飯に帰り、賢ちゃんに言われたとおり、鍋のふたや豆を持って戻ってきた。直径一メートルもある味噌樽の大きなふたを持っている者もいる。パチンコと刀は全員が持っている。剛は、パチンコは持っていないが、この辺りの家では見たことがないようなしゃれた鉄の鍋のふたと、弘法山に行くときに一平があげた刀を持って戻ってきた。全員が戻ると賢ちゃんが言った。

「いいか、あいつらは、まずパチンコで豆を撃って攻めてくる。小屋を襲撃されたときもそうだった。そこでオレたちが逃げたらおしまいだ。鍋のふたで豆をはじいて、その後ろで、オレと一平、信夫、それに一郎さんは、パチンコで反撃する」

「オレ、パチンコ下手なんだけど」と一郎さんは弱気だ。

「いいから、撃てばいいんだ。でも、できるだけ顔は狙うな。目に当たったらよくねえ。まあ、そんなヘマする連中じゃねえけどな」

賢ちゃんはいつの間にか、六文銭が付いた鉢巻をしている。しっかり真田幸村だ。

「今から、ここを動くなよ。いつ来るか分からねえからな」

八人は、「どんどん焼き」のやぐらをぐるりと取り囲み、いつ彼らが攻めてきてもいいように臨戦態勢に入った。ところが、なかなか来ない。信州の冬の陽の入りは早い。四時過ぎには陽が沈んだ。陽が落ちると急に寒くなる。陽があれば、まだ零度ぐらいだった気温は一気にマイナスになった。いくら子どもとはいえ、寒さが身にこたえた。

一郎さんがしびれを切らして、

「今年はもう来ないんじゃないの」

と言った時だった。

「カン！」

と信夫の構えていた鍋のふたが鳴った。

「来たぞ」

と賢ちゃんが叫んだ。一平は坂の上を見た。すると夕闇の中に何人も立って、こちらにパチンコを構えている。次の瞬間、バチバチバチと豆が飛んできた。

「打ち返せ！」

と賢ちゃんが叫ぶ。反撃組は、あわてて豆を取ってパチンコで撃ち返した。

でも、敵は十人近くいる。それが、パチンコを撃ちながら、どんどん迫ってくる。

賢ちゃんが、

「ひるむな、撃てー！」

と叫ぶのだが、こちらの撃ち手は少ないし、一郎さんの豆はとんでもないところに飛んでいくか、その辺でポトリと落ちてしまう情けないものだ。

敵がもうそこまで迫ってきている。一郎さんが、

「もうだめだ、逃げよう」

と言った時だった。

さっきから、みんなに豆が当たらないように鉄製のしゃれた鍋のふたで防いでいた剛が、いきなり左手に鍋のふた、右手にウリの木の刀を持ったと思ったら、

「ヤメロー！」

と大声を出し、軍団に向かって突進していった。剛の鉄の鍋のふたに豆が当たり「カンカンカン」と音を立てる。その姿は真田幸村というより、漫画で見たことがあるギリシャの兵士だった。剛を一人にしておけず、一平もそのあとに続き、賢ちゃん、信夫、そして一郎さんまでもが、

「ヤメロー！」

と鍋のふたと刀を持って突進した。まさか、それほどの反撃に遭うと思っていなかった建男たちは、その勢いに押されて退散した。

一平と剛たちは、「どんどん焼き」のやぐらを守り切った。

第三地区の「どんどん焼き」は、よく燃えた。火柱が高々と上がり、天に届くほど火の粉が舞った。その火は、塩田町の中心部からも見えたようで、

「前山寺の下で燃えていたどんどん焼きが一番すごかった」

と言われた。

去年「これじゃ、まゆだま、焼けないよ」と言っていた小さい子たちも、今年は赤白の繭玉をきれいに焼いて、その場で食べ、

「これで、かぜひかないね。おにいちゃんたち、ありがとう」

と言ってくれた。一平は鼻高々、うれしかった。


次の日は学校。一平はストーブ当番だったので、手製の薪を持って剛より早く学校に行った。

一時間目の授業は国語だった。

オニダがちょっと迷いながらも、

「剛、ここ読んでみろ」

と言った。

剛は、すっと立って読み始めた。

読み始めた途端、クラスは静まり返った。オニダは大きい目を、さらに大きくした。

一平は、椅子から転がり落ちるかと思うくらいビックリした。

剛のドモリが消えていた。

桜田さん

どんどん焼きも道祖神祭りも終わり、三月になると福寿草が咲き、少しずつだが春の気配がしてくる。いつもの年だと、雪の中に咲く福寿草が土の上に咲いている。

雪が少ない。

そして、春なのに雷が鳴っている。

婆ちゃんが変なことを言う。

「春の雷は、良くねえ。昔から日照りの前触れだっていう。今年は雨が降らねえかもしれねえな。それに、雲の色が火のように赤く見えるだろう？　これも良くねえ」

一平は、

「夕焼け雲は、いつも赤いだろう？」

と言うが、婆ちゃんには、いつもと違う赤に見えるらしい。

三月の卒業式が終わり、新子も小学校を卒業。

新子はあれから、時々剛の母さんの所に英語を習いにいって、中学校でもみんなに差を付けようと「ハウアーユー？」とかやっていた。

「新子ネエの勉強好きにも困ったものだ。また母ちゃんに『どうして、こんなに違うのかねえ』と言われるじゃねえか。どうにかしてくれ」

と、一平は前山寺の山門にあるお地蔵さんを拝みながら五年生になった。担任は相変わらずオニダだ。

中学校は町にある。

東前山集落から、ただ、ただ真っすぐ、北にのびる坂を四キロ下ると、別所線の塩田町駅がある。その隣に中学校がある。中学生は徒歩で往復二時間かけて通学する。小学生は真っすぐ西へ、中学生は真っすぐ北へ向かうのである。ただ、第四地区は少し西側にあるため、第三地区から小学校に通う小学生と、第四地区から中学に通う中学生の通学路が少し重なり、小学生と中学生がすれ違う。

一平と剛は、中学生になった建男たちと何度かすれ違った。ただ、ガンを付けるわけでもなく、お互いに何事もなかったように通り過ぎた。剛は怖がるどころか、胸を張って歩いた。その姿は、イナゴを怖がる剛からは想像ができなかった。

四月になると田んぼが動きだす。そろそろ、あちこちの田んぼで冬の間に固まった土を耕す「田起こし」が始まるのだ。

学校道は田んぼの中を突っ切っているため、その様子がよく分かる。

一平は、

「おまえと去年の今頃、初めてここで会ったよな」

と言いながら、剛と学校道を帰っていた。

「おまえは母さんに、手を引かれながら歩いてたよな」

と一平はからかった。剛は、

「手なんか引かれていないよ」

とふくれた。

その時だ、学校道の遙か彼方から、女の人が小走りにやってくる。

「あれ、おまえの母さんじゃねえか?」

「そんな感じだね。どうしたんだろう」

剛は不安になった。

「なんか急いでいるみたいだぞ」

一平はそう言い、

「走ろう」

と剛と一緒に走り出した。学校道の真ん中で対面できた。

「よかった。まだ学校かと思った」

剛の母さんが、ゼイゼイしながら言う。

「どうしたの母さん」

と剛が聞く。剛の母さんは、

「桜田のおじさんが、ウチの田んぼの田起こしをしてくれていてケガをされたらしいの、今から町の病院へ一緒に行きましょう。よかったら、一平君も来て」

と言ってくれた。三人は学校道を外れ、坂を下り町へ向かった。剛の母さんは途中、商店で桃とみかんの缶詰を買い、病院に持っていった。

病室を開けると、桜田のおじさんがベッドで足を動かさないようにして横になっている。桜田さんの奥さんがベッドの脇に座っていた。桜田さんは、三人に気が付くと、

「やあ、わざわざスミマセン。ちょっと耕運機をひっくり返しちゃってね。ここの骨がポキッとね」

と、足を指さす。奥さんが、

「まったく、佐々木さんに手伝ってもらえというのに、なんでも一人でやろうとするから」

と怒りながらも、笑っている。剛の母さんは果物の缶詰を差し出し、

「スミマセン」

と深々と頭を下げた。桜田さんは、

「そんなことしないで。あんたが謝ることないよ。私の不注意だから気にしないで、気にしないで。後は佐々木さんに頼んであるから心配しないで」

と言ってくれた。

「本当にスミマセン」

「いいの、いいの」

剛の母さんの「スミマセン」と、桜田さんの「いいの、いいの」のキャッチボールは、なかなか止まらなかった。桜田さんは、なんとか止めようと、ランドセルを背負った一平と剛を見ると、

「おー、君たちは学校の帰りに来てくれてたのか？　ありがとう。剛君、また身長伸びた

ねえ。もう五年生か。古坂君、剛と仲良くしてくれて、ありがとう。第三地区のどんどん焼きの話は聞いたよ、君たちの地区が一番すごかったんだって？」

「はい、そうみたいで」

一平は照れながら答えた。

桜田さんは、

「第四地区の六年のモサたちに負けなかったんだからスゴイよ」

とまで言う。

「そんなこと、知ってるんですか」

「大人は、みんな知ってるんだよ」

一平はドキッとした。

「一郎君も頑張ったんだって」

「ああハイ。一郎さん、知ってるんですか？」

「彼のお父さんが農協の役員やってるから、よく会うんだよ。ウチの一郎が、第四地区のモサを追い返したって、誇らしげに言ってたよ」

一平と剛は、おどおどする一郎さんの姿を思い出し、目を合わせて微笑んだ。

剛の母さんは、何度も頭を下げながら病室を出た。桜田さんの奥さんが病院の玄関まで送ってくれた。別れ際に、

「まったく、あの人は、あなたたちのことになると目の色が変わるのよ。養子にやった弟さんを、ずっと可愛がっていたからね。あなたたちは、その忘れ形見。だから気にしないで」

「甘えてしまって、良いのでしょうか？」

「良いどこじゃない（いいよ、気にしないでの意味）」

「スミマセン、こんなにお世話になってしまって」

「良いどこじゃない」

今度は、剛の母さんと奥さんとのキャッチボールがしばらく続いた。

桜田さんがケガで中断してしまった田起こしは、佐々木さんが耕運機でやってくれた。田起こしが終わり、しばらくすると田んぼに水が入り、代掻《しろか》きだ。代掻きとは、田んぼに水を張って、土を泥にし、田植えをしやすくする作業。

一平は、この時期の田んぼも大好きだった。クリーム色の田んぼが塩田平一面に広がる。稲たちは、まだ来ていないから静かだ。代掻きが終わった田んぼは、まるでサーカスが始

まる前に閉じられている美しい幕のようだ、と思った。この幕が開き、これから「稲作り」というショーが始まる。

この代掻きが終わった田んぼの表情は、田んぼによって少しずつ違う。

五月下旬、「代掻きも佐々木さんがやってくれた」と聞いて、一平は学校が終わると、剛と剛の家の田んぼを見にいった。

代掻きされた田んぼを前に、

「さあ、今年もオレたちの米作りが始まるぞ」

と剛の肩をたたいた。

その時だった。一平は、

「なんか違うな」

と言った。

「何が？」剛が聞く。

「いや、オレんちの田んぼと違うし、去年のこの田んぼとも違う」

「どこが？」

「美しい」

「みんな同じだよ」

「そんなことない。よく見てみろ。人の肌みていだろう。それも京子先生みていな。匂いまでしてきそうだ」

そう言いながら、一平は鼻で息を吸い込んだ。

剛はポカンと口を開けている。

「これは耕運機ではできねえ」と一平は言った。

その時、せんげ（水路）を隔てた隣の田んぼで、さっきから代掻き用の柄振《えぶり》という昔ながらの道具を使いながら代掻きをしていた源ジイが、作業を終えて帰ろうとしているのが目に入った。

一平は、もしかして、これは源ジイがやってくれたのでは？　と思い、

「あのー」

と、源ジイに声をかけた。

源ジイが近づいてきて、ゆっくり話し始めた。

「余計なことしたかな？　一回だけやる荒代掻きの方がいい場合もある。ただ、この辺りの田んぼは砂地だから、土をできるだけ細かくしてやった方が、水持ちがいいんだ。

ちょっと手を入れさせてもらったよ」

どうりで美しいはずだ。源ジイは、柄振で何度も何度も赤ん坊の肌をなでるように、土をかき混ぜ、京子先生の肌のような田んぼを作ってくれたのだ。

「ありがとう、ございます」一平は言った後、ポカンとしている剛の頭の後ろを持って、

「オメエも、お礼を言えよ。オメエの田んぼだぞ」

と言いながら頭を下げさせた。源ジイは笑いながら、

「いいよ、いいよ」と言い、また、

「オイたちもよくだなあ（頑張るなあの意味）」と言ってくれた。

そして、せんげ（水路）を眺めながら、

「それにしても、水が少ねえ」

とつぶやき、あぜ道を上っていった。

一平にはその後ろ姿が、寂しそうに映った。

雨が降らない。

四月からこっち、雨らしい雨がない。上田は降っていても、塩田は降らない。塩田は日

本でも最も降雨量が少ない所と言われているが、それにしても降らない。冬、雪もほとんど降らなかった。去年はこの時期、せんげ（水路）に水が勢いよく流れていたが、今年はチョロチョロとしか流れていない。

一平は、田んぼの水を送ってくれる塩野池を見にいった。やはり、池の水はいつもの年の半分くらいしかなく、中の岸がむき出しになり、池というより、六年生が修学登山に行き、撮ってきた白根山の火口の写真のようで哀れだった。

役水《やくみず》

六月になり、「田植え休み」が始まった。

一平は、去年のように自分の家の田んぼに続き、剛の家の田んぼの田植えを手伝う。手伝うというより、今や一平にとって、剛の家の田んぼの方が自分の田んぼのように思えてきていた。

特に今年は、あの京子先生の肌のような美しい田んぼに田植えをすると思うとゾクゾクした。一平の家の田んぼは、村一番の力持ちの小林さんが耕運機で「ザザザ」とやってくれるが、それとはまったく違っていた。

佐々木さんが苗をリヤカーに積んで運んできてくれて、束になった苗をポンポンと代掻きされた田んぼに投げていく。落ちたところから波紋が広がり、小さい新一年生を迎える。素足で、美しい泥の中に足を入れる。耕運機で代掻きされた田んぼとは、感触がまるで違う。一平はあまりにうれしくて、どうせ泥だらけになるのだからと、泥の中に寝そべった。足を滑らせたと思ったのだろう。剛の母さんが、

「一平ちゃん大丈夫？」

と声をかけた。

「大丈夫です」

と言いながら一平は、運動会の時、ゴール係だった京子先生が、マラソンで一番になった一平を、ゴールで「頑張ったね」と抱きしめてくれた温もりと匂いを思い出していた。

田植えは剛もずいぶん上達し、無事終わった。

ただ、水が少ない。今、この新一年生は、水をいっぱい必要としている。

田植えが終わって三日後、婆ちゃんが一平に、

「あしたから『役水』だ。ウチの田んぼは、午前十時からだから、シッカリやれよ」

と言った。

「役水」とは、水が少ないときに、田んぼに水を順番に入れていく配水方法のことを言う。水利組合で管理され、時間を区切って、それぞれの田んぼに「公平」に水を分配する。分配された水は、水口からしっかり自分の田んぼに引き込まなければならない。そのためには「堰」作りが肝心だ。ウマク堰を作らないと、せっかく分配してもらった水も田んぼに引き込むことができない。

「分かった。任しとき」

と一平は生意気に言う。そして、

「剛の田んぼは、いつだ？」

と聞いた。婆ちゃんは、

「下田はあさっての午前中じゃねえかや」

と答える。

「これも、オレがやってあげなきゃいけねえなあ」

と腕を組む。一平の家の田んぼに、役水をしっかり引き込んだ一平は、翌朝早く、剛の家の田んぼに役水を入れるため、父ちゃんの使い古した懐中時計を持って、剛と一緒に下田に向かった。しっかりした堰を作るには時間がかかる。下田に着くと、源ジイはもう来て堰作りをしている。源ジイの田んぼの水口は、剛の田んぼの少し上流だ。役水は源ジイが受けた後、次が剛の家の田んぼになる。

一平は源ジイが作った堰を見て、腰を抜かしそうになった。まるで、ダムだ。父ちゃんが、自分が造ったダムの写真を家に飾ってあるのだが、それのミニチュアのようだった。せんげ（水路）のフチからフチに、アーチ状に泥でしっかり固められ、それは芸術品だった。役水を一滴も漏らさない、と思えるほどしっかりできている。一平は、「オレは『堰』作りのプロだ」と言っていた自分を恥じた。

「見とれてちゃいけねえ。こっちも堰を作らなきゃ」

と、剛と二人で、石と砂利と土を重ねながら堰作りにかかった。半分ぐらいできたところで、

「上手に作るじゃネエか。たいしたもんだ」

と声がした。源ジイが見てくれたのだ。そして、

「でも、ここをな、泥で固めたら、もっと止められるぞ」

とアドバイスをしてくれた。しばらくしたら、源ジイの上の田んぼから、

「終わったど。そっちへ行くど」

と声がして、水が流れてきた。源ジイの堰は、その水を抱き留めるように水を田んぼに招き入れていく。

「源ジイの次は、こっちの田んぼだ。しっかり水をもらわなきゃいけねえ。灌水時間は三十分だ。まだ時間はある」

その時だ、源ジイは、まだ源ジイの時間があるのに、

「こっちはもういい。そっちに流すぞ」

と叫んだ。

「あの、まだ時間が」

「いい、いい。そっちでいっぺえもらえ。しっかり受け止めろ」

と、源ジイは美しいダムに鍬を入れ、一気に決壊させた。水は、今度は一平と剛が作った堰に到達し、剛の家の田んぼに吸い込まれていく。

「役水」はその後、繰り返された。雨が降らない以上、残された水を分け合っていくしかないのだ。

一平と剛は、学校がある時間以外、どんなに朝早くても、夜遅くても「役水」の堰作り

を頑張った。源ジイの教えを忠実に守りながら、堰を作り上げていった。源ジイは、そのたびごとに自分の田んぼの制限時間より早く堰を切り、剛の家の田んぼに余計に水をくれた。

ただ、「役水」の回数を重ねるごとに、流れてくる水量が少なくなっているような感じがして、一平は気になっていた。

このままでは苗が育たない。水が要らなくなる「中干し」までまだ一カ月半もある。今の時期は毎日水を与えないと、茎が増えないばかりか枯れてしまう。

そんな時だった。一平は、いつものように剛と学校道を学校に向かっていた。すると、いつも眠そうに座っている学校の近くの駐在所のお巡りさんが、東前山集落に向かって、ハーハー言いながら、弘ニイの「原動機付き自転車」より速く自転車を漕いでいった。

「いったい、何があったんだ?」と一平と剛は顔を見合わせた。一平は東前山で何か事件でも起きたのでは? と心配で落ち着かなかった。それが分かったのは、学校から帰ってからだった。家に着くなり、婆ちゃんに聞いた。

「朝、巡査がすげえスピードで、自転車で走ってきたけど、何かあったんか?」

婆ちゃんは言い始めた。

「源ジイが水利組合長の家に、下田にもっと水を流してほしいって頼みにいったんだ」

「水利組合の組合長って、第四の建男の父ちゃんか?」

一平は聞いた。

「そうだ、オメエのケンカ相手の建男のところだ。組合長は『役水は公平にやっている。下田だけ多く流すわけには、いかねえ』って答えたらしい。源ジイは『公平なわけない。オレには分かっている。このままでは下田の田んぼはダメになる、なんとか頼む』と土下座したが、組合長は『下田に水がたまらねえのは、田んぼが悪いからだ。あんな所は、もともと田んぼをやれる所じゃねえ。お荷物だ。帰ってくれ』と言った。それに腹を立てた源ジイは、近くにあった鎌で組合長に襲いかかろうとしたらしい。組合長は逃げてケガはなく、近所の衆が源ジイを止めにかかったが、源ジイは組合長の家の土間に座り込んで動かない。そんで、誰かが公民館の共同電話まで走って交番に電話したらしい。交番から巡査が自転車で駆けつけ、源ジイは上田警察署から来たパトカーに乗せられ連れていかれた。この村のことは、なんでも知っているシゲ子さんが言うことだから、そんなに間違いはネエだろう」

婆ちゃんは、うなずきながら言う。

次の早朝、下田の「役水」だった。源ジイは来ていない。一平と剛は、源ジイの田んぼにも水を入れてやった。「役水」を入れて家に帰ると、みんながちゃぶ台を囲み、朝飯を食べている。母ちゃんが、

「一平、ご苦労さん。こっちへ来て早く食べな」

と言ってくれたが、一平はのんきに朝飯を食べているみんなを見たら、急に腹が立ってきた。

「婆ちゃん『役水』は、本当に平等か？　下田は中島の田んぼより少ねえ気がするんだけど」と詰め寄った。婆ちゃんは、

「それは分かんねえ」

と、めんどくさそうに言う。母ちゃんには、

「母ちゃん、村の寄り合いでは、なんて話してるんだ？」

と問い詰める。

「『役水』については、水利組合長さんがちゃんとやってるよ。そんなことより、早く食べな」

とせかす。一平は引き下がらない。

「ヒロニイ、なんでこんなことになるんだ？」

「人間の社会ってのはな、上手くいってるときは良いけど、大変なときには、弱い奴は切り捨てられるのよ。戦争の時でもケガして足手まといの奴は置き去りにされる」

と弘ニイは、悲しそうな顔をして言う。一平は、戦争を思い出した弘ニイがかわいそうに思えたが、同情に負けてなるか、と、

「今は戦争中じゃネエだろう？　それがミンシュシュギかよ？」

と声を張り上げた。味噌汁をすすっている新子が、

「子どもが言うことじゃないんじゃないの？」

とのんきに言う。一平はその一言で、抑えていたものが外された。

「子どもに水番をさせておいて、子どもに何も言うなって、おかしいだろう？」

と怒鳴りながら、壁を思い切り蹴った。「ドン」と言う音が家中に響き、お蚕さんたちが驚き一斉に静かになった。一平は怒りを抑えることができず、

「メシは、いらねえ」

と言うと、ランドセルを持って飛び出していった。背後で、

「久しぶりに一平のかんしゃくが起きたね」「末っ子だからな」「甘やかしすぎたんじゃな

いの」「反抗期かもよ」

との言葉が飛び交っていた。

意地を張って家を飛び出したものの、二時間目を過ぎたころから腹が減って仕方がない。

一平はオニダに、

「算数の教科書、忘れました」

と言い、ゲンコツを一発もらい、アベベになった。

家に着くと、ちゃぶ台の上に婆ちゃんが、ちゃんと用意しておいてくれた。今度はイモだけじゃなく握り飯まであった。


一平の中では、どうしても納得がいかない。イナゴの足が喉に引っかかっているような感触が残り続けていた。

源ジイは、組合長が「ケガもなかったから許してやってくれ」と巡査に訴えて、二日後には釈放され、パトカーが家まで送ってきてくれた、とシゲ子さんが伝えてくれた。

一平は「また源ジイに会える」と思うと心が躍った。ところが、三日後の朝、眠い目をこすりながら起きていくと、区長さんが神妙な顔をしてやってきた。そして、

「源さんが、やっちゃった」

と言いながら、首に両手を持っていって絞めあげる格好をした。

一平と剛は、源ジイの葬式に行った。婆ちゃんや母ちゃん、剛の母さんも一緒に行った。源ジイは、昔は蚕もやっていたようだったが、今は田んぼを少ししかやっていないので、公民館のような大きな家の隅っこに一人で住んでいた。葬式は、長野市に住んでいる長男さんが喪主で、坊さんが三人も来て、盛大だった。

長男さんは、長野市の大きな会社の社長さんということで、一平でも知っている会社の社長さんや議員さんからの花輪が、たくさん届いていた。区長さんや、水利組合長も一番前に座っていた。一平と剛は、婆ちゃんたちと線香だけあげさせてもらい、一番後ろに座っていた。葬式の終わりに長男さんが前に立ち、来てくれた人たちに挨拶をした。

「皆さん、今日はお忙しいところスミマセン。父には、腰も悪いんだから、長野で一緒に暮らそう、と言い続けてきたんですけど。こんな死に様になってしまいまして。皆さんに迷惑ばかりかけたようで、本当に申し訳ありません。父は本当に頑固で、自分のことしか考えない利己的なところがあって」

そこでまで長男さんが言った時だった。

「違います。源ジイは、そんな人じゃない」

という子どもの声が、一番後ろから響き渡った。

一平だった。参加者みんなが振り返り一番後ろに座っている一平を見た。一平は自分でも訳が分からなくなったが、涙がどっとあふれた。そのこみ上げる涙を、なんとかこらえながら声を振り絞り、自分を見つめているすべての大人たちの目に向かい、

「源ジイ……は……自分ことだけ……考えてたんじゃない」

としゃくり上げながら言うと、外に飛び出した。

「いっちゃん」

と、剛が後から追いかけた。

通りに出ると、一平は坂を駆け上がり、剛が後を追った。

その二人の後から、

「ちょっと待ってー」

と、女の人の声がした。その声にロープを掛けられたように二人は止まった。女の人が喪服の裾を片手で上げながら、もう片方の手で紙袋を持って走ってくる。親族席に座って

いた人だ。

「父と仲良くしてくれたんだね。ありがとう。父がよく、田んぼを一生懸命やる『よくな、ボウズたちが』いる、って言ってたわ。あなたたちのことね。これ食べて」

と、饅頭を袋に入れて十個もくれた。葬式饅頭だった。綺麗な女の人で、京子先生と同じ匂いがした。

一平が、

「ありがとう、ございます」

と礼を言うと、

「じゃあね。来てくれて、ありがとう」

と、女の人は坂を下って源ジイの家に戻っていった。

饅頭を食うと、不思議と心が落ち着いた。そして、源ジイが自分たちのことを、あの娘さんに話してくれていたのか、と思うと飛び上がりたいくらいうれしかった。

ちょっと前まで、洪水のように流れていた涙は、すっと乾き、二人で饅頭を食いながら坂を登っていった。

独鈷山が、そっと二人を見守っていた。

雨乞い

源ジイの葬式が終わったらすぐに、源ジイの田んぼは「役水」から外された。

長男さんが、もう要らない、と言ったのだろう。


数日後、学校から帰ると、物置の前で婆ちゃんが、竹の先に藁を付けて何か作っている。

「何やってるんだ？　婆ちゃん」

と聞くと、

「おう、一平か、お帰り」

婆ちゃんは、背筋を伸ばしながら、

「いよいよ雨乞いだ」

と言う。

「なんだ、それは？」

「前の雨乞いの時は、オメエはまだ小さかったからなあ。『百八手《ひゃくはって》の雨乞い』といってな、こうやってな、大松明《たいまつ》を作り、それを塩野池の周りで燃やすだ」

「百八本の手でやるのか？」

「百八ってのは、除夜の鐘と一緒で、願い事が叶う縁起のいい数だからそういうだけで。たぶん、もっと多くなるはずだ。塩田じゅうのため池でやるっていうから、何千本になるな。松明燃やしながら『アメフラセ、タンマイナー』って空に向かって叫ぶわけよ」

「アメフラセ、ナンマイダー、って言うのか？」

「ナンマイダじゃねえ、タンマイナーだ。タンマイナーは『くだされ』という意味だ」

「そんなことして、雨は降るのか？」

「降る。うーん、たぶん降る。降るかもしれねえ。分かんねえけど、みんな気が立ってるから何かしなきゃなあ。昔からひどい日照りのときにやってきたんだ。オメエも手伝え」

一平は、ランドセルを放り出すと、婆ちゃんの手ほどきを受けながら松明作りを手伝った。

立派な大松明が、家族分、弘ニイの分もできあがった。

「雨乞い」のことは、次の日、学校の全校朝会で、校長先生も話してくれた。

「皆さんの住む村は、日本で一番くらい雨が少ない地域と言われています。ですから昔から人々は、田んぼや、畑に水をやるために大変苦労してきました。そのため作られたのが『ため池』です。この学校の隣にある舌喰池、山田地区にある山田池、前山地区にある塩野池。みんな三百年ほど前の江戸時代に作られた池です。塩田平には他にも小さい池も含めると二百ものため池があります。これらの池があるから、この塩田平で稲を作ることができるのです。ただ、その『ため池』があっても、今年のように雨が降らないと、大変です。そこで、今度の土曜日の夜、それぞれの池で『雨乞い』という行事が行われます。これはたくさんの人々が、池の土手に大きな松明を持って集まり、それを池に向かって燃やし、雨が降るようお祈りする行事です。昔の人は、お祈りすれば雨が降る、と信じていたのでしょう。昔のことを知る勉強にもなりますので、それぞれの地域の池の『雨乞い』に参加してみてください」

一平は、なんだか胸の奥から熱いものがこみ上げてくる気がした。これで雨が降ってくれたら、剛の家の田んぼも救われる。

学校から帰ると、剛を家に誘い、剛と剛の母さんの松明も作った。庭で「原動機付き自転車」をいじっている弘ニイが、

「おう、雨乞いの準備か？」

と、のぞきに来る。一平が、

「ヒロニイのものも作ったで」

と言うと、

「オレは行かねえ。雨乞いなんて迷信だよ、迷信。オレは唯物論者だから、迷信は信じねえ。科学的に物事を考えるからな。そんなもの信じねえ。池の周りで火をたいて、雨降ったら世話ねえよ」

と、素っ気ない。

土曜日は、朝から下田の田んぼの「役水」だった。前よりも、さらに流れる量が少なくなった気がする。剛の田んぼは、いよいよ危ない。一平は剛の田んぼの苗たちに、

「おまえたち、今夜、雨乞いやったら雨降るっていうから、そしたらいっぺい水あげるからな」と話しかける。

土曜日の夕方、いつもの四人組、一平、剛、賢ちゃん、信夫は市神様に集合した。

今日は、刀は持っていないが、その代わりに、みんな自作の松明を持っている。

「今から、塩野池へ向けて出陣だ」

と、松明を兵隊の鉄砲のように担ぎ歩き始めた。

歩きながら賢ちゃんが聞いてきた。

「一平、なんでおまえは二本持ってるんだ？」

一平が、

「ヒロニイの分も作ってやったんだけど、ヒロニイは『あんなものは迷信だから行かねえ』って言うので、もったいねえから二本持ってきた」

と答えると、

「迷信か？　雨、本当に降るのかなあ？」

と、信夫が言いながら空を見上げる。少し雲はあるものの、雨は降りそうにない。賢ちゃんが、

「ウチの寝たきりのじいさんが『雨乞いには、前山寺の水竜《スイリュウ》様も出てきて、それがものすごい力があるから、雨は絶対降る』って言ってたけどなあ」

と言う。

「水竜様って、なんだ？　そんなもの、あの寺にあるのか？　見たことねえぞ」

と、一平が言うと、賢ちゃんは語り始めた。

「水竜様ってのはな。前山寺のどこかに隠されていて、いつもは見ることができねえ」

「なんなんだ、それは？」

「なんか、直径五〇センチぐらいの大きな鉢の中に竜《リュウ》がいるらしい」

「竜って？　置物か？」

「いや、とぐろを巻いた縄らしい」

「縄？」

「そう、縄」

「それが竜かよ？　赤ん坊のオモチャみていだな」

「うん、だけど、そいつが、鉢に水を入れ、坊さんがお経を読むと、ムクムクと動き出すらしい」

「そりゃ乾いた縄に水をやれば、水を吸って動きだすだろう？」

「だけど、もっとお経を読み続けると、竜が鎌首を持ち上げてくるらしい」

「ホントかよ、それ？」

一平が大声を上げると、みんな足を止めた。信夫が、

「マムシみていだな」

と言う。剛が、

「漫画でインドのヘビ使いが笛を吹くと、頭を持ち上げるコブラがいたね」

と言う。

「そんな感じか？　でも、ヘビなら分かるけど、縄だぞ」

一平が言うと、

「さあ？　オレも見たことがネエから分かんねえ。じいさんも見たことはネエらしい」

「それで、どうなっただ？」

「みるみるうちに雲が出て、大夕立になった」

「そりゃスゲエ。それで、今夜もその水竜様も来るだか？」

「来るみていだ」

いよいよ楽しみになった少年たちの、足取りは軽くなり、建男たちの住む第四地区をいさぎよく抜け、塩野池に向かっていった。

塩野池に着くと、まだ五時半だというのに、もう大勢の人が池を取り囲み準備をしていた。

まだぞくぞくと村人が登ってくる。六時ごろには、塩野池は松明を持った人たちに取り囲まれた。一平は、こんなにもたくさんの人たちが東前山、西前山地区に住んでいたのかと、驚いた。桜田さんも松葉杖をつきながら奥さんと来ていて、剛と一平を見つけると、

「やあ、君たちも来ていたか？　この雨乞いはすごいぞ。これで、もう水は安心だ」

とうれしそうだった。

一平の婆ちゃん、母ちゃん、新子ネエ、それに剛の母さんも、あとからやってきた。

一平たちの四人組は、

「水竜様を見たいから、坊さんたちがお経を上げる近くに行こうぜ」

と、坊さんたちが座るために用意された本部の近くまで行った。でも、もうその辺りは人がいっぱいで、入り込めない。少し離れたところに陣取った。

六時半ぐらいになったころ、塩野池の近くの寺、前山寺、龍光院、中禅寺の坊さんたちが、袈裟を着てやってきて用意されたゴザに座った。前山寺の坊さんは鉢を前に置き、近くにひしゃくを入れた水入れを置いている。

「あれが水竜様か？」

一平が賢ちゃんに聞く。

「たぶん、そうだろう。鉢の中にいるって言うからな」

そのとき、一平の後ろから、

「それ、オレの松明か？」

と声がした。ビックリして振り向くと弘ニイだった。

「ヒロニイ、来たのか？　迷信は信じネエ、じゃなかったのか？」

「まあ、降るはずねえけど。一応見届けに来てみた。それにオメエがせっかくオレのために作ってくれた松明だもの、オレが燃やさなきゃわりーじゃねえか（悪いじゃないかの意味）」

と言う。一平は、弘ニイは家に帰っても誰もいないので、寂しくなってやって来たのだ、と確信した。

いつか母ちゃんが「弘は寂しがりやでねえ。戦争から帰ったら、もっとひどくなった」と言っていたのを思い出した。

七時になった。メガホンを持った係の人が、大声で、

「みなさーん。ご苦労様でごわーす。今から『雨乞い百八手』を始めます。まず、和尚さんたちが、ご祈祷してくれますので、それが終わったら、元火を回しますので『アメフラセ、タンマイナー』と言いながら池の上に松明を出して燃やしてください」

と叫ぶ。

お経が始まった。坊さんたちの通る声が、塩野池の後ろの独鈷山に響き渡る。

一平は、

「鉢に水が入ったか？」

と賢ちゃんに聞く。

「いや、まだみたいだ。たぶん全部の松明に火がついてからだろう」

と賢ちゃんが答える。

火打ち石でつけられた元火は、瞬く間に回され、四人組と弘ニイのところにも回ってきた。竹の先に藁が付いた松明は、メラメラと燃え始めた。

誰かが「甲田池も点いたぞ」「舌喰池も点いたぞ」「男池も」と声が飛ぶ。

一番高いところにある塩野池からは、塩田平のほとんどの池が見渡せる。

塩田平じゅうの池がものすごい炎に包まれ燃えている。その炎の勢いに、背中を押されるようにメガホンの人が「アメフラセ、タンマイナー」と叫ぶと、松明を持つ五百人近い人が「アメフラセ、タンマイナー」と大合唱で応える。それを何度も何度も繰り返す。

坊さんたちのお経の声も、それに呼応するように大きくなる。

一平たちの松明も激しく燃えている。

賢ちゃんが、

「前山寺の坊さんが、ひしゃくを取り出したぞ」

と言う。一平は、

「鉢に水を入れるな」

と言うと、

「ヒロニイ、ちょっと、これ持っててくれや」

と、松明を弘ニイに渡し、坊さんたちのところに向かって駆け出した。すると他の三人も、

「オレのも」「オレのも」「僕のもお願い」と弘ニイに手渡し、一平の後を追った。

「な、なんだよ？　どこへ行く？」

弘ニイは、突然、四本もの松明を押しつけられ、呆然としながらも、どうすることもできず、周りの人たちと一緒に「アメフラセ、タンマイナー」を言い続けていた。

一平たちは、坊さんたちのところへ行くと、前山寺の和尚さんの前に置かれた鉢をのぞき込んだ。前山寺の坊さんはお経を上げながら、迷惑そうな顔をしてチラチラと一平たちを見る。

四人組は、そんなことはお構いなしに、鉢の中を見続けている。鉢の中には確かに「水竜様」がいた。そして、和尚さんがひしゃくで水をやるたびに、膨れ上がってムクムクと

動きだした。

「スゲエ」

信夫が言う。

「ホントだ、動いている」

剛が目を見張る。

「鎌首上げねえかなあ」

と一平が、ついぶやいたが、水をやるたびに動きはするが、頭を持ち上げる気配はない。

「やっぱり、鎌首上げるなんてことはねえよ。ウチのじいさんは、時々大げさなこと言うから」

賢ちゃんは、うなだれた。その時、

「おいおい、子どもたち、そこは和尚さんたちの席だから、どいてどいて」

と係の人に追い払われた。

四人は鎌首を上げる水竜様を見ることができず、がっかりしながら、弘ニイのところに戻った。弘ニイは、

「どこへ行ってたんだ？　オレに押し付けんなよ」

と怒っている。

一平は、その訳を話してやった。弘ニイはゲラゲラ笑いながら、

「バカだなあ、おまえら、縄が鎌首持ち上げるか？」

と言う。

「でも、動いたんだよ」

と信夫が言うと、

「そりゃ、乾いた縄に水やったら動くだべ。鎌首持ち上げたって言うんならオレも信じるけど、動いたってだけじゃ普通だよ、普通」

とせせら笑った。

「雨乞い百八手」は、三十分ほどで終わった。係の人が、

「一応これで終了です。燃え残った竹などは、千段焚きをしますので、こちらにお持ちください」

と叫び、土手の一カ所で燃やされ、高い炎を上げた。千段焚きというのは、松明ではなく「どんどん焼き」のように藁や木を集めて燃やす雨乞いの方法だ。その千段焚きも下火になって、雨乞いは終了した。

みんなが空を見上げた。

雨は降らない。

暗いから、空の雲はどうなっているか分からないが、特に変化はなさそうだった。

「降らないねえ」

近くにいたおばさんが言った。

「帰ろうか?」

一平が言い、みんなトボトボと歩き始めた。大勢の人が元気なく、懐中電灯の明かりだけが揺れながら、村に続いていく。

弘ニイも池の入り口に止めておいた原動機付き自転車にまたがり、エンジンはかけるが、一番遅くして、トトトと音を立てながら一緒に付いてきた。四人組は誰も懐中電灯を持っていなかったので、「原動機付き自転車」に付いた四角い懐中電灯が野道を照らしてくれた。

帰りながら、弘ニイが、

「ほらな、オレが言っただろう？　こんなことで雨は降らねえよ」

と言う。

「水竜様も頭上げてくれなかったしな」

と信夫が言う。

「僕には少し上げたように見えたけどね」

と剛が言う。

「いや、あれは動いただけだ。上げてはいねえ」

賢ちゃんが申し訳なさそうに言う。弘ニイが、

「諸君、元気だせよ。人生は長い。良いこともあるさ」

と取って付けたように言う。


うなだれた村人の列が葬式のように集落に続いていた。


五人はその行列に加わり歩いた。

しばらく歩き五人が龍光院の山門の大ケヤキの前に来た時だ。一平がいきなり、

「あれ?」

と言った。

一平の頬に何か滴《しずく》が当たった。一平は大ケヤキから夜露でも落ちたのだろう、と思った。

次に賢ちゃんが、

「ん? なんだ?」

と言った。そして信夫が、

「雨か?」

と言い剛が、

「降ってきたんじゃない?」

と叫んだ。弘ニイは、原動機付き自転車のブレーキを握ると片手の手のひらを上に向け、

「まさか?」

と言った。それと同時に、前を行く葬式のような列の懐中電灯が揺れ始め、あちこちから、

「ウオー!」

と歓声が上がり始め、その声は次第に巨大な竜巻の様に渦巻き、夜空に立ち昇った。

四人はしばらく呆然とした後、一気に肩を組み、

「やったー！　やったー！」

と、野球で勝ったときのように飛び跳ねた。一平は、

「前山寺の『水竜様』はスゴイぞ」

と叫び、剛は、

「やっぱり、頭持ち上げていたんだ」

と言う。賢ちゃんは、

「じいさんの言ったことは、本当だった」

と泣いている。

雨はドンドン勢いを増してくる。四人は池の鯉のように空に口を開けて雨を飲んだ。

「ウマイなあ、ウマイなあ」

と一平が言うと、剛が、

「ウン、ウマイ、雨ってウマイ」

と応える。他の二人も「ウマイウマイ」を連発した。

弘ニイは、

「これは、池の水分が火の熱で蒸発して返ってきたってところかな？」

と、どこまでも「科学的」なことを言い、

「オレは、ちょっと先に失礼するよ。こいつは雨に弱いんで」

と原動機付き自転車のハンドルをポンポンとたたくと、エンジンを吹かして先に帰ってしまった。

一平は、

「源ジイ、雨だよ、雨」

と、空に向かって言った。源ジイの「おいたちは、よくだなあ」の声が聞こえた気がした。

四人は雨を飲みながら、雨に打たれ踊るように歩きながら市神様に到着した。

そこで、声を合わせ、

「せーの、止めてくださるな、妙心殿、落ちぶれ果てても、平手は武士。行かねばならぬ、行かねばならぬ」

と唱和し、別れた。

雨はかなり強く、三時間ほど降り続いた。

翌朝、草も、木も、山も、田んぼも、畑も、鳥も、本当に久しぶりの雨で、息を吹き返し、光を放っていた。人々も「降ったねえ」「やっぱり前山寺の『水竜様』はすげえ」と雨乞いの威力に驚き、明るい声が村中に響き渡った。

ただ、これで終わりになるだろうと思われた「役水」は、そう簡単には終わらなかった。塩野池の水位は「雨乞い」の前よりは少し上がったものの、充分とは言えなかった。これから夏に向けてためておかなければならない。引き続き行われることになった。田んぼは、七月下旬には「中干し」をする。その前にどうしてもたっぷりの水が必要だった。

再び弘法山

雨乞いが終わって数日後の帰り道、剛が、

「いっちゃん、今度の日曜日、弘法山に行かない？」

と、一平を誘ってきた。いつも一平の方から誘うが、剛から誘ってくるなんて初めてだった。

「ああ、いいけど。どうした急に？」

一平は驚いて聞いた。

「掛け算石、もう一つだけ欲しいんだ」

「ああ、一つでも二つでも、そんなにたくさんじゃなきゃ、いいんじゃねえか？」

「どうするんだ、掛け算石。誰かにあげるのか？」

「あの、この間、小百合さんに〝掛け算石〟のことを話したら、『それ知ってる。あれはねえ〝誓い石〟ともいうんだよ。昔、弘法大師様が、あの石を持ったら不幸が起きない、って誓われたんだって』て言うんだ」

「オレもその話は聞いたことがある。それで？」

「それで、小百合さんも前に持っていたけど、なくしちゃったんだって」

一平はそこまで聞いて、話が読めた。

「それで、オメエが『採ってきてやろう』って言ったわけだ。オメエ、もしかして小百合に気があるのか？」

「そんなんじゃないよ」

剛が少し顔を赤らめた。剛が続ける。

「あのね、自分で採りにいきたいけど、あそこはヘビがたくさんいるから、怖くていけないんだって」

「だから、オメエが採ってきてやるって言ったんだろう?」

「ウン、まあ」

「ほら、やっぱり気があるんじゃねえか?」

「違うよ」

「分かった。この一平様が、剛殿の初恋のために一肌脱ごうじゃネエか」

「違うよ、そんなんじゃないよ」

「いい、いい、今度の日曜日な」


日曜日。その日、賢ちゃんも信夫も、上田に行くことになっているというので、一平は剛と二人で弘法山に登った。一年前のように登り口の川で、サンショウドジョウを投げてやったら「キャッキャッ」と逃げ回り、ガレ場のヘビにはまったく怖がらず、ドモリが治って背が少し高くなった以外は変わっていなかった。

頂上に着くと、早速掛け算石採取にかかった。

「どれがいいかなあ？」

と、二人で物色した。

「女子だからなあ、このちょっとピンク色のが、いいんじゃねえか？」

一平が薦める。

「うーん、でも、これの方が十字架みたいで、いいかもしれない」

「えっ？　あいつイエス様か？」

「いや、違うと思うけど、女の子って十字架が好きでしょ？」

と女子みたいな言い方をする。

「じゃあ、小百合にはそれにしろ、オレはこのピンクのやつを京子先生にあげよう」

と、ポケットに入れた。剛も十字架の形の石をポケットに入れると、もう一つ真ん中から割れそうになっている石を拾い、

「あのさ、これもいいかな？」

と言う。

「いいけど、おまえこれ割れそうだぞ」

と一平が言う。剛はいきなりその「誓い石」を真ん中からポキッと割った。そして、

「いっちゃん、これ持ってて。僕はこれ持ってるから」

と言う。一平は、

「なーるほど。二つで一つ。オレとおまえは、二人で一人ってことか。いいなあ、それは」

と喜んだ。

掛け算石を拾うと、二人で頂上にある展望小屋に座って、景色を眺めた。塩田平はどこまでも緑の田んぼが続いていた。その向こうには上田市があり、さらに向こうには太郎山がある。

太郎山は、上田市の山として親しまれ、険しい山が多い信州には珍しく、のんびりした山だ。峰が数キロに渡り水平に続き、どこが頂上か分からない。

「きれいだね」

剛が言い、

「うん、きれいだろう?」

と一平が答え、二人でしばらく景色に見入っていた。

すると突然、剛が、

「わあ!」

と叫んだ。一平が目をこらすと、太郎山の連山の上から白いものが流れ落ちてきていた。

「ああ、あれは霧だよ、霧。『太郎山の逆さ霧』て言ってな、まあ、もうちょっと見ててみな」

と一平が言う。

その白い霧は、巨大な怪物のように、ぐんぐんと横に広がり、次第に太郎山連山の端から端まで覆ったと思ったら、尾根を乗り越えて上田の町に滝のように流れ落ちてきた。

「スゴイ！　ナイアガラの滝だ」

剛が言う。

「なんだ、それは?」

一平が聞く。

「アメリカとカナダの国境にある大きな滝だよ。あんな風に、横にものすごく広がって水が落ちてるんだよ」

と剛が説明する。

「ふーん、だったら水の量もスゲエだろうな」

「うん、そうだろうね」

「あれが、全部水だったらなあ。オレたちも苦労しねえけれどなあ。でも、アレが全部水だったら上田の町は大洪水だな。それも困るなあ。水はなくても困るし、ありすぎても困る。なんとか思い通りになんねえもんかな」

と一平は言う。しばらく「太郎山の逆さ霧」に見入った後、剛が言う。

「いっちゃん」

「なんだ？」

「ずっと、友達でいようね」

「あったりめえよ。オレとおまえは〝誓い石〟の仲だ」

掛け算石も拾い、「太郎山の逆さ霧」が消えたので、二人は下山を開始した。下山しながら、剛がいきなり歌い始めた。

「しなののくには　じっしゅうに　さかいつらなる国にして（境連ぬる国にして）……」

一平が、

「よく覚えたじゃねえか？『信濃の国』の歌」

「覚えるよ。いつも全校朝会で歌うんだから」

「そうか、よしよし。訳の分からねえ歌だけどな。なんか元気になれるだろう？　じゃあ歌おうぜ」

と、二人は弘法山を下りながら高らかに歌い始めた。

「しなののくには　じっしゅう（十州）に　さかいつらなる（境連なる）国にして　そびゆる山はいや高し　流るる川はいや遠し　松本伊那佐久善光寺　四つの平は肥沃の地　海こそなけれ物さわに　よろずたらわぬ（万ず足らわぬ）事ぞなき」

声変わりしてない二人の少年のかん高い声は、向かいの大平山《おおびら》にこだまし、「信濃の国」の輪唱を作りだしていた。

建男《たてお》

「おい、そこのチビ。どんどん焼きでは、やってくれたな。おまえ、英語話せるんだってな。今度教えてくれや。オレ、英語の授業、全然分からねえだよ」

第四地区の建男が、そう言いながら迫ってきた。

弘法山に登った次の日、一平と剛は待ち合わせて学校に行った。

学校道に入る前、第四地区の中学生が坂を下りて中学校へ行く道と、第三地区の小学生が小学校へ行く道が重なる場所があるが、そこにこの春中学生になった建男と、その仲間が待ち伏せしていた。迫ってくる建男たちに、一平は「行こう」と剛を促した。もし、何かされたら一撃を食らわし、逃げるつもりだった。

無視して行こうとした二人に建男が、

「ちょっと待てよ」

と、すっかり中学生になり、声変わりした声にドスを利かせ言う。そして、

「剛って言ったなあ、おまえの家の田んぼ、水がねえだろう」

と、剛に向かって言う。一平は勇気を振り絞り、

「おまえの父ちゃんが、不公平なことをしてるからだ」

と言った。すると建男は、それに怒るのでもなく、いきなり、

「『通し水』してやるよ」

と言う。

「なんだ、それは?」

と一平は聞いた。

「『通し水』も知らねえのか?『通し水』てのはな、池の水を他の田んぼに、いっさい入

れずに一気に一つの田んぼに流すことよ」

と言う。一平も前に婆ちゃんから聞いたことがあった。どうしても水が足りない田んぼは、金を出して水を買い、その田んぼだけに水を流してもらうことがある、と。それを思い出し一平は、

「そんな金は、ねえよ」

と粋がった。建男は、

「バーカ、金なんか、いらねえよ。オレが流すんだから」

と言う。そして、

「今晩、役水が八時半に終わる。九時に塩野池の土井（排水口）を開け三十分間、流しっぱなしにする。こいつらが、他の田んぼに水が入らねえように見張る」

と言いながら仲間に向かって首をしゃくる。そして、

「水が土井から流れ始めてから、下田の田んぼまでは十五分だ。いいな。土井のふたは二つ開けるから、水はドッと行くぞ。ちゃんと堰を作って全部入れろ。もったいねえからな。入れねえと、水は全部千曲川から海に行っちゃう。分かったな」

一平は、その勢いに押されて「ウン」と返事をした。剛はなんのことか分からず、口を

開けていた。

言い放つと建男とその仲間は、振り返ることもなく中学校に向け、坂を下っていった。

その日、一平はまったく授業に集中できずオニダに「一平、何、ボーッとしてる？」と何度も怒られた。剛は拾ってきた「十字架の誓い石」を休み時間に小百合さんに渡し、「ありがとう、剛君」と言われていたが、一平は、そんなことはどうでもよかった。一平の頭の中では「通し水」と言う言葉がぐるぐる回っていた。

建男の言うことは、本当だろうか？　塩野池の土井（排水口）は、池の底に向かってななめにコンクリートの土管があり、そこに一メートルおきに、直径二〇センチほどの鎖付きのふたが付いている。鎖を引っ張ると、そのふたが開き排水が行われる。でも、そこは鍵付きの鉄柵で囲われ、鍵がない限り絶対にふたを開けられないようになっている。

建男が、格好付けてウソを言ったとも思えない。


夜、母ちゃんは寄り合い。婆ちゃんは寝た。新子ネエは勉強。弘ニイが「一平、こんな遅くに、どこへ行く？」と後ろで言っているが「ウン、ちょっと田んぼ」と言いながら、懐中電灯と懐中時計を持って八時に家を出た。火の見やぐら前で剛と合流。下田に八時二十分には着いた。

「本当に通し水なんか、来るんだろうか？」と言いながら、懐中電灯の明かりの下で念入りに堰を作った。上の方を見ると、懐中電灯の光が塩野池の周りや、その下の田んぼでチラチラ光っている。「あれは建男たちだろうか？」それとも「役水」の当番の人たちの明かりだろうか？

それは九時十五分きっかりだった。

「来た」と一平は言った。

今までまったく水が流れていなかったせんげ（水路）に、ドドドと音を立てて水が流れてきた。それは、役水の時の量を遥かに超え、一平が作った立派な堰を乗り越えてしまうのではないかと思えるほどの水量だった。

「剛、そこの土手の土を、ここに盛ってくれ」

と言い、二人は手で土手の土をくずし、堰を高くした。堰に当たった水は、方向を変え、剛の家の田んぼにドンドン吸い込まれていく。水口付近の苗たちは、水圧で揺れている。

前の「役水」から水をもらえず、分げつ（苗の本数を増やすこと）も充分にできず、水に飢えきっていた苗たちは、久しぶりにもらったあふれんばかりの水に喜び震え、一平たちに「ありがとう」と手を振っているように見えた。二十分ほどで剛の家の田んぼは、これ以上いらないと思えるほどの充分な水をもらうことができた。建男が言っていた「三十分間」には、まだ時間があった。

一平は、源ジイの田んぼの水口に行った。そして、水口を開けた。大きめな石をせんげに落としただけで「通し水」は源ジイの、渇ききり、ひび割れた田んぼに入っていく。枯れ果てた稲たちに水が当たり、カサカサと音を立てる。一平は、

「源ジイ、建男が流してくれた水だよ」

と、枯れた苗たちに向かって言った。

翌朝、今度は一平と剛が、学校道の手前で建男たちを待ち伏せした。

やってきた建男に向かい一平は、

「ありがとう」

と言った。

建男は無視して行こうとしたが、前を向いたままボソッと、

「子どものリュウギだ」

と言った。二人とも、何を言っているのか分からなかった。

一平は建男の頬が赤いのに気が付いた。すると、建男の後ろを歩いていた建男の家の隣に住む正信が、一平と剛に向かうと、いきなり、

「おまえらのせいで、建男が父ちゃんにブン殴られたんだ」

建男は振り返り正信に向かうと、鬼のような顔になり、

「ウルセエ、黙ってろ」

と叫んだ。そのまま中学生たちは、坂を下って行ってしまった。

彼らが去った後、学校道に入り、歩き始めた一平は剛に聞いた。

「リュウギってなんだ？」

「分からない」

「オメエでも、分からねえことがあるだかや。確かリュウギって言ったな？」

「ウン、リュウギって言った。前山寺の竜《リュウ》と関係あるのか？」

「さあ？　違うんじゃないの？」

歩いていると、同じ学年で第四地区に住む茂が追い抜いていこうとした。一平は、

「ちょっと、茂君」

と呼び止めた。そして、

「建男が父ちゃんにぶん殴られたって、知ってるか?」

と聞いた。茂は急いでいたようだが、しゃべりたくて仕方がなかったらしく、

「知ってるどころじゃねえ。それで朝から第四は大騒ぎさ」

と言う。そして、

「昨日の晩遅く、建男の父ちゃんが寄り合いの後、公民館で酒飲んでるときに、建男は土井(排水口)の柵の鍵を勝手に戸棚から持ち出して、土井のふたを二つも開け、塩野池の水をドドッて流しやがったんだ。それを見てた人が今朝、建男の父ちゃんに訴えて、建男の父ちゃんは怒り狂って、村中に響くような声で『オレの顔を潰す気か』って叫んで、大変だったんだ。建男の奴、いくら父ちゃんに反抗してるからって、アレはやり過ぎだよ」

と言う。茂は、流れた水が、どこへ行ったかは、まだ知らないようだった。

一平は学校に着いても「リュウギ」という言葉が耳から離れなかった。昨日は「通し水」が頭を回り、今日は「リュウギ」、なんとも忙しかった。我慢できず、一平は休み時

間に、職員室に帰らずに教室にいて、テストの採点していたオニダに聞いた。

「先生、リュウギって、なんだ?」

いきなり聞かれたオニダは、「なんだ、それは?」と言うので、建男の「通し水」のことを話した。三月までこの学校の六年生で、問題ばかり起こし「不良」と言われていた建男のことを知らない先生はいなかった。

「その建男が今朝『子どものリュウギだ』って言ったけど、意味が分からない」

と話した。一平の話を聞き終わると、オニダはゆっくり丁寧に、言葉をかみしめるように話し始めた。

「リュウギ、ってのはな、『やり方』なんだけど、『どうしても譲れないやり方』っていう意味だ」

と言い、その後、

「建男らしいな」

とつぶやいた。オニダがつぶやいたときに、一平はオニダの目にキラリと光るものを見つけた。「涙か? オニの目にも涙だ」と一平は、口に出さず叫んだ。オニダの涙は初めて見た。

建男が塩野池の水を抜いた話は、すぐに村中の噂になり、水がどこへ行ったかも分かってしまった。建男の仲間の誰かが、しゃべったのだろう。

そして

建男の水に救われた剛の田んぼの稲は元気を取り戻し、しばらくすると「中干し」に入った。「中干し」の間は水はいらない。「役水」も、しばらくお休みだ。でも、また八月から水を入れたり出したりする「間断かんがい」が始まる。そのときの水がまた心配だった。

夏休みに入る一週間ほど前、剛の家に時々英語を習いに行っている新子が、帰ってくると、

「剛くんのところ、西前山にでも引っ越すのかなあ。なんか荷物まとめてるような気がするけど」

と言った。一平は、

「桜田さんと一緒に住むのか？　そうすると東前山子供会じゃなくなるなあ？」

と寂しく思い、まあでも学校で会えるからいいか、と特にその話は剛にしなかった。

また、なんとなく聞きにくい感じがしていた。

それは夏休みに入った日だった。天気予報は快晴。でも婆ちゃんが、

「ツバメが低く飛んでいるな。また雨様が来てくれるかもしれねえ」

と言う。雨は雨乞いの日に降っただけで、そのあと、まったく降らなかった。上田は降っても塩田は降らない。

一平は、その日、塩野池の初泳ぎに出かけた。剛も「来る」と言っていたのに、市神様の集合に来ないので、賢ちゃんと信夫と三人で行った。塩野池は相変わらず堤防の内側の土がむき出しになっていたが、久々の塩野池での水泳はやっぱり楽しかった。「剛も来ればよかったのに、どうしたんだろう?」と思いながら三時半ごろ、家に帰った。

家に帰ると、母ちゃん、婆ちゃん、新子ネエ、そして土曜日だったので弘ニイまで、一緒に、まるで一平を出迎えるかのように、縁側に座っていた。一平は、

「ただいま」

と言うと、縁側に置いてあった婆ちゃんが採ってきたばかりのトマトにかぶりついた。

「うめえなあ、このトマト」

と言いながら、

「剛の奴、『来る』って言ってたのに来なかったよ」

と、またトマトをかじった。その時、母ちゃんが、

「一平、これ」

と、ノートを破ったような紙を差し出した。

「さっき剛君がお母さんと来て、これをイッちゃんに渡してくれって」

と言う。そこには、整った綺麗な剛の字で何か書いてある。

「いっちゃんへ
母さんの仕事の事情で、東京に帰ることになりました。イッちゃんに、ちゃんとお別れを言おうと思ったけれど、どうしても言えませんでした。ドンドン焼きで建男に向かっていく勇気はあった僕だけど、イッちゃんにお別れを言う勇気はありませんでした。ごめんなさい。この一年ほんとうに楽しかった。沢山のことを、イッちゃんや村の人から学びました。僕はこの村に来てほんとうに良かったです。イッちゃんや東前山村のことは、一生忘れません。イッちゃんや東前山村が大好きです。また手紙を書きます。さようなら。ありがとう。お元気で。剛」

一平は剛の手紙を読むと、騒ぐわけでもなく、片手で持っていたトマトのへたを、思い切り庭の向こうまで投げただけで何も言わなかった。

みんなは、騒いでほしかった。婆ちゃんは一平が帰る前「また、この前みたいに暴れるぞ」と言っていた。その一平が騒がない。

騒がないことが、みんなを一平の心の渦に巻き込んだ。

一平は、新子に向かうと静かに聞いた。

「剛の母さんは、英語の仕事がそんなに忙しいのか？」

新子は一平の迫力にうろたえて、

「いや、私には、そんな風には見えなかったけど」

と言う。しばらくみんなが黙った後、婆ちゃんが、

「この村のしょう（衆）の『いいどこじゃねえ』（いいよ　気にするなの意味）をしょい（背負い）切れなかったんじゃねえかな？　情（なさけ）はなあ、重すぎるとなあ……」

と言う。婆ちゃんは十歳の時、両親をいっぺんに腸チフスで亡くしていた。

一平は涙も見せず、

「何時ごろ来た？」

とボソッと言う。母ちゃんが、

「二時半ごろだったよ」

と優しく言う。

「バスかなあ?」

一平が言う。

母ちゃんが、

「いや、そのまま上田駅から上野行きに乗るって言ってたから、電車じゃないかな?」

と言うと、新子がそれを聞き、壁に貼ってある『信濃毎日新聞』が配布している電車と汽車の時刻表のところに走り、

「これだ、塩田町駅十六時の電車が上野行きと接続している」

と言った。柱時計を見たら三時五十分を指している。

一平は弘ニイを見た。弘ニイは、その目線の意味をすぐに理解した。そして、

「使え!」

と、軒下に停めてある原動機付き自転車に向け、首をしゃくった。

一平は原動機付き自転車を門まで引っ張っていくと、さっとまたがった。坂の上にある

一平の家からは、まったく漕がないでも塩田町駅まで行けるほどだが、一平は思いきりペダルを踏んだ。もちろんエンジンなどいらない。原動機付き自転車は飛行機のように坂を飛んだ。

通りすがりの村の人たちが、原動機付き自転車で、エンジンもかけず猛烈なスピードで坂を下りていく一平に「あれは、なんだ？」と目を見張った。弘ニイが勤めるミシン針工場の辺りに来たときだ、一平の頬に、冷たいものが落ちた。婆ちゃんの予報は当たった。

「雨だ」

雨はすぐに激しくなった。針工場の先を右に曲がり、もう少し行くと役場が見えてくる。役場の三〇〇メートル先が塩田町駅だ。一平は顔に打ちつける雨の中、必死でペダルを踏んだ。役場の前に来たとき、塩田町駅が見えた。ただ、十六時の電車が、もう発車しかけていた。

一平は駅に行くのをやめ、右に折れた。右に行きしばらくすると、道と電車は並んで走る。電車に追いつくためには、エンジンをかけた方が速い、と思った一平は、レバーを引いた。エンジンは「トトト」と音を立てたが、雨に濡れたエンジンは、すぐにスポスポと鳴り、止まった。

そして

「ちくしょー、このポンコツ」

と言いながら一平はレバーを外し、自力でペダルを漕いだ。

なんとか電車に追い付き、一平の原動機付き自転車は電車と並んだ。一平は叫んだ。

「ツヨシー、雨だよ、雨」

土曜日の夕方の上り線、乗客がほとんどいない車内に座っていた剛は、すぐに外を走る一平に気が付き窓を開けた。

「いっちゃん」

剛と一平の距離は、五メートルほどになった。

「ツヨシ、ほら雨だよ、雨」

一平は顔をビショビショにぬらしながらもう一度叫んだ。

「ウン、雨だね」

と剛が言う。数分で電車はまた道路と離れ、住宅地の中にある中塩田駅に入っていく。乗り降りする客が一人もいない中塩田駅をすぐに出発した電車は、田園地帯に入っていく。一平は、そちらに向けてペダルを漕いだ。ただ、エンジンを付けた原動機付き自転車は重い。田園地帯に入るところで、一平は原動機付き自転車を田んぼの土手に転がした。そし

て、

「オレは、やっぱり走るのがいい」

と、田園地帯に入ってきた電車と並んで、田んぼの畦を走りだし叫んだ。

「ツヨシー」

「イッちゃん」

「建男が、また水流してくれるってよー！」

建男から、そんな話は聞いていない。

「イッちゃん、ごめん」

剛は窓から顔を出し、手を振る。剛の顔も一平の顔も、雨と涙でぐしゃぐしゃになっている。

手を振る剛の隣で剛の母さんが、拳を握りしめて泣いている。

一平はマラソン大会より速く走った。でも、とうとう行く手を川に阻まれた。それ以上は進めない。一平は川の縁で思いっきり叫んだ。

「シェーン、カムバック、ツヨシ、カムバーック」

剛は応えた。

「止めてくれるな、一平どのー！　落ちぶれ果てても、ツヨシはブシー！　行かねば……」

まで言ったところで、涙で声が出なくなった。

別所線の電車は、無情にも頭の上に付けた大きなヘッドライトを揺らしながら速度を落とすことなく、上田方面に向けて走っていってしまった。後には、カタコトと鳴る線路の音だけが雨の中に響いていた。


三十分ほど過ぎたころ、原動機付き自転車を引きながら東前山集落の坂を上る一平の姿があった。雨はまだ降り続いていたが、霧はなく、独鈷山の峰々が黒く立ち上がっていた。

一平は原動機付き自転車を引きながら、独鈷山の「剛の峰」に向かって言った。

「剛、強く生きてゆけ」

その時だ。

独鈷山連山を横に、ものすごい稲妻が走った。

「龍が走った」

と思った。

そして、その龍の頭に、婆ちゃんから何度も聞かされた「龍の子、小泉小太郎」が乗っているように見えた。

完

あとがき

この小説は私の生まれ育った長野県上田市郊外の小さな村を舞台にしたものです。あくまで「小説」であり、登場人物は実在しません。また、地名も一部架空のものもあります。ただ、描かれた様々な事象は、かなりの部分が本当にあったことです。特に読者の皆さんが「こんなことあるか？」と思われる「雨乞い」の場面などは、鮮烈な思い出として残っています。忘れないうちに書き残そうと、コロナ禍でコンサートが中止になり、ポッカリ空いた時間を使って書き上げました。村は映画監督の山田洋次さんが書いて下さったように、本当に美しい桃源郷のような村です。そしてただ美しいだけでなく、私が少年の頃駆け巡った丘の一つには、今、「戦没画学生慰霊美術館　無言館」が大きな白鳥のように建ち平和を祈っています。この本を世に出すために力を貸して下さった、郷土の皆さん、長野県のコカリナ愛好家の皆さん、郷土史研究家の桂木恵さん（上田市在住）、元講談社編集者高島恒男さん、阿部英雄さん、推薦文を寄せて下さった映画監督の山田洋次さん、無言館館主の窪島誠一郎さん、さくら国際高校理事長荒井裕司さん、推薦文と共に舞台となっている旧西塩田小学校（現さくら国際高校上田校）の木造校舎の切り絵を提供して下さったきり絵作家の柳沢京子さん、ありがとうございました。そして、執筆を励ましてくれた妻周美《かねみ》、息子、娘達、孫達に感謝します。

最後に、出版をして下さった文芸社の皆さんに心より感謝申し上げます。

２０２３年6月22日

黒坂正文

著者プロフィール
黒坂 正文（くろさか まさふみ）
1949年長野県上田市塩田平生まれ
早稲田大学在学中からフォークシンガーとして活躍。子ども達に愛されている「広場と僕らと青空と」水俣病を英語で歌った「WE CAN STAND」などを世に出す。1995年ハンガリーの露店で売られていた木製の笛と出会い、それを日本の木工家と改良、黒坂黒太郎のアーティスト名でコカリナの創始者、演奏家としてCDを数多くリリース（主にキングレコード）。コンサートもニューヨーク・カーネギーホール（2回）、ウィーン楽友協会（3回）など国内外で展開。また被災した木をコカリナにし、子ども達にプレゼントするなどのプロジェクトに積極的に取り組む。エッセイも数多く出版、『俺は野を行くみゅーじしゃん』（クロスロード出版）、黒坂黒太郎名義で『コカリナ？』（講談社）、『まま母狂想曲（カプリッチオ）』（矢口周美と共著・講談社）などがある。

黒坂音楽工房
http://www.kocarina.net

小説 **独鈷山《とっこざん》**

2023年10月15日　初版第1刷発行
2023年11月15日　初版第2刷発行

著　者　黒坂 正文
発行者　瓜谷 綱延
発行所　株式会社文芸社
〒160-0022　東京都新宿区新宿1－10－1
電話　03-5369-3060（代表）
03-5369-2299（販売）

印刷所　株式会社フクイン

ISBN978-4-286-24534-8

なりたいわたしの主観と客観

ちば かずのり

文芸社

この物語はフィクションです。実在の人物や会社名などとは関係ありません。

CONTENTS

素晴らしいはずだった履歴書

「学生時代のご専門と前職でのお仕事の内容、それと退職の理由を教えてください」

当然聞かれることだけど、落ち着いて言えるかな……。

通された応接室で目の前に座る二人の男性は、四〇歳前後らしき白衣を着た大柄な院長と五〇歳を超えているかもしれない明るいネイビーのスーツを着た事務長だ。

質問は事務長からだった。院長は微笑むような表情で、事務長の方はわざと無表情を装っているかのようだ。

「文学部で総合社会学を専攻しました。研究室では主に都市構造計画を学び、卒業後は上場企業の不動産会社に就職しました。そこで公共事業営業部に配属され、デスクと呼ばれる営業部の中の事務業務を五年したところで部長秘書に任用されました。秘書は広く深い知識を要求されるやりがいのある仕事でした。部長は重要な営業の場を目の当たりに見せてくれて尊敬もしていたのですが、ホテルに誘われてしまい、それを断って社内のセクハラ一一〇番に訴えました。部長は左遷されたのですが、わたしは会社の中で居場所を失いました」

言えた。一気に話してしまった。この話し方も練習しておいてよかった。ちゃんと伝わったみたいだ。すまして言えた。涙ぐまずに言えた。

「えーっ！」

二人は声に出して合唱している。履歴書では退職理由を一身上の都合とだけ書いたので、二人にとっては初耳のことだ。

やはりここでも正義感が強すぎる子には用がないってことになるのかもしれない。部長が去った後のわたしは、誰も相手にしてくれない余り者だった。わたしが辞表を出したとき、人事部では激震が走ったと噂されている。セクハラの被害者が異動先で辞職。でもそこには、人事責任者たちの安堵の気持ちもあったかもしれない。そのせいかどうか、会社から有料の人材紹介会社の利用を勧められ、費用も会社が払ってくれた。

人材紹介会社ではわたしについた担当者から、たとえ被害者であっても問題を引き起こした社員だと見られる可能性があると言われた。セクハラ事件を隠すべきだと強く言われたけど、隠したくはなかった。同じ思いは絶対に二度としたくなかった。それにさしたる理由もないのに転職するような人間だと見られたくもなかった。でもこの話をして二次面接に進んだところはない。このクリニックに応募した理由の一つには、筆記と面接が同日に一度で済むということがあった。わたしを秘書として迎えるかもしれないひとと会ってみたかった。

大声のユニゾンの後、院長は「そんな会社は辞めなさい!」と目をつり上げた。「既に辞めていらっしゃいますよ。だからウチに応募してくれたんでしょ」と事務長が口をとがらせて院長に突っ込んでいる。

事務長はすぐ冷静になったようだが、院長の興奮は続いていて、少し大きな声で早口に言った。

「セクハラ事件の後、ちゃんとした居場所をつくらなかったということですよね。本来いちばん大事にしなければならないときでしょ。ひどいじゃないですか!」

わたしにではなく、事務長に向かって言っているようだ。

「まあ、人事が弱いんでしょうね。部門ごとに採算見られて固定費絞られているのが世間一般、世の常ですから。期中にそうそう計画外の人員増はできませんよ。強い人事はそこをゴリ押しするのですが、できない弱い人事はどこにも受け取り手がいない子を手元に置くのです。人事付にするんですな」

何でこんなに小さなクリニックの事務長が大企業のことを自信ありげに話すんだろう。知ったかぶりか。でも私の最後の所属は人事部だった。確かに「人事付」だった。たった二カ月足らずだから履歴書には書かなかったけれど、することが無くて勤怠データの間違い探しばかりをさせられる日々だった。

わたしは地元ではちょっとした才媛だった。中学・高校では間違いなく成績優秀者だった。大学は旧帝大だし、奨学金懸賞論文で銀賞をとったことだってあった。東京の大手不動産会社に入社したところまでは順風満帆だった。

何でもやれそうな気持ちになっていた……。

人材紹介会社からの紹介で既に五社も書類を送付した。みんな上場企業の秘書職だ。レベルを落としたくなかった。すべて一次面接までは漕ぎ着けた。でも人事担当者と面接した後、わたしを秘書にするはずのＶＩＰとの面接に至ったことがない。秘書を雇うようなひとってみんな正義感のある子を避けるようなキタナイひとばかりなのかもしれない。でもこれでは見通しが立たない。

自分でもネットで求人を探して、この美容医療クリニックの事務長秘書募集の求人を見つけた。上場企業から小さなクリニックに出て行くのはやっぱりレベルを落としてしまったような、都の中で都落ちしたような、Jターンくらいはしたような、そんな気持ちになってしまう。それに、美容クリニックは普通の医療機関に転職するよりも何か軽い感じがする。でも給料は不動産よりかなり高い。言い訳にできるほど高い。ここに受かれば泣いて故郷に帰らなくて済む。


「他の人の秘書にはならないのですか?」

はっとした。院長はわたしに聞いたのかな……?

「秘書を持つのは、役員と限られた役職者なので『空き』があることはなかなか……」

事務長も横から口を挟んだ。

「空きがあっても秘書って意外に中古市場が無いんですよね。お古を嫌がるヤカラが多くて」

事務長が初めてニッと笑った。わたしは知らなかった。わたしはお古だったのか！　レベルを落として応募して、せっかく面接に来たのにお古がダメだなんて。いまわたしはあなたの秘書に応募しているのですよ！

わたしの履歴書はテーブルの上、事務長の目の前に置かれている。経歴欄に営業部長秘書とは書いてない。営業部としか書いてない。わたしは役員の秘書室ではなく、人事部の秘書課でもなく、営業部に所属する部門長秘書だったから。別紙の職務経歴書にはしっかり書いたのだけど、読んでくれていないのか。公共事業営業部長も報告書の表紙しか読まなかったことがよくあった。

バカなことをしたかもしれない。いまは無駄な時間なのかもしれない。秘書に応募しているのに。お古だとはじめからわかっていれば呼ばれなかったのかもしれない。

「なんで『お古』は嫌がられるんですか？　なんだかノウハウが受け継げていい感じがするけど」

院長の興味はわたしから離れてしまったようだ。

「なぜでしょうねー」

事務長はかなり楽しい思い出があるかのようにニヤニヤしだした。

「一説には比べられるのが嫌だからだと言われていますね。例えば名物社長が引退して専務が後を継ぐとき、専務は今までの専務秘書を新社長秘書にします。ならば秘書のいなかった新任の平取に前社長の秘書を付ければ頭数は合うのですが、『あの社長と比べられちゃうの?』という気分になる、という話です。新任は新任で自分の出身部門から連れてこようとするんですよ。人事の担当者がお古を押し付けにきても断る新任は少なからずいるのです」

事務長はわたしにとってショックなことを立て続けに言ってくる。

「関口さんは当院以外にも応募されたと思いますが、如何でした? おそらく一次試験は入れ食いだったのではないですか。世の中には自分の出身部門から役員秘書に向いた方を見つけられなかったりいろいろあって、社外から秘書を求めたい気持ちになっている新任役員は多いですからね。でも二次面接に進むのは難しかった。そんな気配を感じる履歴書です。人事部の採担から見れば申し分のない学歴と職務経歴です。いや、大好物と言ってもいいくらい素晴らしい履歴書です。でも求人に『未経験者歓迎』と書いてありませんでしたか? 人事部にとって応募者の間口を広げるはずの言葉は、新米役員にとっては応募者を絞る言葉だったりします。貴方が未経験者だったら当院にたどり着かなかったかもしれない。あるいは貴方が小さな会社の社長秘書を経験していたなら大歓迎されたかもしれない。それが名の知れた不動産会社で上級部長の秘書を経験された方だった。人事の人にとっては素晴らしい経歴が、貴方を秘書にする新任役員にしてみればプレッシャーだった気がします。……気がするだけですが」

ちょっと、事務長はイジワルっぽく笑った。状況は最悪かも。いままで応募した求人が一次選考で落ちっぱなしなのは名の知れた不動産会社の公共事業営業部長の元秘書だったから？　そっち？　それが理由だなんて……。強すぎる正義感じゃなかったの？

「事務長はいいんですか？　重役目前だったかもしれない公共事業営業部長と比べられますよ」

わたしがドキドキしてきたのと反対に、院長は事務長の話を聞いているうちに落ち着いてきたようで、ニヤッと笑った。

「ハハハ、困りましたね。さて関口さん」

事務長は院長に答えず、わたしの答えも待たず、話を採用面接に戻し、また不自然な無表情になった。

「事務長秘書となると前職でお感じになったのと似て、小さなクリニックでも意外に広くて深い対応をお願いすることになるでしょう。それもいままで経験されたことのない分野でです。いま当院は事業拡大を図っていて、特に人材採用には私も多くの時間を割いています。また社内規定や各種マニュアルづくりでも、変化する企業サイズに合わせ込んで改訂していく作業が必要になってきています。関口さんが学生時代に学ばれてきたことには全く関係ありません。不動産会社で経験されたこととも違うでしょう。その他にも中小企業らしい総務的課題も多く、『のりしろ』の広い仕事が要求される環境です。大企業で言うならば、COO（チーフ・オペレーティング・オフィサー）の秘書とは名ばかりで、総合職のようなかなり泥臭い業務にもなり得ます。苦労してもこのような小さな企業では、銀座の看板も無いような天ぷら屋で部内接待の打ち上げに参加させてもらうご褒美もありません。今までのお仕事とはかなりのギャップがあるだろうと思うのですが」

事務長はここでひと息の間を置いて、

「主観的に見て、そのような環境変化に対する耐性をお持ちだと思いますか？」

主観的に見て！　わたしにはキツい言い方に聞こえた。これは質問を言葉の通りに受けて「できると思いま～す」と、子供のような答えをするかどうかを見る罠かもしれない。主観的にと言われても客観性のある主観表現ができるか試しているに違いないわ。これは圧迫面接の一種なのかもしれない。冷静な答えをしなくちゃ。

「新しいこと、やったことのないことに対して逃げたりはしない性格だと思います。前職では営業部での事務職が最初の業務でしたし、秘書になってからも泥臭いことはありました。支払いの滞った取引先の債権保全のため、走って東京地裁に行ったこともあります。いま振り返っても学生時代の学びとは全く関係の無い、かなり泥臭い仕事だったと思います」

手に汗をかいたみたいだ。まだ少しどきどきしている。

事務長がちょっと乗り出してくるような感じになった。答えは良好だったみたいだ。

「そうですか。東京地裁に行きましたか。見たくないものも見てきてしまったわけですね」

わざとらしい無表情もなくなって、なんとなく朗らかな感じになった。

「そういうご経験があるなら……、やれますね」

わたしの目をまっすぐ見る事務長の目を見て、なんだか印象が変わった。このひとが上司ならやっていけるかもしれないと思った。その言葉を合図に、院長も一仕事終えたような表情になった。

　事務長は話を畳み始めた。

「何か聞いておきたいことはありますか。合否のご連絡は一週間ほどください。筆記試験の採点に少し時間をいただきます。万一連絡がありませんでしたら、電話でもメールでもご一報ください」

　院長も軽い調子で話しだした。

「今日はクリニックを見て如何でしたか。こういう院長と事務長ですが、やっていけそうですか」

　立ち上がった二人は、思ったより高身長だった。事務長は一七五センチくらいなのだけど、院長は一九〇センチ近い。一五八センチしかないわたしは喉を垂直に伸ばして話さなければならなかった。


　一週間どころか、アパートに着いたらもうメールが届いていた。

「関口萌音様

本日はご来院賜りありがとうございました。

厳正な審査の結果、関口様には是非当院にいらしていただきたいとの結論に至りました。つきましては入職必要書類一覧と用紙を添付いたします。記入例をご参照の上、すべてご記入ください。ご提出は郵送でも受け付けますが、できればご持参ください。入職日の相談をいたしましょう。

医療法人社団青蘭会バンダビューーティィークリニック　事務長　吉田弘」

バンダの和名はヒスイラン（翡翠蘭）なので青蘭会なのかな。あの事務長は弘っていうんだ。まあ、そんな感じかな。おじさんだからキラキラネームってことはないわよね。メールを改めてよく見てそんなことを思ったけど……、でも居場所ができた。良かった。ちゃんとした仕事ができそうだ、杜の都に帰らなくていい。


わたしは改めてバンダビューーティィークリニックのホームページを熟読した。

「あなたがなりたいあなたに　バンダビューーティィークリニックにおてつだいさせてくださ い」

美容の検索をしていると「なりたいあなた」という言い回しをよく見る。いろいろなクリニックが使っている。美容医療って、そういう切り口なんだ。

わたしもバンダに入るとなりたい社会人になれるかも！

そんな連想をしてしまい、自分で自分を笑ってしまった。

ホームページにはいろいろな施術例が載っていた。目、鼻、脱毛、美肌、料金表。なんだか面接の前に読んでおくべきことばかり書いてある気がしてきた。医学博士、佐藤亮介院長のあいさつ文にはクリニック名の由来も紹介されていた。

「バンダは青く美しい花です。花びらにはきちんと並んだモザイクのような模様がありあます。ひとつひとつの小さな模様が一つの美しさをつくり上げている個性的な花に、スタッフ個人個人が力を合わせて美を追求する姿を映して、私はこのクリニックにバンダの名を付けました。その名にふさわしい医療の提供を目指します」

就職先を探すのに躍起になっていた。バンダで「なぜ当院を選んだのですか?」と訊かれたらわたしは何と答えるつもりだったんだろう。「なぜ他のクリニックでなくバンダだったのですか?」と訊かれたら。準備を怠っていた。訊かれなくてよかった。

いや、違う。

「筆記と面接がいっぺんに終わるからです！」

「なんとなく軽い感じがしたからです！」

そんなこと言ったら、この合格通知は来なかっただろうな。

「事務長の秘書になって、経営の中枢で働きたかったからです！」

わざとらしい……、かな。


「本日からお世話になります。関口萌音です」

バンダビューティークリニックは、目黒駅近くのビル七階と八階の二フロアーで診療している美容外科クリニックだ。受付は七階にあり、二人の女性が並んで座っていた。

「お待ちしていました。受付事務の坂本早苗です。ロッカーにご案内しますね」

わたしは、坂本と名乗る女性に連れられて、受付奥の階段を使って八階に上がった。

「関口さん東北大学なんですね。わたし北大なんです。北国同士ですね」

驚いた。小さなクリニックだからそういう子はいないと思っていた。踊り場で、わたしよりかなり年下に見える彼女は立ち止まって丁寧に頭を下げた。

「よろしくお願いします」

何と答えたらいいのか。

「こちらこそ、よろしくお願いします。雪深いところから来たの？」

「ウチは旭川なんです。大学は札幌で旭川の病院の事務に就職したんだけど、東京に来たくて」

彼女はニコッと笑った。かわいい感じの子だ。身長は一六〇センチくらいかな。わたしより少し大きそうだ。

「わたしは仙台。大学も仙台。東京の不動産会社に就職したんだけど、ちょっとあってね。……事務長、何か言ってた？」

「事務長ですか？『ほとんど同郷の素敵なお姉さんが来るぞ』って。事務長は外国のこと詳しいのに日本のことぜんぜん知らないから、仙台も旭川も同じなんですよ」

外国のことに詳しいって、どういう人なんだろう。

「電機会社にいたんですって。いろんなところに出張したみたい。定年退職してここに来たの。六二歳ですよ。ちょっと見えないですよね」

確かにかなり若く見える。お父さんより年上かぁ。それにしてもずいぶん大きなところに勤めていたんだな。知ったかぶりで大企業のことを言っていたわけではなくて、普通に体験してきていたのか。だから人事付も見破られたんだ。

「あっ！　関口さん、たいへんなことに気がついてしまったわ」

坂本さんはニコニコと「たいへんなこと」を話し出した。

「院長は学部が九大で院が東大。非常勤の田中ドクターは阪大の京大。関口さんが東北大でわたしが北大。七つのうち六つを制覇したわ」

これはたいへんだ。美容医療って勘違いしていたかもしれない。何か漠然と安易な業界かもしれないというイメージを抱いていたんだけど、旧帝大だらけだ。まだ都を落ちていないかもしれない。

「事務長は？　あの雰囲気、どこだろう？」

「あー、事務長はシリツですよ。早稲田の理工。そんな感じでしょ。機械工学かなんかだったかな」

やっぱり。理科系は意外だったけど早稲田かぁー。

不動産会社では、わたしの出身校を知ると態度が明らかに変わるひとが多かった。ニコニコ笑いながらもわたしを嫌うような、引いたような、そういう気配を感じたのだけど、ここにはそれが無い。わたしは「東北大学出身の才媛」という紹介のされ方にあまりいい気持ちはしていなかったけど、言われ続けてきた。初めて会う取引先には必ずそう紹介されてきた。でもここでなら、そう言われることはないんだろうな。

ロッカーに案内され、四桁の暗証番号を設定して、持ってきた上履きに履き替えた。ドクターやナースは術衣を着て、受付はワンピースの制服を着るが、私は純粋な事務員なので制服はない。ロッカールームから出ると、七階に戻って受付裏の事務室に案内された。

「いらっしゃい。クリニックの事務所は狭いでしょ」

本棚の間に四つの机が向かい合わせに二つずつくっついていて、窓を背にしたお誕生日席の位置にちょっと大きな机が置いてある配置だ。その席に座っていた事務長が立ち上がった。

「こちらが関口さんの席ですよ」

事務長が左手で指し示す席がわたしの机だ。他の三つは事務員、ナース共用で、事務作業をする必要のあるときに空いている席を使うことになっている。わたしが事務室に入ったときに、わたしの席の向かいでパソコンをたたいていた看護服を着た女性も立ってこちらを向いた。

「ナースの徳田有希です。よろしくね」

みんなフルネームを言うんだ！　坂本さんはわたしがフルネームを言ったから反応したんだと思っていたけど、そうか、美容といっても医療機関だからな。意識的にそうしているのかも。それにしても徳田さんは美人だ。三〇代後半かなー。下町のお姐さんみたいなすきっとした容貌なのにちょっと妖艶な感じもする。一七〇センチまではないかな。でもスラッとした人だ。

挨拶の後はタイムカードや自分のパソコンの設定、メール設定や業務用ＳＮＳの設定など、意外に一日仕事になった。坂本さんが一緒にしてくれた。

事務長からの仕事の説明は、午後も遅く夕方近くになってからだった。

話はバンダの診療時間からだった。

いまは院長が月—金。アルバイトの田中ドクターが金曜日に登院して、目と鼻の整形を中心に診療している。その診療に並行して、ナースが施術する脱毛や美肌を別室でしている。土・日は基本的にお休み。脱毛の患者さんが土・日に集中する美容医療業界では、土・日の休みは珍しいらしい。脱毛をメインにしているわけではないというのは建前で、カナダに留学していた院長がどっぷり土・日休みの体質になったというのが本音らしい。これは坂本さん情報だ。

何はともあれ月―木は院長一人なので、その四日間に登院できるドクターを雇って、開院日はすべてドクター二人の体制にするのがいまの目標だ。また、その規模までならば、現状設備に手を加える必要は無い。その点は重要だと事務長は言う。

雇うドクターは一人になるか四人になるか、何しろ月―木を埋めることの実現を図るのだが、ドクターの増員に伴ってナースは五人に増員する。

現在ナースは三人。そのうち一人が院長の診療のサポートをして、二人が脱毛や美肌などの機械施術をするのが基本だ。金曜は田中ドクターに一人サポートに付くので、機械は一人。

ナースが五人になれば、ドクター二人にナースが一人ずつ付いて機械施術には三人。事務長によるとこの機械施術が増員されるところがポイントで、職員が休むとか出張するとか、いつものメンバーがそろわないときの配置に公平感を持たせられるらしい。なんとなくわかるし、ちょっと興味も持ったけど、聞くと時間がかかりそうな気配があったので今日は聞かないことにした。

受付も「休める公平感」と「残業しないで済む業務量」を考えると一・五人足りなくなるというのが事務長の計算だ。なので一人か二人増やして三人か四人の陣容を目指すという。

「有給休暇制度があるのに実際には休めないような組織では、人は居つきません。定着率の向上は、意外に業界として目指している感じはあるのですよ。いま九人の組織を最大で一七人にするのだから、売り上げも二倍くらいを目指さなければなりません。採算的には売り上げ一・五倍増が目指すミニマムです」

事務長は話し好きの傾向があって、メモをとるのがちょっと難しい。でも想いはある感じで、悪い人ではなさそうだ。

「ナースを増やして機械も増やしただけでは、売り上げを一・五倍とか二倍にするのは難しいかもしれません。人を惹きつけるような、感じのいいドクターが採用できないとね。機械を増やしても患者さんが増えなくては売り上げが上がりませんからね。

それともう一つ、美容医療で特徴的なのは『自由診療』です。保険診療ではないので、診療価格を勝手に決められます。引き上げることも引き下げることもできます。電器屋さんじゃないから、良いものを安く売る必要はないのです。良いものは高くても受容されます。それが美容医療です。でも『定価』が無いだけに、評判が取れなければ安い価格設定をしなければなりません。それもまた美容医療です」

診療価格を引き上げるというのは新鮮な響きだった。これも面白そうとは思ったけど、深いところを聞いたらそれこそ時間がかかるんだろうな。聞くのは必要になったときに改めて。

東京地方区トップの求人

募集定員ドクター一人から四人、ナース二人、受付事務一人あるいは二人、最大八人の求人。二〇人規模の組織に対応する社内規定の策定。この求人と社内規定の改定が当面の業務だ。面接のときに話に出たマニュアルづくりの実務はナースや受付がするので、改訂を怠けていないか見るだけでいいと言われた。

「求人の仕事は広告から着手しましょう。関口さんを募集したときの代理店に連絡しますね。社内規定は顧問の社労士事務所に相談します。先ほど電話したら、先生がちょうど空いてると言っているので、いまから挨拶に行きましょう。帰ってきたら広告代理店です！」

バンダは弁護士、会計士、社労士、三つの士業事務所と契約していて、社内規定の改訂は社労士事務所と進める。社労士事務所は白金通りに面したビルの三階で、一階がレストラン。なかなか高級感のあるビルだ。クリニックから駅を越えて歩いてきたけど、一五分くらいだった。

建物の造りはマンションで、三階に上がると二部屋が事務所になっていて、片方だけに表札が掛かっていた。

「社労士の斉藤です。文科系の学部で都市計画を学んだそうですね。院長から聞いて驚きました。よろしくお願いします」

やはり大学名は言われなかった。名前ではなくてそこで何をしてきたかに意識があるんだ。この先生も高偏差値なんだろうな。歳は院長と同じくらい、四〇歳くらいかもしれない。背が高く、スーツ姿がビシッとした感じの、いかにも都会人という雰囲気の人だ。

「では週一回くらいの定例会を持って、新しい規定をゼロから構築していくのは如何でしょう」

打ち合わせの後の斉藤先生の提案に、事務長は難色を示した。

「いやいやいや、週一回というのは難しいですよ。それに素人には白い紙に絵を描き始めるのはなかなか難しいものです。如何でしょう、斉藤先生のお持ちのお客さんで、我々が望む規模くらいのクリニックがありましたら、差し支えのない範囲でベースにさせていただいて、それを眺めながらアレンジしていきたいですね」

うわっ、この事務長凄っっく楽しようとしてる！　でもきっとわかりやすい。

「うーむ、差し障りのないベースをつくるのはかなり手間のかかる話ですね。……でもいいでしょう。まずはつくってみましょう」

ありがとうございます！　わたしも心から感謝して、事務長につられてほとんど最敬礼くらいのお辞儀をした。

午後は求人広告の代理店を呼んで、事情を聞いてもらった。営業部の飯島さん。バンダ担当だという。たまにしか広告を出さないバンダにも担当者がいるのか。前回のわたしのときの話はもちろん、二年前の求人広告の話まで例に挙げている。まさか専任ではないだろうけど、広告に限らずモノを売るのはたいへんだ。

求人広告は、基本的に募集職種で媒体が異なるそうだ。複数の職種を合わせることもできるが、効果が落ちる。ドクターだけ、ナースだけ、事務員だけ、というような見る人それぞれに合わせた媒体を使うと狙った求職者の目に入りやすいという。広告よりも直接的な「紹介」というエージェントが間に入る求人方法もある。しかしこれは、料金が年俸の三〇％！　常勤ドクター一人を雇ったら紹介料は五〇〇万円とか六〇〇万円という金額になる。

「そういうことならエージェント型はやめましょう。職種別の広告でいきますか。ところで成功報酬型の求人広告なんてあるのですか?」

事務長は即断タイプだ。というと褒め言葉にもなるのだが、じっくり考えること自体を好まないように見える。時間がかかることを人にやってもらうのは、社労士事務所で目撃してきたばかりだ。だから即断タイプといっても、短気というわけではなさそうだ。ひとをせかさない感じはいいかもしれない。

「それともう一つ。飯島さんが担当されたナース広告をいくつか見せて欲しいのですよ。

基本給が東京で一番高いんじゃないかと思えるようなクリニックの求人を見てみたいですねー。対象になる広告のアドレスを教えてくれませんか？　広告の原稿を写した画像でも内容がわかればどちらでも。飯島さんが担当しなかったものでも基本給の高いところのを拝見したいですなー」

事務長のリクエストを受けて、代理店の営業マンはかなり考えた後、

「わかりました。少し時間をください」

と言って帰って行った。事務長と営業マンの間では会話が成立していたのだが、わたしがのみ込めていなかった。翌日メールを受けて、飯島さんがかなり考えた理由はわかった。

メールに添付された一覧表には都内のクリニック二〇院ほどの基本給、あるいは推定基本給が並んでいた。クリニック名は記載しておらず、病床数やドクター数などの規模だけが記されている表だった。名前を伏せるためにかなり手を加えている。簡単に出してもらえるものでないことは想像がついた。

推定基本給というのは、給与に「みなしの残業代」とか「看護師の資格手当」のようなものを含めて表示している院も少なくないためだ。基本給はボーナスや退職金、日々の残

業代の基準になるので少なめに設定しているクリニックも少なくない。それでも手当が基本給よりはるかに高い病院や医院がいくつもあるのには正直おどろいた。

バンダは、社労士の斉藤先生の考えに沿って「みなし」はしていない。基本給がしっかりあって、残業代はタイムレコーダーの打刻に従って一分単位で支払う。三〇分単位だった不動産よりもクリアーだ。

事務長とわたしは一覧表を見ながらササッと募集要項と宣伝媒体を決めていった。事務長がわたしの机の後ろに座って、わたしに資料をスクロールさせながら各職種の給与を声に出して決めていく。「……って感じかな」と説明したり指示したり。

結局、宣伝効果よりも経済的観点からナースと受付は分けずに看護系求人広告に載せ、ドクターはドクター専用の求人広告に載せることにした。そしてドクターは一日六時間の就業で募集する。六時間を超えると休み時間をとらなければならない。六時間を超えたら四五分。八時間を超えたら一時間。これがアルバイトドクターには無駄な時間に感じるだろうということで六時間にしたが、事務長は、

「応募者と話してフレキシブルに対応するって感じかな」

とも言った。

受付事務には変えるところがなく、給与を含めた条件はいまのメンバーと同じだ。ナースは基本給を三万円もアップすることを検討しなければならない。調査の結果を反映したものだが、これに伴っていま働いている三人の給与も上げるか、上げないか。そういう問題も出てくる。乱暴な話だ。どうするんだろう。仕事は何も変わらないのに突然三万円もアップするなんて聞いたことがない。

「全員アップの方向で院長決裁だな。ウチは全国区のチェーン店じゃないんだから唯一の東京地方区単独候補が負けちゃあダメだ。トップを取りに行こう。院長にしっかり稼いでもらわないと小さなクリニックにナースは来ないぞ。売り上げアップが見込めるドクターを雇うのもポイントだ」

大きな声の独り言かと思ったら、わたしに言っていた。

「今日の予約表を見て、院長をつかまえられる時間を教えてくださいな。受付に言えば台帳を見せてくれますよ」

もう一人の受付、高橋まどかさんに台帳を出してもらって、読み方を教えてもらった。

美容クリニックは完全予約制だ。基本的に急患の初診なんてことはないので、毎日の時間割は前日までにわかっている。今日の予約欄には診療費支払い済みのしるしが並んでいた。

「ドタキャンしちゃうひとがいるんですよ。準備がたいへんなのに来ないと無駄になっちゃう器具もあるから前金制にして、しっかりキャンセル料もらわないと赤字になっちゃうの」

高橋さんは優しい話し方をする小柄な女性で、わたしと同じくらいの歳かしら。かわいい子なのに鼻筋がスッと通っていて、中年くらいになったら素敵な感じになるんだろうな。

受付で台帳を眺めていたら、患者さんが来た。若い男の子だ。坂本さんが受付をしている。うーん、目が陰気だ。目を整形しに来たのかな。

「二番の方、こちらにおいでください」

師長の山村敦子さんが診察室から出てきた。身長一七〇センチ超え。ぺっちゃんこのナースシューズを履いているのにスラッとしている。その上ちょっと威圧感のあるきれいなひとだ。このクリニックに来て、職場の女性が例外なくきれいなことは刺激的なことだった。わたしはこれから、前の会社のときよりもちゃんとお化粧をするようになるのかもしれない。

「いま山村さんに連れて行かれた二番さんの切開式二重《ふたえ》オペの後は、院長の空き時間が少しできますね。関口さんが呼んでるって、言っておきますよ」

高橋さんによると、患者さんが待合室に戻ってくるのは二時間後。でも手術自体は一時間程度。手術前後のほとんどの処理はナースがするので、院長はいまから一時間半後くらいにはオペ室から出てくるという。

例の男の子のオペから出てきた院長をつかまえて、応接室で短時間の検討会をした。

「他院競合上、ナースは基本給で三万円のベースアップ」が一番大きな議題だったが、例の一覧表を見ながら意外にすんなり承認になった。現職員もナースは三万円アップ。それよりも院長と事務長がワイワイ話したのが受付の給与を据え置くのか、ちょっとでもアップするか。いままでと何も変化していないのに給料が三万円も上がるひとと何も上がらないひとがいることになるので、事務長は少しでも上げることを考えようと言い、院長はロジカルでないから気が進まないと言う。

院長はやっとわたしが同席していることに気がついたらしい。

「関口さん、あなたが受付だったらどう感じるだろう?」

「純粋に気持ちだけの問題ですよね。職種も違うし。でも何も上がらないと悲しくなります。少しだけでもアップすると悲しみが軽くなりそうです」

「院長、やっぱり職員はそう感じるんですよ。二千円程度のアップを青木会計事務所に検討依頼しましょう。ちょっとしか上がらないとちょっとだけ悲しくなるかもしれませんが、何も上がらないと辞めてやる! そんな怒りの気持ちが生まれるかもしれません。ウチはまだ給与テーブルがあるわけでもないし、これからいろいろつくっていく中では理屈に合わないことも起こるでしょう。こうやって周りのクリニックを見て直すことも出てきます。『変化するときには職員の気持ちを損なわない』それを目指して判断していくことが大切です」

会計事務所から検討結果が届いたら、すぐ朝礼で院長が告知することになった。全員が昇給することを伝え、金額は次の給与明細に昇級辞令を同封するので確認するよう案内することにした。

院長との話が終わり事務所に向かうと、さっきの男の子が受付にいた。サングラスをかけて、坂本さんと話していた。

「抜糸は一週間後です。お時間は一三時でよろしいですか？」


職場では週末にわたしの歓迎会をしてくれることになった。恵比寿の地中海レストランに向かうのだが、電車に乗らないで歩いて行くという。居酒屋でないところが不動産会社との違いかな。金曜日の診療が終わってからみんなで戸締まりをして出発した。ドクターもナースも全員が戸締まりしている姿が、わたしには新鮮だった。

九人がぞろぞろ目黒駅前を過ぎて山手線に沿って恵比寿へ徒歩で向かうのだが、駅のまわりの飲食店の店先では夜の部に切り替わる準備をしている。

「おやっ、また美人行列だね！　今日はどうしたの？」

うどん屋の女将さんが馴染みの高橋さんに声をかけている。昼間の目黒は少しよそよそしさもある街だけど、陽が落ちるとまた違う顔があるのかもしれない。

「えっ、新人歓迎会！　また美人が増えちゃったのかい？」

坂本さんがわたしの腕を引っ張って、新しい美人として紹介された。

「あらかわいい！　バンダさんは美人ばっかりだね」

「職業病ですよ」

モソッと事務長が言って、女将さんを笑わせた。

今週は機械施術の当番になっていてほとんど話せなかった向井恵ナースも、今日はじめて会った田中栄司ドクターも、一緒に行進した。向井ナースは、出るところは出て引っ込むところは引っ込んでいるメリハリボディで、身長は坂本さんより少し高い感じだ。田中ドクターは事務長と院長の間くらいの身長だけど、一八〇センチまではないかもしれない。手脚が長い感じのマッチョマン。三〇代半ばくらいに見えてかっこいい部類には入るのだろうけど、ワイルド感の方が強いタイプだ。ちょっと苦手かな。


歓迎会は「前職の話」で盛り上がった。みんなが自分のことを話したがるので、わたしは話さないで済んだ。内科の病棟看護師だった向井さんの失敗談は面白かった。

「ここに来たらドクターは二人とも外科じゃない。すっかりそのことを考えずに来たのよね」

みんなワッと笑うのだが、説明を聞くまでは意味がわからなかった。

「内科のドクターって、優しいのよぅ。外科と違ってぇ」

外科のドクター二人も認める業界の常識らしい。

「オペ看はその気になればね。パワハラでドクターを訴えるのは簡単よ」

山村師長もニヤニヤして人差し指をぴゅんと立てた。山村さんは大学在学中から手術介助ひとすじ。外科医と内科医との差は学生時代からわかっていたそうだ。

「内科からの応募者がいたら、前もってしっかり伝えとかないとトラブルになるな」

事務長は本気でそうするらしい。


「上野さんも総合病院にお勤めでしたから、内科のドクターと外科のドクターの違いは私よりよくご存じかもしれませんが、当院には外科のドクターしかおりません。いま看護師と同時に募集している医師も外科のドクターばかりです」

最初の面接試験に来たナースに対して、事務長は早速外科医に対する注意を伝えた。

バンダの採用試験は、筆記試験と事務長面接だ。師長はナースの面接に同席し、院長はドクターの面接に同席する。ただし、ドクターに筆記はなし。

筆記試験の内容は小学六年生レベルの算数と国語、それと時事問題の三部構成で、応募者の学力というよりは基礎レベルを見るものだが、算数は坂本さんがつくったオリジナルで国語は院長のオリジナル。時事問題は事務長が適当にネットニュースの見出しから拾った、これもオリジナルだ。算数六〇点、国語三〇点、時事一〇点の一〇〇点満点。三〇分ほどの筆記試験の後、応募者をわたしが応接室に案内している間に事務長が採点してから面接に来る段取りにしている。つまり面接が始まる時点では筆記試験の結果がわかっている。今回のように応募者がナースの場合は山村さんが専門的な質問をする時間があるが、受付希望の場合は山村師長がいないので、事務長は必死で採点しなければならない。事務長が来るまでわたしが世間話をする。

「目の前のひとがどんな地頭《じあたま》なのか知って話すのは、面接する側にとっては楽だからね」

そうですか！　わたしには採点に一週間くれって言ってましたよね！

「内科のドクターに比べると乱暴な話し方をする傾向がありますが、悪気はありません。このあたり、大丈夫ですかね」

上野章子さん三一歳、筆記試験は四五点。山村師長がオペ室に戻って、三人だけになった応接室で、おとなしそうな内科病棟の正看護師は静かに答えた。

「わかっております。それは見てきております」

そうなんだ！　外科のドクターは乱暴なんだ！

「何か聞いておきたいことはありますか。合否のご連絡は一週間ほどください。筆記試験の採点に少し時間をいただきます。万一連絡がありませんでしたら、電話でもメールでもご一報ください」

わたしに言ったのと寸分違わず同じセリフじゃない！


今日の採用試験は、広告をアップロードした日に早速応募してくれたナースの上野さん一人だ。広告を出して今日で四日。出したとたんにその日から受付は毎日六、七人の応募がきているけど、ナースはまだ上野さん一人だ。買い手市場の受付応募者は、きっちり応募書類を読んで、適性が高いと思える経歴のひとだけに絞って、面接日のメールを送る作業を毎日している。きっちりとは言っても、応募の四割は名前と電話番号、メールアドレスくらいしか書いていない。学歴欄の大卒や高卒にチェックがあっても学校名が空欄だったり、住所が空欄でどこに住んでいるのかもわからないものまである。そういう応募はすぐ広告会社が提供している定型の「残念ながら……」の返信を送るだけで手間はかからないのだが、「いま五人に二人が非正規で働いている」と聞くと、この四割という数字の一致に不思議なものを感じた。自分を売り込む言葉を考える時間すらない余裕のない日々を送っているのかもしれない。手当たり次第に応募していて、記入欄をしっかり読んで何をどう書くか考える時間もないのかもしれない。

一方、ドクターはまだ一人も来ていない。こちらはナースより更に難しいようだ。

「この感じだと来週になって受付の面接を始めたらたいへんですね。一日三人を限度にしますかね？」

事務長の言うとおりだと思う。面接は意外にパワーを使う。でもわたしは素直には賛成しなかった。

「そうですよね。受付さんを毎日三人面接して、ナースさんが来たら一人追加ですね」

わたしの三人＋一人案を聞いて、事務長は少し笑った。

「そうですね。ナースを入れて三人じゃ終わらないですよね」

やっぱり事務長はちょっと怠け者なんだわ。歓迎会で院長に「関口さんのミッションは吉田事務長をしっかり働かせることです」と冗談みたいに言われたけど、院長は本気だったのかもしれない。

審査には院長からのリクエストもあった。

「筆記試験のボーダーですが、七〇点にしてください。それと合計が何点であっても算数は四〇点を最低点にしたいんですけど、いいですか？」

院長にはユニークな持論があって、算数ができない子は理屈の通った話を聞けないそうだ。国語じゃなくて算数！　事務長にはそれほど違和感がないようだ。

「院長も面白いこと言いますよね。でも意外に真実かもしれませんよ」

「院長も事務長も理科系脳だからそんなこと考えるんでしょ！」

「数学じゃありませんよ。算数ですよ。太郎くんが駄菓子屋であめ玉を五個買うやつ。ウチの筆記試験に太郎くんは出てきませんけどね」

事務長は院長の理解者なんだと思う。聞いてもいないのに院長の言動を解説してくれることはよくある。

さて筆記試験が四五点だった上野さんは不採用。もちろん応募資料を見た院長か専門知識の面接をした山村師長が「それでも欲しい」と言えば検討会を開催することにしているけど、そうはならなかった。

転職理由をお聞かせください

いよいよ今日から受付の面接が始まった。今日は受付だけの三人だ。

「頑張って行こーっ！　生半可じゃ三人乗りきれないぞー！」

事務長は腕まくりこそしなかったけど、自分に気合いをかけた。

三人も面接すると確かに一日つぶれた気持ちになる。四人はかなりキツいだろうな。広告代理店の飯島さんによると、ドタキャンもなく予定通り初日を終えたのは奇跡だそうだ。普通はドタキャン率が五〇％を切れるかどうかで求人条件がターゲットに合っていたかどうかとか、広告が適切だったかとかを見る。広告を下ろすまではあと一週間あるから、最終ドタキャン率が出るのはまだまだ先だ。

肝心の面接では、一人筆記試験が七八点の子がいた。東京女子体育大学出身のアパレル社員で、大阪の一流デパートのテナントで働いていたという二四歳。事務長が明らかに気に入っていたので採用方向だろうな。

　終業前に院長にざっと報告して、その子には合格通知を出すことになった。あとの二人は五〇点にも満たなかったので、不採用決定。

「もう残業時間になっているから、関口さんはすぐ退社してくださいね。七八点の森田さんには私からメールしておきます」

　これが不動産と違う。以前の職場では「残業するな」とキツく言われる一方で、「帰る前にこれだけはやっといてね」とか言われたし、秘書になってからは「帰れ」などと言われたことも、まともに残業代をもらったこともなかった。秘書の給与はS表というテーブルに基づいていて、タイムカードが押せない状況が多発した場合に備えて基本給が高くなっていると説明を受けていた。

「あー、私の前のところでもT表なんてテーブルがあったなー」

　早く帰れと言われたのが意外だと言ったら、事務長は前職の話をし始めた。

「製造部の班長クラスが対象でした。製造部は一般職でも部下が二〇人、三〇人になるから、冠婚葬祭とかで他の職種より出費が多くなるのでね。そういう立場に対応する給与表があったのですよ。でも秘書職で実質は『みなし残業代』みたいな給料表なんてグレーじゃないですか？　まともな残業代は付かなかったでしょ？」

その通りだったのだけど……なんと！　事務長のいた会社も労働基準局から問題を指摘されて社名公表寸前まで行ったそうだ。それ以来、各組織のトップが部下を自分より後に退社させない習慣が企業として身についたという。

「でも秘書って、そういう部分があるのが普通だと思っていました」

「業界とか職種とかが違うとそうかもしれませんねー。関口さんは不動産の国内営業でしたよね。私の前のところじゃあ自分でお茶を入れている常務CTO（技術系重役のトップ）がいて、自動車販売業界から転職してきた子が見て驚いていたな。『前の会社なら係長でもそんなことしない』って。その前の会社ってのがかなり小さな会社だったので、その点でも驚いたそうです」

いままでのわたしの環境って何だったんだろう。その「かなり小さな会社」と同じようなものだったんだ。

「関口さんは恵まれなかったみたいですね。国内営業っていうのは、私がいた会社でも女性社員に対して一番遅れていた感じがします。少なくとも私が退職するまでは、女性の部課長が一人もいない唯一の部門でした。どこも国内営業というものはそうなのかもしれませんね。

まあ、バンダでは男女格差は起こり得ないでしょう。特別な給料表をつくってサービス残業当たり前！　みたいなこともしたくないですね。全員タイムカードです！『みなし』がタイムカードを常時上回るようでは経営的に良くないし、常に実際に働いた時間に満たない手当しかつかないルールをよしとする企業に成り下がりたくもないし……」

事務長と話していると「こうしたい」とか「こうしたくない」という言葉がよく出てくることに気がついた。いままでもよく言っていたような気がしてきた。これからルールをつくるということはこういうことなんだ。やりたいことを思い描いておいて、斉藤先生からたたき台が上がってきたら思っていたところがどうなっているか、答え合わせをしていくんだ。

事務長は怠け者かもしれないけど、ちょっといい感じの怠け者なんじゃないかな。

もう一つ聞いてみたくなった。

「あの……、事務長、わたしまだ秘書としてのお仕事が始まっていないような気持ちなんですけど」

「ハハハ、そうですよね。心配ですか？　実はですね、私は院長に秘書は不要だと言っていたのですよ。この企業サイズのＣＯＯに秘書は贅沢ですよ。秘書というのは、一人のリーダーが遂行する責務の量が物理的に一人ではできないのにもかかわらず、それを分散できないときに必要性が出てくるのです」

そんなの初めて聞いた。それなら秘書って……。

「関口さんのいた会社なら社長秘書なんて四、五人いたんじゃないですか？　タイムキーパーみたいなひととか、パシリみたいなひととか、コンサルみたいなひとまで。でもここはシェジュール（スケジュールの方言だそうだ）もアポイントメントも私が自分一人でつくって管理できるボリュームですからね。私専用のコンサルもいらないし。とはいえ若い院長から見たら爺さんは危うかったんでしょう。サポートするひとがいた方がいいのではないですか、と言われて私も思い直しました。事務長という業務を私と一緒に進めて、私の抜けているところを指摘して気づかせてくれる方が秘書という名で横にいてくれれば院長も安心するだろうし、私も仕事がしやすい」

事務長はそこまで話してニヤッとした。

「そんなのイヤですか？」

事務長の秘書論はかなり特殊なものだと思う。でも一気に言われてなんだかそれもありだと思えてきてしまった。

「ついて行くだけでいいんですか？」

「いえ、一緒に考えて都度相談に乗っていただきます。かなり重いテーマもあるかもしれませんよ」

事務長は笑い出しそうな感じに見えた。

「如何でしょう。私の秘書になってよかったですかね？」

「それは……、即答できません！」

「関口さん、満点です」


何か、はぐらかされたようなからかわれたような、そんな気分になった。事務長はわたしに何をさせたいんだろう。タイムカードを押しに打刻機に向かうところから待合室が見えた。

先週の「陰気な目」の男の子が抜糸から帰るところだった。サングラスは手に持ったままでかけていない。

驚いた！　陰気でなくなっている。いや、全く、ぴったり、完全にあの「二番の方」なのに、間違いなくあの男の子なのに。顔は変わっていないのに陰気でなくなっている。陰気に細めていた目を普通に開いた、そういう感じになったんだ！　だから顔が変わっていないと思ったんだ！

わたしは思い出してタイムカードを打刻して、受付に行った。

「関口さんも感激したでしょ。患者さんも口では言わなかったけど、凄く喜んでいるのが伝わってきたわよ」

今日は三番さんだった先週の二番さんを見送りした坂本さんが、戻ってきて言った。

「ずっと心を痛めていたひとの悩みが消えて、それを見送るときに美容医療の意義を感じるのよね」

高橋さんはそういう思いを何度もしたそうだ。いつの間にか事務長も受付に来ていた。

「彼は人生を変えたな。自ら明るく変えた」

「男のひとでも目は印象変わりますよね」

坂本さんの言葉に、事務長は経験談で答えた。

「私が女性からの見た目に一家言持っているなんてことはありませんよ。でも新卒の採用面接に何度も同席して知ったのだけど、陰気な印象はもの凄くマイナスになるんですよ。

ルッキズムって聞いたことありますか？　外見って評価に影響するんですよね。ペーパーテストの成績には問題がなくて仮に採用したとしても、その後のドラフト会議で引き取ってくれる部門が想定できないということもあります。みんな大きな声では言わないけれど、実際には顔で不採用ということはあるのです。『人生を変えた』というのは仕事の方です。女性にモテるかどうかについては、言及するだけの知識を持ち合わせていないのでごめんなさい」

わたしはバンダの事務長、吉田さんの秘書になって良かったかもしれない、と、ちょっとだけ思った。

翌朝、森田さんから内定受諾のメールが来ていたので、わたしがもらったのと同じ入職書類セットを送った。その日はナース面接もあるから四人だ。ホントにキツいぞォー。

「どうしてもオペ看をしたくて毎年自己申告を出していたのですが、自分の順番が回ってこないことがわかりました。三〇歳を前にして、いま転職しないと一生オペ看になれないと思って応募しました」

「脱毛専門クリニックに三年います。脱毛しかしていないのでナースとしてのスキルが落ちて行くのが心配で、三〇歳になる前にこの状態から脱却しようと応募しました」

バンダに来るナースの応募理由は、大体この二つに分けられる。二九歳がやたらに多い。オペ看というのはオペレーション担当看護師の略で手術介助のことだが、専門化が進んでいる大病院では、内科病棟で入院患者の面倒を見る看護師が手術室に入ることは無い。テレビドラマに出てくる手術室でテキパキとドクターを介助するナースの姿に憧れても、人事異動が無い限りできない。そして、そんな人事異動はまず無い。それで美容外科の世界に入ってオペ看になろうとするひとは少なくない。基本的に美容外科クリニックはオペ看になるひとだけを募集しているのだから。

脱毛専門のナースには、また別の問題がある。バンダにももちろん脱毛機はあって、当番になると一週間は脱毛ばかりの毎日になるが、なかなかの肉体労働だそうだ。かなり強そうな向井さんでさえ、全身脱毛で二時間も施術するとフーフーになると言っていた。それが脱毛専門クリニックではローテーションもなく来る日も来る日もずっと脱毛になるから、確かに体力が持たない。それに加えて、麻酔の知識が飛んでしまう人がいるそうだ。面接で専門知識を質問する山村師長は、その点を心配する。原則はドクターの指示に従っていればいいのだが、指示を受けたナース側にちゃんとした知識が無ければ、外科では危険なこともあるはずだという。師長は点滴くらいはやりつけている子がいいという意見だ。

受付応募者の多様性は、ナースどころではない。まず違うのは、何の連絡もせずに面接に来ない応募者が多いことだ。ナースには今のところ当日キャンセルした人はいないけど、受付は予定通り三人の面接ができた日は半分くらいだ。一切連絡してこない。当日の朝までアクセスの質問をしながら来ない応募者もいた。人間性を疑いたくなる。ドタキャン率の話は聞いていたけど、受付応募者はいまのところ三〇％以上のドタキャン率になっている。

ドタキャンを除くと、あとはクリニックまでたどり着いたひとたちだが、中でもわたしが一番驚いたのが自称ブロガーの女性だった。美容施術をいろいろ受けて、そのレポートのフォロワーが一万六千人いると言う。たしかに韓流ドラマの女優さんみたいな、とびっきりの美人だった。

「エラを切ったり頬骨を削ったり、かなりの金額だったと思うのですが、資金はどのようにして準備したのですか？」

「学生時代にピンクサロンで働いて稼ぎました」

事務長の問いに彼女は即答した。更に続けて、入職したらいろいろ施術を受けてレポートするからバンダにとってても宣伝になるとか、他のクリニックとの比較もしたいしダウンタイムは休ませて欲しいなど、受付の仕事をするために応募してきた感じは全く無かった。

「私の印象に残っているのはアートメイクアーティストだな」

事務長が感想を言うと、山村さんがすぐ補足した。

「『元』ね！」

求人広告を二週間も出していると、募集していない職種の売り込みが来る。そこに問題の女性が応募してきたのだが、明るい話ではなかった。

「アートメイクとは三年で消える入れ墨か！」とは、事務長が山村さんの説明を聞いて彼なりに解釈した定義だ。山村さんもその理解は間違いではないと言っている。眉墨やアイライン、口紅を針で皮膚の深くに入れ込む施術だ。以前は医療とは関わりのない美容の一種だったそうだが、入れ墨が医師の監督下でなされなければならなくなったのと同様、アートメイクにも医師の監督が必要になった。それでも、医師さえいれば施術は誰がやっても良い時代があったそうだ。ところがいまは厳格な運用になって、施術者に看護師の資格は必須になっている。

応募してきた女性は、看護師資格なしで施術を一〇年もしてきたが、看護師資格がないことを理由に勤め先を解雇されることになったという。腕に自信はあるし評判も良いので、バンダで雇って欲しいという手紙を送ってきた。

手紙を読んだ時点では、事務長はアートメイクを知らず、目の前に座っていた山村ナースにザックリ教えてもらってから、応募者に電話して断ったことがあった。

「法律の運用が変わって一〇年続けてきた職を失うことには同情したな。でもバンダはアートメイクをラインアップしていないことと法律を犯さないこと、その二つの理由で会わずに断りました。仕方ないですよね」

「でもあのときの事務長は言い方が冷たかったわよ。『看護師資格をお取りになったらまたご連絡ください。こちらの状況にも変化があるかもしれませんから』って、グサッときちゃったわ。こいつ冷てえー、って」

「ひとの会話を盗み聞きするのは感心しませんね」

山村ナースは事務長に対して少し乱暴な口をきく感じがする。でも事務長も怒るわけでもないし、周囲もそれを許している雰囲気がある。

今週はドクターの応募が四件も来た。

前の一週間は何もなかったのに急に四件。やはり週一日とか二日のアルバイトを希望するドクターばかりだ。一人、名古屋大学出身の女性がいた。このひとが来たら七大学制覇！思わず笑ってしまったが、それ以外のことで事務長と一緒に大爆笑してしまった。

「えーっ、何が面白いかというとですねー、応募者コメント欄なのですよ」

事務長の席で院長を交えた三人で求人途中経過を話し合っていたとき、パソコン画面を見せながら事務長がユニークな応募者を紹介した。

「東京までの交通費をご負担ください。新幹線のグリーン車で結構です。また宿泊代は一泊四万円程度で前後泊の二泊分になると存じます。また入職後も毎週火曜日に東京へ参り前泊しますので、同様に願います。私ほどの医師を雇うにはこの程度の対応は当然であることをご承知おきください」

院長も大笑いだ。

「これって、ちょっと信じられないのですが、この通り、本当にコメント欄に書いてあるのですよ」

「吉田さんはどう答えたのですか?」

事務長は画面をスクロールして回答欄をわたしたちに見せた。

「もう送っちゃったんですけどね。こんな感じです。『残念ながら弊院には安田様(女医さんの名前)のような立派な医師を雇用する器がございません。応募される方には、交通費や宿泊費が発生した場合ご自身で負担されることをお願いしております。このたびはご縁がなく残念でしたが、安田様の就職活動が実りあることを心よりお祈りいたします』と、言いながら、ちょっと会ってみたい気もしますけどね。他の三人には面接日程案を送っておきましたよ」


「美容皮膚科二院を掛け持ちしています。一つは水曜で、もう一つは木・金です。それで月・火のアルバイトをしたいと思って応募しました。美容皮膚科は基本的に機械施術だけなので、私はいるだけです。御院は外科なので埋没や注入を教えていただけると幸いです。いるだけというのもちょっとキツいものでして」

美容医療業界をとりまく法律は厳しくなっていく傾向があるそうで、看護師が施術できる脱毛や美肌も施術の際に医師がいなければならない。ずっと横に付いていなければならないわけではなく、別の患者さんを診察していても良いのだが、クリニックを不在にしてはいけない。それで「居るだけドクター」にも需要がある。東邦大学医学部出身の小田知樹ドクター三一歳。なんとなく目立たない感じの真面目でおとなしそうな若者って感じ。居るだけドクター脱却のきっかけをバンダに求めてきた。向上心を院長が気に入って……合格！

「働きながら法医学の博士課程にいます。警察の方たちに囲まれて仕事をしていますが、……ゴリラみたいなでっかい方ばかりで……、週一回くらいは女の子のいる職場で働きたい。水曜日を希望します」

太田麻衣ドクター二九歳。東京慈恵会医科大学出身で、しっかりした雰囲気なのにかわいい感じもする女医さん。生きているひとの切開をしたくなったんですね。女医さんは女性患者の支持を得るはずと事務長も賛成して……合格！

「山手線沿線で働きたかったんです。新宿や渋谷も調べたんですが複数の院を掛け持ちの募集ばかりで、なかなか自分の時間をつくれない感じでした。そこで分院展開をしていないこちらの求人を見まして！　きっかり一七時には退社したいですね。二〇時に閉まるデパートも多いですから」

横浜の美容皮膚科でアルバイト中の居るだけドクター。

バンダにも居るだけの希望で応募……このたびはご縁がなく残念でした。

新しい組織の始動手続き

広告を下げてから二週間。面接月間を終えての総ドタキャン率は二七％だった。毎日のように無言のキャンセルがあったが、代理店はこの業界の常識から見れば悪くないというので、何かすっきりしない感じを持ちつつも、そこそこやれたとも思う結果だった。

受付はついに二人の採用に至らなかった。森田さん以外に筆記試験が七〇点を超える人が現れなかったので、新規採用者は一人。ナースは計画通り二人で、ドクターは木曜担当が見つからないまま新規の採用者は二人で終わった。

その結果新体制は、ドクター四人、ナース五人、受付三人、事務長一人、秘書一人の総勢一四人になった。ナースの新人は、美容外科経験者の白石恵さんと内科病棟からの武田信子さん。脱毛機を一台増設したので、脱毛二件と美肌一件を並行して施術できる体制になった。脱毛ができる機械はもともと何台かあったのだが、患者さんに人気の機種というのが一台しかなかったので買い足したというかたちだ。この世界、患者さんもなかなか機械に詳しく厳しい目を持っている。

全員が入職するまで一カ月ほどかかったが、その間もなかなか忙しい毎日だった。ドクターやナースが入職すると、保健所に届け出なければならない。届出書の作成が、意外に面倒くさい。パソコンの使用者登録やメール設定もわたしがサポートした。ホームページに新ドクターの紹介と担当日を載せたり、機械施術の予約枠が増えた案内を載せたりする指示を業者にして……。

事務長と一緒に仕事をしている感じは多少あったが、わたしが事務長の後に付いてサポートしている秘書感は全く無かった。事務長からは多少のアドバイスをもらう程度のことだから、事務長には楽な時間だったんだろうな。わたしはヘトヘトだ。

「秘書という名の総合職かぁ～」

「来月の第一金曜日の午後に全体会を開催したいです。診療予約の調整は必要になります」

夕方の総務ミーティングで事務長が院長とわたしにそう提案した。毎日終業前の打ち合わせをいつのまにか院長が総務ミーティングと呼んでいた。

「参加が可能なら金曜以外のドクターも呼んで、新社内規定の説明をしたいです。それと今年のサブロク協定に山村さんがサインするのを新しく入ってきたみなさんに紹介したいと思います。夜は新人歓迎会をしましょう」

山村さんは師長といっても人事権を持たないリーダーなので、残業代も付くしサブロク協定に署名する資格もある。従業員側の代表だ。社内規定案の方は斉藤先生からたたき台が届いていたが、まだ検討していない。これが済めばレストランで打ち上げ歓迎会か。あと一踏ん張りだ！

「一四人となると渋谷か新宿ですかね？　スペイン料理がいいかな？」

院長！　そっちじゃないでしょ。

前の会社では、社内規定なんて斜め読みするくらいのことしかなかったのだけど、仕事だと思えば熟読できる。給与規定に勤怠規定、研修規定、産休育休規定、反社会勢力とは関わり持ちません規定、陪審員に選ばれちゃった規定……。

「こういうのは規定にしておくのがルールというか良識というか、なにしろちゃんとした企業では書いておかなくてはいけない項目なんだな。私の周囲では陪審員の声がかかったひとは一人だけでした。それも『来年声がかかる候補になりました。本当に陪審員をお願いしたくなったらまた連絡します』みたいな話で、ついに本番の声はかからなかったそうです。宝くじの一等みたいなもので当たる人は必ずいるんだろうけど周りには見当たらない。産休育休もバンダじゃ当分対象者がいないんだろうな」

事務長も叩き台に目は通している様子で、独り言だかわたしに言っているのか、いつものようにぶつぶつ言いながら添削している。でも一生懸命やっている感じは全く無い。A4両面で二五枚。叩き台のプリントは添削で真っ赤になった。……いえ、わたしの叩き台のプリントだけ、添削で真っ赤になった。

待合室の五〇型テレビに自作のプレゼン画面を出して、バンダがこれからどうなるか、どうしたいのかを事務長は説明した。不動産会社の営業部では見たことがないほどの洗練された帳票レイアウトとしゃれたアニメーションで、内容よりもそちらに目を奪われた職員がほとんどだった。世界展開でもまれてきた電機業界にいた事務長の知らなかった一面を見た気がした。

「さあみなさん、これで私からの説明は終わりです。ご質問はご遠慮なく！」

山村師長が手を挙げて、

「プレゼンってポケットに手を突っ込んでするんですか？」

「そのように習いました。米国式です。ほかにご質問は？」

「吉田さんはこういうプレゼンをいままでは英語でしていたんですか？　それとー、自分でそのレベルのアニメーションをつくっていたんですか？」

徳田ナースが聞くと、

「プレゼン用の画面などは特別な得意先とか政治家なんかが相手でしたらデザイン部がつくりますが、そうでもない相手の場合はよほどのパソコン音痴でもない限り自分でつくる風土がありましたね。私もつくること自体は好きでしたよ。それから英語はねー、日本を一歩出ると日本語がわかるひとはほとんどいません。でも英語がわかるひとは言われている以上に多いんです。機械工学科出身の私でも下手な英語を使わざるを得なかったな。プレゼン台本だって英語でつくりました。フランスに行ってもドイツに行っても北欧に行っても仕事なら英語で済みました。聞く相手の側に優しい気持ちがあればね」

産休の質問なんて誰もしなかった。それどころか院長がフランスは街中でもちゃんと英語は通じるのかと英語で聞いたりして、明らかにみんなプレゼンそのものを楽しんだり感激したりしている様子だった。

事務長が院長の質問に対して、パリでは通じなかった経験はないが、ニースで英語が通じなかったことがあったこと、スペインでもバルセロナで通じなかったことがあったことを英語で答えて、新社内規定の説明は終わった。カナダに留学経験のある院長と世界中を仕事で回った事務長の二人が機関銃トークをするので、山村師長が、

「わっかんねー」

と言いだし、全員が大笑いした。

院長と師長が新しく書き直した今年のサブロク協定に署名捺印してセレモニーは終わり、新人歓迎会へ向かうことになった。こんどは新宿に電車に乗っていく。そこまで行かなくても一四人くらいなんとかなる店は近くにたくさんあるはずなのに、院長は新宿に行きた

かったらしい。

新宿駅の南口で降りて、三丁目交差点近くのレストランに向かって一四人がぞろぞろ歩いた。男性ドクター三人は何故か最後尾で固まってにこにこ話しながらゆっくり歩いている。太田ドクターを含めた女性全員は、事務長を取り囲んで坂本さんと高橋さんを先頭にして歩いていた。

「すれ違う男性の目を見てごらん」

事務長がわたしにボソッと言った。凄い！　みんなこれ以上の横目はできないというくらい目玉だけこっちに向けている。両側を流れていく男たちは顔を真っすぐ前に向け、目だけでわたしたちを見て歩いて行く。

「バンダの歓送迎会は目黒でも『美人行列』って呼ばれているくらい知られていて、街ゆく人たちの注目を浴びるのだが……、新宿で行列をやると両側から横目の波が押し寄せてくるんですよ。毎回こういう光景があるんです。目黒とは街にいるひとが違うんでしょうね」

太田ドクターにも事務長の声が聞こえて、キョロキョロ左右を見た。

「まあ、こんなの初めて」

新体制の新たな週が始まった。小田ドクターの初陣も気になるが、わたしの今週の仕事始めは、品川区の労働基準局に新社内規定と今年のサブロク協定書を届け出ることと、保健所に新ドクターと新ナースの届け出をすることだった。ルールとしては入職後一〇日以内に届ければいいのだが、延ばす理由もないので週明けに届けることにしただけだ。でも二カ所を回らなければならなかったので、意外に時間がかかる仕事になってしまい、午前中が全てつぶれてしまった。

クリニックに戻ると珍しく六〇歳は超えているように見えるご婦人がいた。バンダの患者さんは二〇代三〇代の女性が多く、先日のような男性は少数派だ。中高年は更に少ない。

「六番の方、こちらへどうぞ」

待合室では名前を呼ばないのが当院のマナーで、診察室に入ったらフルネームになる。完全予約制なので、待合室に他の患者さんがいないことの方が多いのだが、みんなこのルールをしっかり守っている。

山村ナースに呼ばれた女性は、小田ドクターの診察室に入っていった。

「高齢者になってからの終活脱毛かぁ。痛いだろうな〜」

老人になって「下の世話」が必要になったとき、不快感を与えないようVゾーンとお尻とその間、いわゆるＶＩＯ脱毛を中年のうちに受けに来る女性は少なくないのだが……。

坂本さんの言葉が新人の森田さんには意外だったらしい。

「最近の脱毛って痛くないんでしょ？」

最近の脱毛というのは毛穴の中にある「次の毛に『生えろ』と命令する細胞」をレーザーで刺激して「次」が生えてこないようにする脱毛で、あまり痛くない。ところがその原理の脱毛機は白髪に効かないそうだ。

「白髪には毛穴一つ一つに針を刺して毛根を焼く『針脱毛』をするのよ。バンダでは師長しかできないの。難しいんだって。森田さんも知っておいてね。白髪の患者さんの予約を受けるときは、山村さんの予定を確認しないとダメよ」

坂本さんは、バンダに来てから初めて年下の新人を受け入れたので、ちょっとうれしそうだ。

あまり大きな声で話していたわけでもないのに、わたしたちの声を聞きつけて事務長が受付に出てきた。

「そうなのか！　山村さん待ちみたいなことも起こるんだな。研修会を提案するか」

全体会が好評で、またやりたいという声が大きかったので脱毛をテーマに開催することになり、今回の進行役は山村師長がすることになった。当然のように金曜日で、レストランの予約は高橋さんが進んで担当した。事務長はこの「飲み会」のことを「院内交流会」と呼び始めた。不動産のときは男性がみんな飲み会が好きで、わたしはそうでもないというか、好きではなかったのだけど、バンダでの院内交流会は好きだ。ほかのみんなも好きみたいだ。居酒屋かレストランかは重要な違いだが、それだけではないような気がする。

今回は、新ドクターの都合が付きやすいよう全体会が七時から一時間の開催だ。

「針脱毛は白髪にも有効ですが、硬毛化にも有効です。みなさん硬毛化って知ってます？」

山村進行役の質問に太田ドクターは見たことはないと答え、武田ナースと吉田事務長が知らないと手を挙げた。わたしも手を挙げたけど、森田さんは知っていた。坂本さんにギッチリ教えてもらったそうだ。小田ドクターは見たことがあると言った。そんなに珍しい症状ではないらしい。

「吉田事務長がいらっしゃる前の年に、バンダでも一人硬毛化の患者さんが出ました」

硬毛化とは脱毛施術したところの毛が逆に元気になってしまう症状で、いわば硬毛化とは剛毛化だ。その患者さんの治療に必要で針脱毛の研修を受けたことを師長は語った。

それを受けて、事務長が練習の提案をした。

「ナース全員に針脱毛の研修を受けて欲しいですね。シフトにもあまり影響しないよう一人ずつ順番に受けることにして、レーザー脱毛と合わせて職員がお互いに練習台になって腕を磨くというのはどうでしょう。みなさんピカピカの美人になりますよ」

事務長の発言を機に意見が出始めた。

「そうそう、みんなで脱毛のトレーニングをやることにしたいな。お互いに練習台になるなら受付さんにも練習台になってもらうの」

「針脱毛じゃなければ練習台になりたいな」

「針脱毛の練習は外せないわ。他のレーザーも脱毛に限らず一通り練習しましょう！」

「美肌も無料でできるならステキだわ！」

前回も事務長の発言をきっかけにして、みんなが意見をわれ先に言う場面があった。わざとそうなるようにしているのかな。建設的なことをいうときでもちょっと気を惹いて笑われるようなダサ目の言葉を使うとか。特別なテクニックがあるのかもしれない。

「事務長のＶＩＯなんてしたくないな」

「強要されたらセクハラよね」

「どさくさ紛れて面白すぎること言うんじゃない！」

患者さまはご機嫌ななめ

今回も楽しい雰囲気で全体会は終わり、ナース全員が針脱毛の研修に順次参加することと、無料の脱毛練習会の開催が決まった。練習台は受付も含めて女性全員。

「ただし！　痛い針脱毛も必ずすること。その際の痛み止めの麻酔クリームは有料にしよう」

事務長がイジワルを言ったが、有料にすることは却下された。わたしは脱毛をしたことがないので、うれしい結論だった。

「バンダの仕事は厳しくて忙しくても行くのが楽しい。そんな職場にしたいですね。それと今日みたいに、みんなが一緒に考えて意見やアイデアを出し合う職場であって欲しいです」

院内交流会に行くために机を片付けているとき、何故か唐突に事務長がそんなことを言い出した。みんな診察室や受付を片付けているので、事務の島には事務長とわたししかいない……。わたしに向かって言ってるんだわ。

「事務長、どうしたんですか?」

「ハハ、以前の職場を連想してしまいました。前のところもなかなか良かったんです。この雰囲気があるといざアイデアを募ると意見が出るのですよ」

「ハァ、『いざアイデアを募るとき』ですか」

「責任者だせぇー!」

受付から男の大きな声が聞こえた。事務長は朝から斉藤先生のところへ一人で行っている。ドクター二人は予約時間の都合で午後まで来ない。すぐに坂本さんが事務室に入ってきて事務長に電話をかけ始めた。「先週、院長の執刀で切開型の二重《ふたえ》施術をした女性のパートナーを称する男性がとんでもない目にされたから手術代を返せと騒いでいるので早く戻ってくれ」と頼むと、事務長が「急ぎ帰る」と答えるのが聞こえた。

事務長は機転を利かせて八階から入ってきたようで、奥の階段から事務所に戻ってきた。

「カルテはこれですね。患者さん本人はいないのですね。ひどい状態という写真とかスマホ画像とか何か持ってきていますか」

事務長は意外に落ち着いていて、坂本さんに質問している。

「スマホ画像をチラッと見せられましたが、よくわかりません。目をつぶっているように見えました」


「おまえが医者か！」

「いえ、私は事務長の吉田と申します。お話をはじめからお聞かせください」

「何をぉ！　おまえのところは何回同じこと言わせるんだよー！」

男はわざと聞き取れないように話すがごとく口の中でもごもご早口で言ったあとに明瞭な大声で、

「こっちは出るとこ出てもいいんだぞぉー。そうなったらこんなちっぽけな病院は吹っ飛ぶぞー！」

興奮する男に向かって事務長はバカみたいなことを言い出した。

「クリニックが吹っ飛ぶのは怖いですね。出るところとはどういうところですか?」

「な、何言ってるんだ。おまえバカか。裁判所だよーっ。裁判沙汰になったら……」

男は一瞬言葉に詰まった。が、当初言おうとしていた言葉を勢いよく発した。

「どうなるかわかってるんだろーなー」

おそらく男は「この事務長ではわからないかもしれない」と思いながら言ったのだろう。その不安を事務長はすぐ取り除いた。

「もちろん、裁判になったらどうなるかはよく存じ上げておりますよ」

事務長はちょっと笑っているのかすましているのか、不思議な表情に見えた。

「裁判になればあなたの言い分と当院の言い分を第三者機関が公平な目で見てくれますので正しい解決が図れるでしょう。良かった。あなたにそのお気持ちがあるなら次のお話は訴状をいただいてからにしましょう。今日はお引き取りください」

「この野郎!　話がわかってるのか!　まだ終わってねーんだよー!」

事務長は「訴状をいただいてから」と言いたくてとぼけたのかしら。反対に男がバカに見えてきた。はじめは怖いと思ったのに。

話が終わっていないという男の言葉に答えず、事務長は坂本さんの方にごごんだ。すると坂本さんのパソコンから小さな音が聞こえた。

「こっちは出るとこ出てもいいんだぞぉー。そうなったらこんなちっぽけな病院は吹っ飛ぶぞ！」

事務長と坂本さんは二人で画面を見ている。どうもセキュリティカメラの映像を再生しているようだ。

「大崎署にこのはっきり正面を向いている映像と音声を送っておいて。それと駅ビルの交番に電話だ」

事務長がわざと聞こえるような明瞭な小声で坂本さんに言うと、坂本さんは電話をかけ始めた。その間、男は事務長の行動に驚いたのか、何も言わずに口を開けていた。

「き、今日は……。また来るわー」

男は戦意を喪失したらしい。坂本さんが大げさに受話器を置いた。

「施術結果にご要望がある場合は再度の診療も可能です。有料で承りますので、その際は予約を取ってからおいでください」

事務長の言葉を最後まで聞かず、男は去っていった。

「坂本さん、いい仕事しましたねー」

事務長は結果に満足しているようだ。

「キーワードが出たとたんに時間チェックしましたよ」

坂本さんは脅迫の言葉が出た時間をメモして、事務長がこごんだときにその時間の監視カメラ画像を再生したそうだ。院内には音声が録れないカメラも設置されているが、受付のカメラは音も録れる。

「美容医療にクレームや裁判沙汰はつきものです。おそらく今日の方は二度と来ないでしょう。無料で二重の手術をしたかっただけです。はじめからクレームする計画で手術を受けに来たのかもしれません。この業界はどこも前払いだとお話ししましたが、ホントにタダで手術をしようとする人がいるのですよ。払ったお金を取り戻すなら、クレームするのがよいと思うのでしょうねー」

事務長に「つきものだ」と言われても、わたしは初めてなので怖かった。

「それと裁判を嫌がってはいけませんよ。どうも世間には裁判を嫌がる風潮があるので、今日のように裁判が脅しになると思っているクレーマーがいますが、脅されることではありません。裁判は正しいひとを正しいと客観的に言ってくれます。後ろめたいことがなければいいのです。根拠のないクレームは裁判で受ける。その用意はある！　正しい仕事をしている限り負けることはない！　そう心に刻んでください」

「そんなに裁判って多いんですか？」

「いや、そんなに多いことはないのですが、そう思っていればいざというときに対応を誤りません」

そういえば事務長はお父さんと同世代だったな。このくらいの歳のひとって、なぜか「いざというとき」が好きみたいだ。


ボトックス注射を打ちにきた新患の中年女性が、受付で高橋さんと話していた。ボツリヌス菌で皮膚を刺激してシワをなくす注射だが、その注射をやり慣れているのか、顔に艶があってきれいなひとだ。でも何か違和感があった。何だろう。

太田ドクターの診察室に入ったのだが、しばらくして院長が入っていった。その後、診察室から出てきたその患者さんはプイっと怒った様子で帰って行ってしまった。

「院長が、太田先生の新患さんのボトックス、断ったみたい」

坂本さんがカルテをしまっていると、院長と太田ドクターが話しながら事務室に入ってきた。

「打ち過ぎなんですよ、いまの患者さん。しばらく休ませないと皮膚が持ちません」

事務室と受付の間の扉は開けていることが多いので、患者さんがカウンターの前に立つと顔が見えることが多く、わたしも事務長も患者さんの顔は見ていた。

「なんだかツルツルのお面をかぶっているみたいでしたね。頬骨から上のお面。口の周りは普通に動いていたな」

事務長は自分が観察した結果を語った。そう言われてみると、頬骨から上の方がやたらに色白だったようにも思う。太田ドクターも患者さんの状態が気になって院長を呼んだそうだ。

「おそらくいままでボトックスを打っていたクリニックで断られたんでしょうね。あの状態になっちゃうとその上から打ちたくないですよ」

そうか。院長は打ちたくなかったんだ。不自然さを感じた事務長も、そのような顔を見慣れていたわけではないらしい。

「さすがにボツリヌス菌が表情を無くすことは耳学問として知ってはいましたがね、見たのは今日が初めてです。バッチリ動きませんでしたね。話している口とのコントラストが強かったですよ。目の周りばかり打っていたんでしょうかね」

「吉田さんも観察力をお持ちですねー」

わたしも院長に同感だ。事務長にはそれほどじろじろ見る時間は無かったはずなのに。

「言われてみると頬骨より下とのコントラスト、ありましたねー。ニコッと笑うと怖かった。ああなる前にやめるのが医師の正しい姿だと思います！」

院長が指導だか自画自賛だかよくわからないコメントをする一方で、事務長は想像を巡らせていた。

「鏡の前ですました顔しか見てないんだろうなー。前見たり横見たり、上向いたり下向いたり、『アタシ何歳若く見えるかしら？』なんて……」

ボトックスを打ち過ぎてしまう心理についてはわかる気がしてきた。

「院長、ボトックスって、すましている限りは不自然ではないんですかね？」

「あー、目立たないでしょうね。でも人間はそうそう無表情ではいられませんので、不自然さはすぐに気がつきますよ」

「そうか、ボトックスは動特性が悪くなるんだな」

事務長の感想は院長と太田ドクターにはかなり受けていたが、わたしにはよくわからなかった。

みんなすべすべ脱毛訓練

バンダでは機械施術の中心はなんといっても脱毛で、施術するのはナースだ。一般的な美顔や美肌もナース施術だが、イボやシミを取るのはドクター施術にしている。今回の練習キャンペーンでは、小田ドクターと太田ドクターのイボ、シミ取り練習に職員が協力することになった。これについては事務長が喜んだ。首の周りにイボがあるのが気になるという老人らしい悩みの解消を期待したみたいだ。

「太田センセー、練習なんだから痛ぁ～くしてもいいんですよ。事務長は我慢強いから」

山村ナースはニヤニヤだ。

「キミ、私に対してだけ冷たい気がするな。言葉に愛を感じない」

「大丈夫です。無いですから」

太田ドクターは事務長と師長の会話にあまり慣れていないので笑ってしまって手が止ま

っている。

練習のときは、手の空いている者はできるだけ見学することになった。「受付や秘書も各施術がどんなものか知識として知っておくことは有用だ」と言う徳田ナースの意見が反映されたものだ。ただし、事務長は見学禁止。当然だけど。

でも今日の事務長は患者としての参加だ。ベッドに仰向けになった事務長の首あたりで太田ドクターと山村ナースが両側からこごんでいる姿は、ホントに二人が老人をいじめているように見えてかなり滑稽だった。一緒に見ていた向井ナースや受付の二人もクスクス笑い出し、太田ドクターはますます気になってしまい、イボを一つ取るのに一〇分近くかかってしまった。

「吉田さん、すみません。でもキレイに取れました」

「いえいえ、ありがとうございます。太田先生のお役に立ちましたのなら、これに勝る喜びはございません」

さすが事務長！　すらすら出る言葉にみんなどっと笑い、変なところで尊敬を集めた。

ナース全員が針脱毛の研修を受けたので、修了証のカラーコピーを額に入れて待合室の壁にさげた。山村さんの自宅の修了証もコピーして、五つ並ぶとなかなか壮観だ。そうなるといよいよ脱毛の練習だ。

練習が始まったらなんと、痛さがナースによって違うという評判が院内に流れた。脱毛機はどんなものでも多少の痛みはあるものの、針脱毛の痛みは別格。その痛みが山村さんの施術だと我慢できても、武田さんがやると飛び上がるというのが評判になった。

「みんなが師長レベルになるまでは、患者さんへの施術はできないな。認可制にしましょう。鋭意練習してください」

金曜日の朝礼で、事務長が他人事のように言うので山村さんが反発した。山村さんのやり方で……。

「男の人のヒゲで練習するのが一番わかりやすいんですよ。吉田さん練習台になってくれます？　なってくれたらうれしいな」

にっこりする山村さんが、凄く悪い子に見えた。わざとらしく「吉田さん」と呼ばれた事務長もドッキリしたみたいで、

「いえ、私はいずれヒゲを伸ばす予定がありますので……」

絶対にウソだ。ちょっと声が震えた気もして朝礼は大爆笑になった。ところがその日は

珍しく朝から来ていた田中ドクターが意外な申し出をした。

「頬骨あたりだけの脱毛希望でもいいですか？　ヒゲは剃ったり伸ばしたり気の向くままなんですけど、伸ばしているときも頬だけは剃ってるものですから。部位限定で」

　それを聞いて院長も、

「それはいいかもしれない。私もお願いするかな」

　山村さんはますます笑顔になって、

「では、そうさせてください。事務長もいま『なるほど～』って独り言を言ってましたよね」

　ホントに言っていたのかな。わたしには聞こえなかったけど、事務長は「まあ、ほっぺただけなら」と練習に参加することになった。週明けには小田ドクターも練習台に参加することになって、バンダは山村師長の指導の下、四人のナースが八つのほっぺを使って針脱毛の練習をした。

　男性陣のおかげで、事務員やナースは痛みの少ない脱毛機だけの練習台になった。医療脱毛は月に一回、合計五回か六回すればほぼ終了なのだが、多少は残る。練習はその後の毛も完全になくなるまで受けてよいことになった。バンダにいる限り、脱毛の心配はなさそうだ。わたしは白髪が生える前に終活脱毛もしてもらった。世の中のひと全員が介護付き有料老人ホームに入るならば「毛が生えているから下の世話ができない」などと言う介護士はいないだろう。でも実際には身内の世話になる可能性はある。そのとき嫌がられないために、老人になってから針脱毛をするようなことにならないために……。そこに、いましてもらう価値があるとわたしは思った。

練習台になると、針脱毛ならずともナースによって施術されている感じがかなり違うことに気がつく。ヘッドを体に当てる強さとか角度も違ったりする。練習台になったら気づいたことを受診報告書に書き、ナースは受診報告に対する所感と自分の施術所感を施術訓練報告書に書く。

「これは仕事です。報告書を出さないひとには税込み規定料金を払っていただきます」

報告書に堅い題名を付けるのは事務長の趣味だ。

「砕けた題名だと気楽に対応してしまうのが人間の悲しい性です。きちっと襟を正して対応しましょう。『バンダのナースは誰に当たってもみんな上手だ』と言われるようになると強いですよー。なんだかんだ言っても我々は競合の中で仕事をしていますからね」

たしかに電車に乗っていると、ここは職員にちゃんとお給料を払えているのかしら？　と、思ってしまうような安価な脱毛施術の広告をよく見る。東京の最低賃金は時給一〇〇〇円を超えているので、一〇〇円を超えるのに六分かからない。最低賃金でもそういう人件費が発生するのに二〇〇円とか三〇〇円の脱毛って何分かけているのだろう。激しい競争がある厳しい市場だ。

でもバンダは、目黒で二フロアーを借りて一四人が働いているクリニックだ。しっかり家賃も給料も払える値付けをしているから当然のこと、バンダは価格で選ばれるクリニックにはなっていない。それでもバンダを選んでくれた患者さんに、バンダにしてよかったと感じていただくための努力を怠ってはならない。

「せっかくこんなに一生懸命練習してレベルアップをしているのだから、それをホームページで紹介したらどうでしょう」

イメージはなかったのだけど、誰も知らないところで努力していても報われないのでは悲しい。それで何かのかたちで伝えたいと、わたしは思った。

「なるほど、陰徳を積んでも患者さんに伝わらないとね。施術者によって結果が違う機械施術にはどういうものがあるのですか？　そのような施術があることを紹介しないと読む方には前提がわからないでしょうね」

事務長とわたしのやりとりを聞いていた田中ドクターには、異論があった。

「いや、基本的に機械は正しく扱うのが前提です。みんながうまく使いこなして当たり前。『他のクリニックにはヘタクソなナースがいます』と、聞こえるかもしれない表現には違和感があります」

「あっ、確かにそうですね。確かにそれはありますね。『当院は日々努力を怠っていません』と言うところまでが限度かもしれません。『高性能マシンの能力を最大限引き出す努力を怠りません』という感じかな」

事務長も賛成して表現を検討することにはなったが、ああ言えばこう言う、事務長の言葉はいつものようにみんなの笑いを誘った。

笑い声の中で、山村ナースがコソッと言った。

「ひとによって結果が違うマシンもあるけどね。ハイフなんて違うわよね」

徳田ナースと向井ナースが大きくうなずいた。ハイフというのは超音波で顔の皮膚の深いところを刺激して引き締める機械だが、消耗部品が高価なため施術代も高く、それほど人気は無い。院長も思い当たることがあるらしい。

「いろいろ思うところはありますね。でもホームページで宣伝しないにしても、みんなちゃんと練習してレベルを保ってくださいよ！」

院長の言葉が時間的にも最後の発言になったので、わたしがまとめに入った。

「今日の診療の見返りは、特記事項ありません。

機械施術について、全種類の練習計画立案は今日の資料当番の向井さんにお願いします。

次回の終礼までに作成して報告をお願いします。

ホームページでのアピールについてはドリームアドの担当にわたしが連絡して相談します。

次回月曜日について。

勤怠は、計画休暇の方はいません。事務長が青木会計事務所直行で登院は昼になります。

事務長以外は外出予定ありません。

院長担当は武田さん、小田ドクター担当は山村さん、機械は徳田さん、向井さん、白石さんが当番です。白石さんは資料当番もお願いします。

各自予約を確認しておいてください。一五時からの全身脱毛は徳田さんと向井さん二人でお願いします」

人数が増えてから朝礼と終礼をするようになった。不動産営業部のときの終礼は実働部隊のほとんどが不在のまま開催されていたが、デスクにとっては次の日の時間割を実感するのによいと感じていたのでバンダでも終礼を提案した。総務ミーティングは院長を囲んで事務長とわたしが毎日やっていたのだが、いつの間にか手が空いていたら誰でも参加できる会になってきていた。情報共有だけが目的ならそのままでよいのだけど、きっちり明日は何をする日なのか確認する時間が持てるので、終礼には終礼の役どころがある。それで参加者が多くなった毎日の総務ミーティングを終礼と呼ぶことにして、三人だけのもともとの総務ミーティングは週一回に減らすことにしてもらった。

怪しい医院は捜査します

月曜日の午後、受付に四人のスーツ姿の男性が現れた。

「品川税務署です。監査に伺いました」

事務長が怪訝そうに出て行って、

「はい。ちょっと驚いているのですが、何か問題があったのですか?」

「いえ、申告に問題があったわけではありません。はっきり申して抜き打ち監査です。御院ばかりでなく広くご協力をお願いしております」

税務署員を待たせて事務長は事務所に戻ってきて、パソコンをいじっていた向井さんからインカムを借りて院長と話しだした。

「なんとも納得はできないのですが、警察に犯人扱いされているわけではないようです。ここは言われるとおりにしてみようと思いますが、如何でしょう?」

「何かやっちゃいましたかねー?」

イヤフォンを外しているので、インカムからは院長の声も聞こえた。

事務長も腹をくくったようだ。

「まあ、監査は受け入れましょう。数字は全部青木会計事務所に出しているのだから、いざとなったら青木先生に丸投げしますよ。今朝の打ち合わせは虫の知らせだったのかなー」

わたしも受付に連れて行かれて税務署マンに紹介され、名刺交換をした。そこから事務長は監査隊トップの課長を応接室に連れて行き、高橋さんにお茶を頼み、わたしを残りの三人に引き渡した。

ちょっ、ちょっとそれ、おかしくない？

「まず昨年一月以降の売上台帳を見せてください」

お茶を出し終えた高橋さんが来てくれて、わたしを助けてくれた。

「その資料は青木先生のところですね。……あっ、その資料もです。……それもです」

税務署員が欲しい資料は全て会計事務所にあって、クリニックには古いものしかなかった。売り上げや処置伝の記録は毎月月末に原紙を青木会計に郵送しているので事務所にある新しいものは未処理の当月分しかない。

事務長は「いざとなったら丸投げする」なんて言っていたけど、もともと売上管理自体を丸投げしていたのだから、丸投げ以外の選択の余地はなかったようだ。監察官もあきれてしまって、

「ここにある資料はどういう基準で置いてあるのですか？」

「税務申告が済んでから二年経つと青木先生から送られてくるので保存しています」

高橋さんが即答した。

結局、監査隊は会計事務所と直接やりとりすることになって帰って行った。

「ホントにあんなこと抜き打ちでやっているんでしょうかね――。抜き打ちだとウチみたいな外部に記録を委託しているところは空振りになって無駄足ですよね」

鼻中隔延長オペ（鼻を長くする施術）から帰ってきた院長がわたしの報告を聞いて不思議がった。事務長には別の感触もあったようだ。

「院長、どこかで恨みを買っていませんか？　密告されたとか」

そう言って事務長はニヤリと笑った。

「全く身に覚えがございません！　それより事務長は例の診療科目別一覧表は見せなかったんですか？　いつも売上データ眺めてるじゃないですか。趣味みたいに」

院長はニヤリをやり返した。

「見せませんよ。言われなかったし、言われても見せませんよ。趣味の聖域ですから」

あとで見せてもらった「聖域」は、原価計算のようだった。施術ごとの薬品や消耗品のコストは伝票に書かれている数字そのものだが、固定費は月間の総人件費や家賃、光熱費を施術ごとの所要時間で割って個別の人件費や設備費を算出する内容とかが順を追ってわかりやすく記載されているのが意外だった。趣味に対しては勤勉なんだ！

「品川保健所です。薬品管理状況の調査に伺いました」

月曜は税務署で金曜は保健所。やっぱり院長、誰かに恨まれているんだわ！　こんどはリーダーが女性で子分が男性三人だった。税務署のときとは違い、保健所の調査隊は殺気立っているというか、目をつり上げている雰囲気があった。

「匿名の通報がありましたので、念のため調査に伺わせていただきました。麻酔薬の管理についてお見せいただきます。ご協力をお願いします」

今回はわたしでは無理なので山村ナースが対応するが、わたしもついて行って内容をノートするよう事務長に言われた。

麻酔薬は麻薬扱いで、金庫に入れなければならないものと入れなくてもよいものがあるのだが、バンダでは、加えて鍵のかかる冷蔵庫に入れるものも設定して三つに分けている。もちろん台帳管理していて、これはどこにも預けていない。調査隊長が台帳の薬品名を読み上げると山村さんが場所を指さし、場所がわかると再び隊長が残量を読み上げて別の調査官が実際の残量を確認する、という調子で全項目を調べた。

「本日はご協力いただきありがとうございました。問題はありませんでした。お手数をおかけしました」

院長も出てきて、隊長に向かってちょっと不満そうに言った。

「ウソをついて当院を貶めようとする人を罰する手立てはないのでしょうかね？」

「匿名なので何とも。我々も通報を受けた以上動かざるを得ないので、ご理解ください」

「一週間の内に二件も役所の捜査を受けるなんて不自然極まる事態ですよ。院長、ホントに心当たり無いですか。患者さんとか、元職員とか、仲の悪い同業のドクターとか？」

「ありませんよ！　ただ……、バンダが美容医療だから役所側に偏見があったのかもしれません。美容医療でないクリニックだったら、ピンポンダッシュみたいな通報を一発受けただけで裏も取らずに即立ち入り調査なんて挙に出たのかどうか……」

院長の心当たりは美容医療そのものということだった。

「私は美容医療を目指してから偏見との闘いでした。指導教授もあまりいい顔をしませんでした。当時はね。開業してからは論文に所属や肩書を書かない方がいいとまで言われたこともありました。いま美容医療は医学の世界で地位を築きつつありますが、世間一般ではまだ美容医療に怪しさを感じる傾向はあると思います」

わたしには心当たりがあった。怪しいとは思わなかったけど軽く見ていた。少なくともバンダの求人に応募した時点では。

院長と事務長の話に田中ドクターも入ってきた。

「それでもやめられないんですよ。美容医療には手技の頂点を求められるような、外科医を奮い立たせる魅力がある。適当な医者にはできないだろう！　と感じる患者の求める姿があるんだな。技の向上のために努力するし、調べるし、一生勉強だ！　なんて思うし」

「わっ、田中先生、真面目だな」

院長は自分が真面目な話をしてしまったのが引き金になって、美容医療談義になる気配を感じたのだろう。それを避けたかったのか、田中ドクターの話をちょっと茶化した。が、事務長は真面目な方の言葉を引き継いで語り始めた。

「私はバンダに来て、ここは労働者を預かる経営者が正しく組織を運営していきやすい事業体だと感じました。それは美容医療という業種だからだと思っています」

田中ドクターは意外な方向の話にちょっと興味を持ったみたいだ。

「それはまた、別角度ですね」

「そう。業界内にいるひとには気がつくのが難しいのかもしれませんが、一般語を使えば、商品単価の高さとキャッシュ化スピードの速さが特長ですね。結果的にキャッシュフローが良好になってずるいことをする必要がなくなってくる。有給休暇が取りやすくなる程度の余裕を持たせた人員配置ができる。基本給を無理に低く抑えて手当で補完する必要がなくなる。残業代も『みなし』をせずに一分単位で支払える。製造業の真面目な経営者がやむにやまれず事業存続のためにしてしまうグレーな所業をしなくて済む。それでももちろん、トップの性格によっては美容医療でもずるく儲けることはできますよ。でもそういうところははた目にわかりますからね。私は避けますよ。今週の二つの監査だって、その気になれば断れました。なのに受け入れたのは、こちらに後ろめたいことがなかったからです。断らずに受け入れる方が積極的に身の潔白を証明できる。キャッシュフローがよければ監査だって怖くない！」

　久しぶりに「会社言葉」を聞いた気がする。事務長は昭和のオヤジらしいまとめ方をしたが、わたしにはそれも懐かしい響きだった。

「それは製造業と医療業界を比べたらの話ですか？　一般医療と美容医療も違いますかね？」

　田中ドクターは馴染みのない言葉を聞いて、興味が増したようだ。

「製造業と比べてもです。一般医療と比べてもです。一般医療では保険診療が中心になるので、やはりキャッシュ化スピードは前金制の自由診療ほどにはなりません。診療直後はまだ手元に三分の一しかないのですからね。

キャッシュ化スピードってピンときません？　定常的な売り上げと支払いが続いているとして、売上代金が診療と同時に入る一方、薬剤など必要経費の支払いは三カ月後という状態をイメージするとわかりやすいと思います。いま我々がしている入出金はそんな感じです。一月の診療代金は診療と同時に入りますが、使った薬品や消耗品の支払いは四月です。つまりお金が入るのは支払いが発生する二カ月以上前になります。その間は手元にお金があるんですよ。二月の診療代も三月の診療代も貯まり続け、四月になって一月分の支払いをしてもなおまだ支払う必要のない二カ月分の売り上げが手元にあるのです。

売ったお金が入る前にまだしていない診療分の機材や薬剤の支払いをする必要がないのは重要なことです。手元にあるお金はいろいろなサービスキャンペーンをする原資にもなります。そしてなによりも、お金が手元にあればしっかり給料を払えます。ずるいことをせずにちゃんと残業代を払おうとか、そういうことも手元にお金があるからできるのです。

もしも逆に入金が三カ月後で支払いが一カ月後という状態だったら。ちょっと想像してみてください。当たり前のことも難しくなります。でも電機製品の部品屋さんなどでは、そのような入出金タイミングになるのは珍しくありません」

わたしの前職は不動産だったので特にキャッシュフローは着目されることが多い指標だった。キャッシュ化スピードはキャッシュフローを見るときの要素として聞いたことはあったけど、取り立て側だったせいか、秘書という立場だったせいか、あくまで取引先の状態を示すただの数字であって、自分の会社のキャッシュ化スピードをわたしが考えることなどなかった。でも「入金が三カ月後で支払いが一カ月後」という極端な状態を素直に想像して、わたしがいまいるのは中小事業体なんだという切実な実感がわいてきた。そんな気持ちが顔色に出たらしい。

「関口さん、イメージがわいたみたいだね」

事務長がニッと笑った。

「私もわかった気になりました」

田中ドクターもイメージできたみたいだ。

「善人の経営者がグレーなことをせざるを得ない、そういう企業も世の中にはあるのですよ。商品単価の高さとキャッシュ化スピードの速さにしっかり裏打ちされた良好なキャッシュフローが、美容医療の健全な労働環境を創生するわけですな！」

事務長は政治家のような言葉を使ってふんぞり返った。

経営問題は自力で解決

三人制総務ミーティングは毎週月曜の昼休み明けに引っ越していた。職員個別のテーマになることもあるので、いまは応接室に三人が集まって開催している。今日は事務長からよい知らせがあった。

「税務署の抜き打ち監査からもう二カ月も経ちましたが、やっと監査結果がこちらに届きまして『税金取り過ぎていたから返す』とのことです。二万二四五六円返すと言ってきました。今週中に振り込まれるようです」

わたしはなんとなくほっとしたが、院長と事務長は誰か外部のひとがバンダを陥れようとしたと思っているから収まらない。

「ウソの密告をしたヤツに『ざまあ見ろ！』と教えてやりたいですね。ブログに書いちゃおうかな」

院長がそんなことを言うと、事務長も、

「あんなに何時間も業務中の人間を巻き込んで二万円ばかしで済まそうとは！　多額の税金を弱いものからユスリ取ってるのに！　恥ずべき行為ですよ。一〇〇万円くらいお詫びのお金が欲しいな！」

「あの……、院長も事務長も聞いていて少し恥ずかしいです」

わたしの指摘で我に返った二人は素直にわたしに謝って、今日の本題に入った。すぐに謝ったので、事務長はお茶飲んでただけでしょ！　とも言わなかった。


本題は売り上げだ。新体制になって三カ月が過ぎた。バタバタした最初の二カ月を除いた最後の一カ月を見ると、売り上げは前年同月比一・六二倍。想定したミニマムの一・五倍は超えている。

「売り上げが一・五倍を超えてきたということは、順調に軌道に乗ったことの証です。九人が一四人になって売り上げが一・六倍なら、一人当たりの売り上げが前体制のところまで来たということです。これを更に伸ばすにはどうするか、あるいは意思を持って伸ばさないのか。いまが考えるにはよいタイミングです。もともとどうして事業拡大をしようとしたか、までさかのぼって原点を確認しましょう。新体制発足会のプレゼンで、私はどこまでの事業拡大を目指しているか、毎日二枠の診療と三基の美容設備の稼働を目指すなんていう規模の話はしました。それは院長と事前に話し合った通りの内容です。それは『拡大は当たり前』という内容です。拡大すること自体には何ら疑問がないような前提で語りました。いま関口さんも一緒にいるので、なぜ拡大しようとしたかを顧みてみましょう」

事務長はわたしに聞かせるためにレビューしようとしているんだわ。院長にもそれが通じたらしく、何の反論もせずに話し始めた。

「もともとなんて言うと、吉田さんも入る前だなー。目黒で二フロアー借りられることになった五年前、田中先生はまだいなくて、いまは引退されている万田先生という月・火に来てくれる先生とバンダを始めて、ナースは二人でした。それで二フロアーをフル活用して売り上げを上げて安定経営をしたら、私は医業に集中できるというイメージがありましたねー。それが原点と言えば原点じゃないですか。それで大企業経験者の吉田さんに来てもらったら、『ギリギリの人数では誰もおなかが痛くなれない』とか『ひとが余って何もすることがないことなどが起きないように機械施術にバリエーションをもたせて充実を図らないといけない』とか言われて、言われるままに現在に至る」

まだそんな感じなんだ。ちょっと実感した。吉田さんが六二歳ということは、退職してきたんだから二年目。クリニックができて五年目か。

事務長もレビューを語った。

「その通りになってきて、いまは受付もナースも一人ずつならおなかが痛くなれるし、機械施術も三基同時稼働が可能になりました。既に人と設備を整えて安定した環境をつくりつつあるということになるのだけど、事業の継続という点ではどうでしょう。みんな年取れば仕事を辞めて隠居していきます。院長が勇退した後のバンダはクリニックとして継続していけるか。いけなければ、後に残る職員はどうなるのか。って、たいていは知り合いのクリニックに相談して転職を受けてもらうのだけど、そのような転職をしなくても、院長が引退しても事業を継続できる事業体になることを目指すのか。目指すなら具体的にはどうすればいいのか」

「どうすればいいんですか？」

わたしは身を乗り出した。

「単純なことと複雑なことがあります。単純なことは、院長がいなくてもいまくらいの規模で診療を続けるようにすることです。代わりの院長を見つけておくのが早道です。院長探しが難しい場合は、売り上げを増やして院長の分だけ無くなってもその減った結果の売上額が現在の売上額になるくらいな規模にしておくことです。それが少なくとも現時点の目標とすべき事業拡大のサイズじゃないですかね」

「サイズ感はわかりましたが、それが単純なことですか？」

院長はやることを想像したようだ。

「単純なことが簡単だとは限りませんよ。理屈は単純でしょ、実現が難しくても。複雑なことというのは企業サイズの変化に対応する法律とか組織運営の方法などです。複雑ですが、我々には弁護士、社労士、会計士の顧問がいるんだから、我々自身がすることは簡単です。聞けばいい。誰も助けてくれない単純なことの方が難しいのですよ」

なるほど、丸投げか！　事務長にとって複雑なことは簡単です。

「その単純なことの解決に、医療に特化した経営コンサルなんてどうでしょうね！　よく広告は見かけますよ」

丸投げが気に入ったのか院長が明るく言ったけど、事務長はあまり乗り気ではない様子だった。

「コンサルってピンキリでしょー。ピンは高いですよぉ。キリじゃあ損するだけだし。院長も懲りないなー。当院で雇えるキリのコンサルの適当な話を聞くくらいなら、バンダの職員にアイデア・テイアンしてもらう方が遥かに有効で現実的ですよ」

以前、広告宣伝のコンサルを頼んだことがあって、それがハズレだったとか。

「担当のオバサンが無料施術マニアでさ、いろいろキャンペーン施術の提案するのはいいんだけど『わたしが試してあげる』と言って、こちらにとっては試す必要の無い脱毛とか美肌とかレーザーリフトとか無料でやっていくんだよね。定例会議の日に早く来て。それも山村さんご指名で。山村さんも患者さんの支持率が高いし当然患者さんを優先するでしょ。後から都合が合わなくなることも多くて。そうなるとオバサンは会議を休んじゃうんですよ」

事務長はわたしに説明するのだが、院長に聞かせている感じだった。

「うーん、それを言われると……。確かにコンサルは選ばないといけませんね。三回くらい続けてお子さんが熱を出したと言っていましたね」

「その後は二回続けてご自身がおなか壊したと言っていました。出社は山村さん次第という状態の時期がありましたね。山村さんもちょっと避ける感じもあったな。それでもしつこく試してくれていましたよね、キャンペーン候補の施術をね。坂本さんがカルテを確認したら七〇万円を超える施術を無料で受けたそうですよ。返してもらいたいくらいです。『当院の宣伝戦略をどうしたいのか、何をゴールとするのか、そのために何をするのか、そのプロジェクションを示してください』って、あのとき送ったメールの言葉をまだ憶えています」

事務長にとってはよほど頭にきたコンサルだったらしい。メールに対する最初の返事は、「そのような重要なことは院長とのみ共有していて、事務長クラスの方には開示できません」という内容で、次に「次回のミーティングで院長の前でプレゼンしろ」とメールしたら「そのような特別なプレゼンは他のクライアントに対してもしたことがなく、バンダさんだけ特別扱いをするわけにはいきません」という返事が来た。さすがにそこで院長も解約に合意したという過去があったそうだ。

「うちに来たコンサルは自分が受けたい施術をキャンペーン価格にしてナースを振り回しましたが、その人に限らずクライアントにちょっとキツイ『作業』をさせるのは『キリ』の期間契約コンサルの常套手段です。そのことは覚えておくとよいでしょう。

例えばキャンペーンを思いついたらホームページで案内するだけではなく、クライアント側のスタッフにダイレクトメールをつくらせるのです。

ダイレクトメールには一定の効果があることは知られているのですが、反応を得るのにはかなりの絶対数が必要なのです。純粋な調査、つまり受け取る人の出費がない場合でも返信率は三％以下です。五〇〇ＵＳ＄を超える出費が伴うと反応は〇・〇一％まで下がってしまいます。一人に反応してもらうのに一万通以上必要という確率です。教科書的にはね」

そうか、事務長はきっとアメリカの参考書でマーケティングを勉強したんだ。ＵＳ＄なんて唐突な単位が出てくるのだから。熱くなってるなー。

「そういう常套手段って、キリの本人も効果が無いことに気が付いているはずなんですよ。どこでやっても実績が出ないんだから。で、それなのになんでさせるかというと、客に『やってる感』を持たせるためだけなんです。契約期間中しっかり働いているふりができるし、結果が悪くてもそれは客の努力不足だと言えますから。キリのコンサルを放置しておくとスタッフの時間を食いつぶしてしまうのです。

まーっ、それはともかく『ピン』でなくてもまともなコンサル、少なくともコンサルと名の付く者は、担当する組織の戦略なんて立ち話で聞かれてもその場で答えられるようでなければいけません。いつもそのことばかり考えて、それに基づいて行動することをクライアントに求めるのですから」

なんだか思いが込められ過ぎているような事務長の長い長い話を受けて院長は、

「事務長は商品企画でしたよね！　何か武勇伝があるのですか？」

「え？　自慢話してもいいですか？」


キリのコンサルだけじゃない。この二人も放置しておくと診療時間が食いつぶされてしまう。ここはわたしがまとめ直してミーティングを畳むことにした。今日は四〇分を超えると院長の診療時間にかかるし。

「では自慢話は次の機会にお取り置きいただきまして、今日のまとめを関口から申します。テーマは、事業規模拡大についてでした。

第一目標は、事業継続が見込まれるサイズに拡大することを第一段階の目標とします。具体的目標値の設定は吉田事務長が担当します。次回総務ミーティングを待たずでき次第案内してください。

検討の手法については、経営コンサルタントなどの新たな業者は入れないで、社員からのアイデア収集を主体に現顧問事務所に都度相談しながら継続的に検討することに決まりました。

すぐアイデア収集を始めて、集まったら臨時総務会を開催して検討します。以上です」

早速、木曜の朝礼で事務長がアイデア募集の案内をした。

「せっかく体制を拡大してほぼ毎日ドクターが二人いるのに、売り上げはまだまだ二倍には程遠い状況です。どうすれば売り上げが上がるか、皆さんの立場で思うこと、よそのクリニックを見て気がつくこと、新しいメニューの検討とか、内容に制限はありません。売り上げが上がる、利益が増える、そのテーマでアイデアを募集します。TO吉田、CC関口でメールしてください。特に締め切りは設けませんが、毎週週末にまとめようと思います」

全く反応がなかった。

「みなさん、一件は書いてくださいよ。私たち自身の問題です」

うーん、事務長の言葉が空しく響いてるなー。

なんだか今回は空振りするような気がして、ナースの朝の備品点検を当番の武田ナースに立ち会った後、席に戻ったわたしは自席で趣味の聖域を眺めている事務長に文句を言ってみた。

「テイアンなんて誰も出しませんよ。みんな現実感ないし」

「まあ、週末集計というと明日と来週の金曜日になるけど、様子を見て来週末を待たずに次の手を打つか考えましょう。この件はまだ時間があります」

事務長が話しているとき、向井ナースが事務室に駆け込んできた。

「白石さん針刺しです！」

朝一から院長は、白石さんと向井さんの介助で小鼻縮小を執刀していたのだが、その片付けをしていたときインカムで呼ばれた院長も七階に降りてきた。

「マニュアルでは傷口処理と血液検査ですよね。血液検査はバンダ内でやらずに石井クリニックでしたよね」

院長はマニュアルを思い出しながら声に出している。向井さんはマニュアルを開いて読みながらそれに応えている。

「はい、そうです。患者さんは術前の採血検査『済み』です。白石さんは傷口処理を終えています」

白石さんも左手を右手で支えるような格好で事務室に入ってきた。事務長は石井クリニックにいまから職員が行くと電話している。

「白石さん、向井さんと一緒に石井クリニックに行ってください。すぐ診てくれます。関口さんも一緒に行ってください。向井さんはおばちゃん（後で石井クリニックの院長のことだとわかった）に状況とか聞かれたことに答えたら業務に戻ってください。関口さんは診察が済むまで待って、白石さんを連れて帰ってきてください。白石さんはいまからお休みです。坂本さんは今日、明日と月曜日の予約と配置を確認してください。高橋さんは影響の出る今日と明日の患者さんに必要事項を連絡してください」

事務長がこんなに立て続けに指示を言えるなんて思っていなかった。やたらテキパキ見えた。院長もマニュアルを暗記しているみたいだし、向井さんも動作が速く、みんな違うひとみたいだ。白石さんも落ち着いている。

バンダ内で初期対応しかしないのは、労災の手続きが複雑になるのを避けるためだという。石井クリニックは内科の院長とその夫の皮膚科で副院長のドクターと二人で診療していて、場所はバンダの隣のビルの二階だ。

受付をしていると中から院長らしいおばちゃんが出てきた。

「大丈夫よ。患者さんの感染症は調べてあったんでしょ。今後の検査は時間がかかるけどね」

おばちゃんは、私に持って行かせるから特急で今日中に結果が出せるか検査会社に聞いてくれたが、それはダメで、いつもよりは少し早めに先方が取りに来て結果出しは特急で明日の午前中ということになった。

「明日は金曜ね。検査結果のメールは開院時間前に届くから早めに来なさい。何も無ければ三カ月後に念のための検査をするだけですよ」

白石さんは朝早く石井クリニックに行って検査結果を聞き、問題が無かったことを朝礼で発表した。みんなよかったよかったと、ほっとした空気だった。

「えー、私からですがー」

事務長が話し始めた。

「白石さんにはインシデントレポートを作成していただきます。特別支給は一〇〇〇〇円です。来月、給与と一緒に支給します。それと斉藤先生からいただいた労災申請書の用紙に本人部分を書いて、インシデントレポートに添付してください。ナースさんは針刺しの危険といつも一緒なんですから、必ず読むように」

特別支給というのはインシデントを書くと支給される報奨金だ。山村さんによると、一般的にインシデントレポートというものは反省文的な扱いをされて内容が自己批判みたいになりやすいらしい。それで普通は書きたがらない傾向があるのだが「情報共有を軽んずべからず」という事務長の強い意見を院長が認めてできたルールだそうだ。みんなのために自分の失敗を紹介する行為は褒められるべきだというのが事務長の意見だ。

「それとですね、アイデア・テイアンが一件も届いていません。確かに昨日はたいへんでしたが、一人くらいはクリニックの将来を気にかけてもいいんじゃないかと思うんですけどね」

出てこないのは当たり前でしょ！　それは丸投げできないわよ。漠然と言われても困るわ。

「診療日を木曜に変更できませんか？」

事務長が田中ドクターに相談を持ちかけている。

「新体制になってから金曜に全体会を開催することが多くなりそうです。エースの登板回数が減っては困るので……」

田中ドクターは、本業の病院では進んで土・日を定常出勤日にして木・金を定休日にしている。

「木曜になったら出勤日と院内交流会が別の日になっちゃいますね」

半分本気に聞こえた。院内交流会は楽しいけど田中先生は休みの日にわざわざ来るのかな。

「でもやってみましょう。困ったことがありましたら相談しますよ」

あら、結局すんなり決まったわ。そうなるならわたしも準備しなくちゃ！

「ご対応をありがとうございます。では予約の確認やホームページの変更をしますね。その状況で変更開始日を決めさせてください」

程なく総務ミーティングで、事務長が大きなアイデア会議をすることを提案した。みんなで箱根に行ってホテルの会議室を使うというのだ。夜は一泊して懇親会、翌日は遠足のようなレクリエーションをして帰るという概要だ。懇親会やレクリエーションは無くてもよいのだが、重要なのは職場を離れて会議をすることだと事務長は主張している。

「みなさんアイデア会議なんてしたことがないと思いますので、社会人としてよい経験になりますよ。私は、バンダの職員はよいアイデアが出せる人たちだと思っています。それは専門性の高い仕事をちゃんと進められる人たちなので、必ず個人的な思いを持っているはずだからです。ところがテイアンとなるとなかなか言葉になって出てこないのは、アイデアのまとめに前向きになる環境をこちらが用意できていないからです。普段の仕事から離れた環境をつくろうということです。ちょっと予算立てが難しいので旅行社に相談して概算をしたところ、二七万円、ざっくり三〇万円というところですね。もちろんアクセスは電車です。バスを仕立てると一〇〇万の声を聞くのでね」

「社員のアイデア会議に費用三〇万円というと高いんだか安いんだか……。でも私はバンダを毎年社員旅行に行くようなクリニックにしたいですね」

院長は箱根の方に興味が出たようだ。

「純粋な社員旅行は否定的に見られることが多いんですよ。最近はプライベートの時間を職場の人たちと一緒に過ごすことに気が進まないひとが多くなってきているんです。関口さんはどう感じます?」

社員旅行というものにわたしは行ったことがない。

「前職では、わたしが就職する何年も前に社員旅行が廃止になったので知らないのですが、残念がる方は比較的お年寄りが多かった感じです。若手の先輩たちで社員旅行を知っているひとは、なくなってよかったと言っていました」

でも、わたしには違う気持ちもあった。

「職場の飲み会もなるべくなくそうという動きがあって、それも若手には歓迎されていたのですが、バンダの懇親会はわたしは好きです。この職場で行くなら箱根に行きたいです」

わたしの賛成が院長を勢いづけてしまった。その日の終礼で話すと全員が「旅行」に賛成してしまい、山村師長まで、

「しっかりアイデア会議をしたいなら、朝から夜までできるように前泊と後泊をすべきよ！」

などと言い出し、

「そんなにお金はかけられません」

と、目をつり上げる事務長の横で院長が、

「二泊三日！　まずは一度やってみますか！」

木曜の夜から二泊三日の大旅行になってしまった。バスの要望も強烈だったけど、そこ

は新宿駅ロマンスカーのホーム合流で折り合いが付いた。

事務長がいた会社では、アイデア会議で一泊旅行など珍しくはなかったそうだ。でもわたしには聞いたこともない「業務」だった。業界が違うとそんなに違うのか。アルバイトのドクターたちも興味を持ったようで、全員が参加すると言い出した。木曜から土曜にかけてとなると、田中ドクターは本業の土曜日を休まなければならないし、太田ドクターも小田ドクターもバンダの外で仕事があるはずの木曜日は早めに切り上げて、金曜日は休まなければ参加できないのに。

「ドクターたちに『休まなければよかった』なんて言われませんか？」

ちょっと不安になって事務長に聞いたら、事務長も当初の考えよりも大事になってきているることを感じていたようだ。

「みんなブレインストーミングなんてやったことがないだろうから一度経験してもらうくらいのつもりだったのですけどねー。手法を知ってもらって、懇親を図って、それで『アイデアを出す』ということの楽しさを知ってもらえると次の展開につなげられる！ と思ったのですけどねー。

いいことだらけと思っていたら、足かけ三日、全員参加で結局六〇万円近いお金を使うことになっちゃうと、何か成果を挙げなければ帰れませんね」

それを聞いて、わたしは更に不安になってしまった。ブレインストーミングというのが悪い評判しか聞いたことがなかったからだ。

脳みその嵐！　思いついたことをペラペラしゃべっているうちに素晴らしいアイデアが生まれるという手法らしいが、前の会社では笑いの種だった。

その不安は一応事務長に伝えた。

「関口さんはブレストやったことありますか？」

「いえ、前の職場で『あんなの時間の無駄だ』と聞いたことで存在を知りました。やったことはありません」

「では、関口さんにとってブレストは社員旅行と同じですね。開催条件次第で結果も印象も一八〇度違うのですよ。『素晴らしい手法だ』と言う人は多いですよ。私もそう思います。ただ本気で成果を得ようとしなければそれこそ時間の無駄になるのがブレストです。しっかり準備しますか！」

事務長は、いまのいままでしっかり準備する気など全く無かったかのようなことを言いながら、旅行社に電話をかけた。

「会議室、一四人用より広めの部屋を用意できますか？　あっ、そうだ！『ブレインストーミングセット』なんて言って通じるんでしたっけ？　用意して欲しいんですけど」

通じるんだ！　知らなかった。模造紙や付箋紙、サインペンなどがセットになっているとのこと、ノートパソコンも二台貸し出されるので、こちらからはＵＳＢメモリーだけ持って行けばいい、と、いうか、ＵＳＢメモリーはホテルで売っているので持って行かなくてもいいというか。

「ブレストをコーチする業者さんというのもあるのですが、『批判禁止』とか『相乗り歓迎』とか、そういうブレストのルールを名札みたいに付けさせるコーチも多いのだけど……、なんと！　そういう言葉の首掛け札まであるそうです」

恐るべしブレインストーミングセット！　こちらからは何も持って行かなくていいのかしら。

「ハハハ、物は持たずに手法だけ持って行くということですな。テーマは欲張らないで一つだけやりましょう。『バンダ全体の売り上げを去年の二・二五倍にするために何をするか』が、いいかな」

売り上げを去年の二・二五倍にするというのが、事務長が算出した事業継続の最低条件だ。現在同月比一・六二倍まで来ているので、追加であと〇・六三倍に相当する売り上げ案を出すことになる。大企業並みの福利厚生制度、満足できる退職金制度、いま不足している物をまかなう〇・六三倍だ。事務長が言う「事業継続」には、職員が働き続けたくなる気持ちになる企業になることがニュアンスとして盛り込まれている。そのためには、多少時代に逆行する無駄を持たなければならないというのが事務長の意見だ。そういう無駄を省くのが善だとされ、省かれた後の企業でわたしは社会人になった。社員旅行もアイデア会議もなくなった会社でわたしはセクハラ被害に遭って転職した……。事務長と箱根旅行の準備をしながら、不動産会社の記憶がよぎった。

「わたしは吉田事務長の秘書になって良かったと思います！」

「あなた秘書の仕事してないでしょ」

事務長は以前と同じ会話にニヤリとした。

「コリーグ（同僚）なんじゃないですかね？　さあ、ブレインストーミングをしっかりおさらいして頭にたたき込みましょう。相棒！」

アイデア会議の聖地で

箱根といってもバスを仕立てずに団体行動が苦手そうなひとたちを芦ノ湖畔まで運んで行くのは難しく、今回の目的地は箱根湯本駅から徒歩圏の早川を臨む岸辺の旅館を選んだ。木曜は定刻まで診療せずに四時で閉めて片付けた後、新宿駅で駅弁を買って六時のロマンスカーに乗る。木曜がお休みのドクターたちも小田急で合流した。前泊では宴会をしないというのは事務長の考えで、二日酔い厳禁。ならば前泊は素泊まりにしようというのは経済的見地からわたしが提案したことだ。などと言っても飲酒禁止というわけではなく、ロマンスカーでも旅館のお風呂上がりでもみんなビールでしっかり懇親を図っていた。

翌日、事務長とわたしは会議室に九時集合で、みんなは九時半。でも九時一〇分くらいまでには全員集まってしまった。ブレインストーミングなんて事務長以外は経験がなかったから、みんな興味津々だ。でも初めてだから、予習の宿題を出していた。

「早いけど始めますか。ざっと流れを申しますと、テーブルに名札が置いてあるからその席に座ってください。七人ずつ二テーブルです。各テーブルでは関口さんと私がそれぞれの進行役をしますので従ってください」

こちらが席を決めるのは「このひとたちが隣同士だと遊んじゃうな」という並びにならないようにすることと、うるさいひととおとなしいひとが適度に混ざるようにするのが目的だ。そして一〇人が余裕で座れる円テーブル二つに一四人が分かれて座るのだが、それぞれにホワイトボード、そして名札と「批判禁止」「質より量」「相乗り歓迎」「時間厳守」の首かけ札が人数分置いてある。このようなセットが旅館に用意されているということは、このようなことをしに箱根に来る企業が少なくないということなのか。

「テーマは『バンダ全体の売り上げを去年の二・二五倍にするために何をするか』です。それを既にアイデアを一件一枚で書いた付箋紙を一〇枚以上持ってきていただいていますね。それを進行役の左隣の人から順に発表してもらいます。発表したアイデアはどんどんテーブルに置いた模造紙に貼ってください。その際、似たアイデア同士を近くに貼っておくと便利です。一巡したら追加アイデア、相乗りアイデアの話し合いに入ります」

進行役は書記もするのだが、会議で新しく出てきたアイデアを付箋紙に書いて貼るだけだ。忙しく議事録を取るのはまとめの会議に入ってからだと事務長に言われた。

料金受取人払郵便

新宿局承認

2524

差出有効期間
2025年3月
31日まで
（切手不要）

郵便はがき

1 6 0-8 7 9 1

1 4 1

東京都新宿区新宿1－10－1
(株)文芸社
愛読者カード係 行

お名前《ふりがな》			明治　大正 昭和　平成	年生　歳	
ご住所《ふりがな》	□□□-□□□□				性別 男・女
お電話 番　号	（書籍ご注文の際に必要です）	ご職業			
E-mail					
ご購読雑誌（複数可）			ご購読新聞	新聞	

最近読んでおもしろかった本や今後、とりあげてほしいテーマをお教えください。

ご自分の研究成果や経験、お考え等を出版してみたいというお気持ちはありますか。

ある　　ない　　内容・テーマ（　　　　　　　　　　　　　）

現在完成した作品をお持ちですか。

ある　　ない　　ジャンル・原稿量（　　　　　　　　　　　　　）

書　名				
お買上 書　店	都道 府県	市区 郡	書店名	書店
			ご購入日	年　　月　　日

本書をどこでお知りになりましたか?

1.書店店頭　2.知人にすすめられて　3.インターネット(サイト名　　　　　)

4.DMハガキ　5.広告、記事を見て(新聞、雑誌名　　　　　)

上の質問に関連して、ご購入の決め手となったのは?

1.タイトル　2.著者　3.内容　4.カバーデザイン　5.帯

その他ご自由にお書きください。

(　　　　　　　　　　　　　　　　　　　　　　　　)

本書についてのご意見、ご感想をお聞かせください。

①内容について

②カバー、タイトル、帯について

弊社Webサイトからもご意見、ご感想をお寄せいただけます。

ご協力ありがとうございました。

※お寄せいただいたご意見、ご感想は新聞広告等で匿名にて使わせていただくことがあります。

※お客様の個人情報は、小社からの連絡のみに使用します。社外に提供することは一切ありません。

■書籍のご注文は、お近くの書店または、ブックサービス(0120-29-9625)、セブンネットショッピング(http://7net.omni7.jp/)にお申し込み下さい。

・なぜいま二・二五倍の売り上げにしたいのか事務長が全体に説明
・各テーブルで宿題のアイデアを一人ずつ発表する
・発表した付箋紙を見ながら追加のアイデアを話し合う
・昼食　パワーランチ
・両テーブルのアイデアを合わせて模造紙に分類・整理して貼り直す
・模造紙を見ながら検討会をして今日の成果としてまとめる
・懇親お食事会
・お風呂時間
・懇親二次会　カラオケ可

これが今日の時間割だ。事務長の全体説明だけは月曜日の終礼でプレゼンして、そのとき宿題を出した。ブレインストーミングで事前の宿題というのは異例らしいが、それにはわたしの意見が関わっている。ブレインストーミングを批判的に聞いていたという話の中で、誰も発言しない無駄な時間が長いことを言ったときのことだ。

「アイデア会議そのものに慣れていないとそうなるんだろうな。考える時間がたっぷり必要になるわけか……」

商品企画をしてきた事務長は、おそらくアイデア会議で発言が止まらないような部下たちに囲まれて仕事をしてきたのだろう。不動産会社の営業部で事業計画説明会を部長が一人で仕切って部下たちが何も発言を求められず口出しも認められず、全員がただただ下を向いたりお愛想で頷いたり。ブレインストーミングを噂でしか聞いたことのないわたしは、そんな事計会議の光景を思い浮かべていた。

「さあ、アイデアを自由に言ってください！　と、言われてすぐ言えるひとなんて、きっとバンダにはいません。ずーっと前から考えていて、やっと一つとか二つとか言えるんです」

「なるほど、前もって考えることを伝えておくということですね。それは宿題を出しておいて最初は宿題の発表というかたちでスタートしてみようということになるのかな」

えっ！　会議のアレンジをわたしに聞くの？　わたしは少し驚いたけど、事務長は続けた。

「それなら全員が発言しますよね。いいと思います」

あっ、そうか。わたしはコリーグなんだ！

「ではそうしましょう」

事務長の言葉を聞いてわたしは嬉しかった。跳び上がるほど嬉しくなった。自分でも不思議だった。こんな小さなことで。

きっとそれは吉田事務長と公共事業営業部長だった高村とのコントラストだ。


あの日、わたしは大手ゼネコンの役員を接待する席に同席していた。秘書が得意先の接待の場に同席するのは秘書室長クラスの役員でもない限り珍しいことだった。相手が中堅規模の部長クラスなら、事業部門付の秘書が一緒というのもあり得ることだったが、大手の役員が相手ではわたしクラスの席などない。いま思えば、高村ははた目にもわかるほどわたしを特別扱いしていた……。

それは銀座の鉄板焼きだった。そこでわたしは初めて白トリュフを食べた。わたしが初めてであることが場を和ませた。先方の役員も「僕も初めてですよ」と言って周囲の笑いを誘った。一流の仕事に関わっている気持ちになった。

役員を送った後、新宿のホテルに連れて行かれた時点では仕事の続きだと思っていた。

夜のホテルで翌日の商談を準備するのはそれほど珍しいことではない。そんなとき部屋の中には営業部の精鋭たちが段取りをしている姿があり、そこに高村部長が乗り込んで叱咤激励するのだが……。その日、そんな光景はなかった。大きなベッドの部屋で、

「秘書としてちゃんと秘密を守れる子なのか、見せなさい」

不気味に笑った高村の顔をこれから先も忘れることはないだろう。

わたしは何も言わずに部屋を出て、さっさと帰り、翌日は自席に行かずに人事部に出社してセクハラ一一〇番のドアを叩いた。だから高村があの後どんな顔をしたか知らない。大きな声で「コラァーッ！」と言われたかもしれない。

公共事業営業部でのわたしの仕事は何だったのだろう。イベント・スケジュールを打ち込んで各イベントに必要な準備を手配して、お客さんの接待をして、高村の自慢話を聞いて、些細な問い合わせや要望を断る。吉田事務長が語った秘書像とはかなり違う秘書だった。高村の自慢話は大きな契約の締結が唯一無二のテーマで、若造には手も足も出ない巨大な仕事を高村と一緒に遂行していることを理解しなさいと言われていた。会社の行方を左右する重要な仕事だと言われていた。更にわたしの同期あたりの突出したエリートたちの名を挙げて「まだまだしごかないと危うくて見ていられない」と、嘲笑してみせる。高

村の話を聞くたびに、わたしは感激して驚いて褒めることを無言の内に要求されていた。少なくともそう感じた。でもそれに不自然さを感じるわけでもなく、社内競合の成果として地位を得た主君に仕えるために必要な仕事だと思っていた。

でも、そこでわたしに求められた能力って何だったんだろう。スケジュール表に対応するヒト・モノの手配に漏れを出さないことか、短時間で会議を招集することか、面倒な問い合わせの取捨選択か、自慢話を聞く力か……。

小さなことでも細かいことでも、いままで吉田事務長がわたしに聞いたのはわたし自身の意見だ。高村と同じく、事務長も自分の考えができていること、既に知っていることを話しているように思う。そして高村は結論、結果を語り褒めさせる。事務長はわたしの考えを聞く。わたしに考えがなかったらアイデアを出させようとする。そしてときにわたしに賛成して自身の考えを変える。そのことに改めて気がついたのがブレインストーミングに宿題を出すと決めたときだった。

わたしは事務長の前職での秘書の姿を見たことがある。民放のバラエティー番組で、ビデオカメラの使い方をメーカーの担当としてタレントたちにレクチャーしているところが動画サイトに上がっていた。かなり昔の映像で、坂本さんに教えてもらって見た。とてもきれいなひとだった。あのひとは事務長の秘書像に適った仕事をしていたのだろうか。事務長は、あの秘書をどう扱っていたのだろう。特別扱いしてテレビに出したのか……。

わたしが跳び上がるほど嬉しくなったとき、目の前にいたのはわたしをコリーグと呼んだ上司だ。あのひともそう呼ばれていたのだろうか。

会場では一人ずつのアイデア読み上げが進み、もう少しで終わるところだ。

・もっと料金の高い施術に力を入れる
・目ならバンダ！　という評判をとる
・鼻ならバンダ！　という評判をとる
・エラ切り専門ドクターを雇う
・アートメイクを始める
・美容歯科を始める
・保険診療を始める
・広告代理店を大手に替える
・男性施術に力を入れる

・高齢者美容に力を入れる
・全ての施術に対応できる美容総合病院になる！
わたしの右隣の山村師長が一一項目のアイデアを読み上げて模造紙に総合病院の付箋紙を貼って最初の発表時間が終わった。一〇件以上と言われて一一件持ってくるのが山村さんだ。一二件、一三件にしないところも山村さん。

さあ本番はこれからだ。司会がみんなの発言を誘えるか？　事務長は司会が話さないと出席者はもっと話さないと言っていた。隣のテーブルから司会の声が聞こえる。

「男性診療というのが四つも挙げられていますが、その具体的内容、施術名を付箋紙に書いて貼ってみましょう」

施術名を書いた付箋紙を追加するのね。ちょっと真似しちゃおうかな。グループ分けして貼った付箋紙の島に名前を付けて、その名前をテーマに一つずつ話題にしていこう。

「『高齢者』の島に『アンチエイジング』と『終活』の二つが貼ってありますが、他の島から持ってこられる物があったら言ってください。似たこと、思いついたことも言ってください。既に貼ってあるのと同じでも、みんな改めて付箋紙に書いて貼ってみましょう」

即座に山村さんが答えてくれた。

「なら『アートメイク』よね。『ボトックスのセット販売』も『ヒアルロン酸キャンペーン』も対象になるわ。『眼瞼下垂の肩こり対策』もどストライク」

そう言いながら山村師長が付箋紙に施術名を書いている間に高橋さんも、

「『アートメイク』と似た理由で『ネイルサロン併設』も『高齢者』にかかるかな。アイラインと同じで、マニキュアとかも老眼だとなかなか自分じゃやれなくなるみたい」

それはどうだろう？　と、思ったけど批判は厳禁。思いついたことを推敲しないで言葉にするところにブレインストーミング成功の鍵がある！　というものだそうだ。


昼食はパワーランチ。会社員だったわたしには普通の言葉だったが、クリニックのナースたちには使ったことのない言葉だった。

「高タンパク質のごはんかと思った。お仕事しながらのお食事なわけね」

向井さんの感想は、多くのひとたちを代表する言葉だったようで、大きくうなずくひとたちがいた。事務長は「高タンパク質もいいいな」と、真顔で言っていた。

今日のパワーランチは、部屋の奥のテーブルにピザパイとサンドウィッチ、簡単なサラダと飲み物が並べられるバッフェスタイルの軽いものだった。軽いものばかりだが、マッチョ系の田中ドクターは凄い量をバクバク食べていた。

「みなさん、もう言い尽くされましたか？　もっと言いたいことは無いですか？」

ついに大詰め、検討会になった。

「そちらのホワイトボードに貼ったのが、両方のテーブルのアイデアを合わせて分類・整理した模造紙です。ここからどうまとめるかを話し合って、話し合った内容はこちらのホワイトボードに私が書いていきます」

ここからは事務長が総合司会で、わたしが議事録を打つ。

「最初にこの模造紙を見ながら、すぐしたいこと、五年後くらいまでにしたいこと、ずーっと後で余裕があったらしたいこと、バンダとしてはあまりしたくないこと、そういう四つのグループに分けて、それを元にバンダのあるべき五年後の姿を箇条書きにしてみましょう」

凄い！　五年後のバンダは病床一〇床の大型クリニックで、フロアーも四フロアーに増えていて、整形外科、形成外科、皮膚科、アートメイクを診療科目にしている。歯科は「ずーっと後」で、ネイルサロンと美容院は「あまりしたくない」になった。

「大きなクリニックになりました！　では、次に考えることをお伝えします。ここからが重要ですよ」

事務長は、ちょっともったいぶった言い方をした。

「このイメージした五年後の姿ですが、それがなぜ来月実現できないのでしょうか。また来月できないものが五年後までならできるのはなぜでしょうか。そのようなことを考えながら、まずはできない理由を箇条書きにしてみましょう」

アイデア会議は、みんなになかなかの満足感を与えた。高齢者施術の充実とその宣伝方法の考案、アートメイクへの進出、その二つが今回の結論だ。すぐやることになった。

会議室の後片付けは事務長と二人ですることになったが、持って帰る模造紙を折りたたむだけだ。他は全部ホテルのスタッフがやってくれる。

「如何でしたか？　ブレストはご満足いただけましたか？」

事務長！　満足しました！　わたしがそう答える前に事務長は続けた。

「一歩間違えば沈黙の冷たい風が吹くのは感じましたか？」

それは感じました。

「山村ナースに感謝です。テーマが変わるごとに最初の発言をしてくれました」

「私のテーブルは院長と小田ドクターがいたけど、案の定、まったく頼りにならなかったな。こちらでは徳田さんがリードしてくれましたよ」


初めてのアイデア会議も社員旅行も大好評だった。

結論に従い、山村師長をリーダーにしてナースたちが、バンダですぐにできる高齢者診療のメニューと、すぐにはできないけどやるべき施術とを合わせてまとめることになった。それをホームページにどう載せるかは、業者の窓口と一緒にわたしが決める。

アートメイクの方は院長が知り合いのドクターに好ましいスタートの仕方を聞くことにした。ネットで見る限りアートメイクには流派がありそうなので、成功しているドクターにどうすればうまくいくのか聞くというわけだ。

まず聞く、というのは事務長の特徴的な仕事のスタイルで、もちろんこのアイデアも事務長の発案だ。事務長は聞くことを「取材」と言っていたが、それは言葉だけの違いだ。聞いていろいろわかってきたら「次の手」を事務長が中心になって考える。

事務長が考えるのだから……。考えた後は、わたしに「ああしてください」「こうしてください」なんて言うんだろうな。

思ったより早く、アートメイクの薬品と機材の専門業者から説明が受けられることになった。院長ルート、田中ドクタールート、それに山村師長の人脈ルートで、ここぞという業者が一致したので迷うことはなかった。早速バンダで「アートメイクとは何か？　実際にバンダでは何ができるのか？」というテーマでプレゼンしてもらうことを院長が先方の社長に頼み、快諾されたそうだ。

半ば打ち合わせのようなプレゼンになるので、こちらは院長、事務長、師長とわたしの四人だけだ。先方も社長と専務の二人で来院した。社長の平田さんは創業家の娘で、家業を継いだと言っていた。プレゼンは社長がノートパソコンで進め、社長よりかなり年上に見える専務は、業界の話、他院の成功例などを話してくれた。

二人が帰ったのは八時を過ぎていたが、そこから四人のレビューになった。事務長はアートメイクの時間効率に驚いていた。

「平均施術時間は三〇分で、売り上げの平均は一〇万円。一人がフルタイムで施術を続ければ一日一六人で売り上げ一六〇万円、月二二日で三五二〇万円かぁー。ナース一人が一年四億円超え！　よくもまあ、いままで手を出さずにきましたね」

山村ナースも、

「ちょっと違う世界を見た感じぃー」

と言うし、院長は施術そのものに興味を持ったようで、凄くやりたくなったみたいだ。

「器具が精密な感じなのと画材のような感じなのと、雰囲気があっていいねー！」

おそらく職人意識的な部分を刺激されたのだろう。一方で事務長は冷静さも見せた。

「まあ、器具はそれほど高価ではなかったですね。時間単価は凄いけど、すきま無く集患なんてのは無理ですね。中長期的にはどういう集患が想定できるのか、どういう目標を立てるべきか、どういうスタートを切るべきか、そういうところから考えましょう」

バンダに来てから夜一一時過ぎまで残業したのは初めてだった。新しい事業の想定は難しいけど楽しくて、もしもうまくいったらやり甲斐も感じるような予感がした。事務長も検討会自体を楽しんでいる様子で、過去には全く誰も知らないような新しい事業を始めた経験があって、懐かしいとも言っていた。院長は高度な手技を求められる予感がしたらしく、ちょっとはしゃいでいたし、山村さんも研修を受けたくてうずうずしていた。

今日の結論は、開始後半年間をパイロット・ラン（実地試験）期間として売り上げ目標は五〇〇〇万円程度に抑え、ナースの研修を進めながら実際の施術を始めて少しであっても実際の売り上げを上げながら体制づくりをすることにした。半年経って体制が整ってからの一年間で一億円を売り上げるのが次の目標だ。それはフルタイム一人分の仕事量の四分の一、すなわち年間一億円の売り上げをナース五人が力を合わせて達成するということになった。

計算上一人のナースが年間で最大四億円稼げるところ、その四分の一の一億円に下げて、その一億円を五人で稼ぐのだから、ナース一人の負担はフルタイムのアートメイク専門ナースの二〇分の一ということになる。

「オペ、脱毛、美肌、ナースにはいままでの仕事がありますからね。まずは二〇分の一って、いいところでしょう。それより集患のハードルが高いですね。一日平均四人集めるにはどうするべきか！」

やはり実際の治療を知らないと集患の着眼点もわからない。最初の半年はとても重要な期間になる。その間にナース全員がアートメイクの研修を終えられるようにすることは必須で、更にその間スキルの高い専任ナースを雇うことも目指す。

期待するのは、そのナースが実際に施術するところを見て、患者さんを集めるところを見て、バンダのスタッフが「何が必要か、それはどうやって得るか」を知ることだ。もちろん専任ナースを頼む先は、ヒラタビューティーケミカルの平田社長だ。

専任のナースを紹介してもらえるかどうかということは、既にプレゼンのときに事務長が平田社長に質問していた。そのときは「基本的には可能ですが、ご依頼の時点で適した方の手が空いているかどうかは、タイミングによります」という、当然といえば当然の回答だった。

「いらしていただく方との相談にはなるのでしょうが、少なくとも半年はご指導を賜りたいところです。できれば週二回ほどいらしていただくことを希望します。準備が整いましたところで当院でのアートメイクをスタートさせたいと考えております」

電話を横で聞きながら、事務長が少し強気に出ている感じがした。ナースを紹介してもらうまでアートメイクはスタートしない。スタートしなければヒラタビューティーケミカルとの取引は始まらない。

「施術の技術だけではなくて、集患から施術の値付けも、そういった『事業立ち上げ』の指導とサポートをして欲しいのです」

事務長、押してるなー。ひとしきり平田社長と話して、事務長は受話器を置いた。

「ヘッドハンティングするときは業者に『こういう設計をしたことがある人、こういうものを売ったことのある人、こういうスペックのある人……』という具合に具体的な人物像を伝えるんですよ。一〇〇％の人が紹介されるかどうかはわからないけど想いは全て言葉に託して伝えないとね。意外とぴったりの人が来ます。でも『それはちょっと』とあらかじめ言われるような難しいときもよくあります。今回みたいに我々の側のイメージが弱い場合もあります。そういうときも来てくれる人から我々が何を得ようとしているかをしっかり伝えて、できるだけ希望に近い人材を紹介してもらうのです。不足はこちらの気合いと根性で補います」

気合いと根性！　昭和の言葉だ！

ナースたちは今日もアートメイクの研修を受けている。でもクリニックには診療実績がない。だから専門のナースに来てもらって実際の仕事を見て覚える。覚えるためには患者さんが来てくれなければならない。その集患方法も横で見ながら体得する。集患！　わたしもかなり努力しなければならない。

事務長の明るい交渉術

平田社長はこちらの要望を聞きに来てくれた。

「もともと立ち上げをサポートするようなことはしなければならないのですが、コースとして用意できていないのです。クリニックごとに異なる事情がありますよね。都度うかがいながら支援のスタイルを相談して決めているのです」

「では包み隠さずこちらの事情を申しますと……」

事務長はそれこそ我が意を得たりとばかり勝手なことを並べ立てた。週一回か二回のアルバイト・ナースを紹介して欲しくて、必要なことはそのナースからも平田社長からもどんどん教えてもらいたくて、道具類も試用してから買いたくて、インクその他のアートメイクに関わるものは全部社長から買うから、立ち上げに関わるコンサル料は売り上げの五%にして欲しい……。

事務長の勝手な要望を社長は微笑みながら聞いている。これは事務長のキャラなのか、平田社長の心の広さか、聞いている相手は怒らない。

「アルバイト・ナースは紹介するのみにさせてください。有資格者の派遣は原則できませんし、仮にしたとしても一人月（イチ・ニンゲツ＝派遣元と労働時間を話すときの単位で一六〇時間を一とする）一五〇万円くらいを最低ラインにせざるを得ませんので、金額が大きくなってしまいます。報酬は弊社を通さず、全額御社から本人に渡してください。それと、コンサルタント料はもう少しいただきたいです」

それを聞いて事務長は電卓をたたき始めた。スマホではなく電卓だ。いつも机に置いてあるのは気がついていたけど、持ってきたんだわ。普段の計算はパソコンでしているので、事務長が電卓を触るのは見たことがなかった。速い！　昔の人ってこうなんだ！

「一人月一五〇万円となると、私の売り上げ想定では一八%のフィーになるのですが、そこをリスク折半みたいな考えで、コンサルタント料を売り上げの九%にしてはいただけないでしょうか？」

事務長は考える様子もなく電卓をたたき終わったとたん、いや、たたいたのではなくて、なで終わったとたんにスラッと言ったので、そのリズムに驚いた。平田社長にもインパクトを与えたようだ。

「え？　速いですね！　一〇％と言われるかと思って二〇％と言う用意をしていました。想定された数字を拝見させていただけますか？」

二人は交渉しているというよりも、会話を楽しんでいるように見えた。事前の仮計算でわたしと一緒に設定したミニマムの売り上げ数字も見せて「できれば半年間できっちり準備したいと考えています」「その後の半年で安定した売り上げが計画できるところまで持っていきたい」「今後も御社の良い顧客になりたいです」などと、言葉の調子は軽いけど、ちゃんと数字を見せて内容はクリアーな話をした。

「かなり抑えた想定だとは思いますが、それだからこそ実際の数値が大きくなることは期待できるでしょう」

わたしは二人の会話を横から見るかたちになった。口を出せる気配はぜんぜん無くて、事務長の電卓と手帳に書かれる大きな文字を目で追っていた。値切った数字にも事務長なりの理屈が通っていることは感じられた。

「なるほど、お考えはわかりました。わたしどもは通常、コンサルタント料を売り上げの一五％に設定させていただいております。機材は『どこまでそろえるか』によりますが、スタート時は一〇〇万円で十分だと思います。ただ最初の半年の売り上げを五〇〇万円程度と想定するのであれば、それにかかる薬品代などの消耗品代は一〇〇万円までは行かないと思います」

平田社長は事務長が提示した数字についてコメントすると、事務長が更に付け足した。

「先日はナース五人に順次研修を受けさせたいと申しましたが、ドクター二人も受けたいと申しておりますので、この研修費用の存在もご配慮願いたい」

二人は実に細々《こまごま》とお金の話をしている。これは以前営業部にいたときに聞こえた話とはずいぶん毛色が違う内容だ。以前は「お互いの事情はわかっているのですから、この金額で手を打ちましょうよ」的な話が多かった。

もちろんきっちり原価計算した上で細かく数字を決めて交渉に臨むのだが、事前に限度として決めた金額は何故か守られることは少なかった。限度なのに。「下をくぐる」という言い方で値引きの限度額を割って交渉が成立することは日常茶飯事だった。

今日の二人は意外に手の内を隠していない。事務長は事前の打ち合わせで想定した数字をそのまま言っているし、平田社長もその数字を軽視していないことが見ていてわかり、見た上で「このくらいは欲しい」とはっきり言っている。

「では、これで合意ですね。これで行きましょう！」

二人は声を合わせてそう言うと、立ち上がってお辞儀をした。

コンサルタント料は売り上げの一五％だ！　事務長は「定価」をのんだ。見返りは研修場所の有償提供だ。バンダを会場にするということは山手線の駅から徒歩五分以内の会場を医療設備付きで貸すことだから貸し会議場どころではない金額になる。が、平田社長にとって良い条件が提示できたようだ。当然、受講生としてバンダ以外のクリニックからナースが来る可能性もある。

「これならウィン・ウィンだわ。よかった」

「昔はボース・プロスペリティと言ったものですよ」

二人は旧知の仲のような感じになっていて、言葉から飾り気が抜けていた。

「御社はコンサルタント契約書のひな形をお持ちですか。当院で書きますか？」

「あっ、ひな形というわけではありませんが似た契約はしておりますので、後ほど送ります」

聞きながら、わたしはノートパソコンに「契約書のひな形はヒラタビューティーケミカル社様から本日中に送付される」と打ち込んだ。

今日は、いろいろ事務長に聞いてみたいことがあった。時間がかかってもいいと思って、平田社長を送り出した後、わたしは事務長に「ご指導とご教示」をお願いした。

「公共事業で扱う不動産商品とクリニック相手の医療機器や薬剤との違いは、圧倒的な金額の差でしょうね。取引金額が巨大だと見かけ上の利益率が低くても実際の利益額が大きいですからね。

事業計画の時点では各部門へ平等に振り分けられていた固定費や目標の限界利益率があったはずなのに、実際に販売する段階になると『計画した利益率はないけど絶対額が大きいからいいじゃないか』とか『受注実績による今後の引き合いという数字に表れない大きな効果が見込めるからいいじゃないか』とか、いろいろ『事前に決めた限度を守らなくてよい理由』が語られて、販売承認が下りるのだろうと思いますね。

これで答えになりましたか？

関口さんの『前の職場』では、派手に交際費を使って大きな売上額は稼ぐものの利益率が低い公共事業の陰で、本社から個別案件の利益率追求を強要されて悲鳴を上げている中小向けや個人向けの不動産部隊がいたのではないですか？」

わたしには知らない用語があって、ちゃんとわかった感じはしなかった。不動産会社では、事務長が言ったような利益の取り合いがあったような気もするのだけど、正確な理解はできていない。これがわかるようになるのはたいへんだ！

いつの間にか、坂本さんがドアのところで目を輝かせていた。気付いた事務長が手を挙げて、声をかけた。

「おう！　坂本さんは日商簿記一級だったね。最近知識を使ってないでしょ。懐かしい話でしたか？」

「就職に有利というのでいちおう取ったけど、経理をお仕事にする気はありません。でも懐かしいです！　事務長も詳しそうじゃないですか」

えっ！　坂本さん一級なの？　二級じゃないの？「いちおう取ろう」で取れちゃうの？

坂本さんは、自分が懐かしく聞こえた事務長の話もわたしには伝わらないことに気づいて助けに来てくれたようだ。

「でも事務長ォー、文学部の関口さんに限界利益とか固定費とかＰＬなんて不親切じゃないですか？」

「いや、ボクはそんな、術語は意識的に避けたつもりでしたが言ってました？」

「わぁーっ、事務長が『ボク』だって！　ボクの説明わかりにくーい」


坂本さんは助けに来てくれたのだけど、あまり助けられてないかな。でも後で言葉の説明をしてもらう約束をして、事務長にはテクニカルターム抜きで続きの話をしてくれるようお願いした。

「こちらの手の内、つまり予算的な事情を社長に伝えたのは、適切な指導をしてもらいたいからです。私たちが事前に想定したこともそのまま伝えたら、間違いを指摘してもらいましたよね。そういう話をしたから、……結果的に出費が凄く減ったでしょ」

事務長はニッと笑った。

「ポイントは、先方に普及させたいという熱意があるからです。平田社長はバンダのようなサイズのクリニックと取引しても大して儲からないことはわかっています。だからこちらがカッコつけて『たくさん買うかもしれないぞ』なんて思わせぶりのウソをついても相手にされません。あからさまに実情を全部並べた中に結果として、『バンダは大して儲からないけど付き合っていてメリットのある相手だ』と思えるヒントがあったということです。薬品だけの取引では規模が小さくてつまらない相手かもしれないけど、都心の駅近に研修拠点を提供できるとなると話は違います。そしてそのことは我々だけでは思い至らないことでした。『ナースは五人も研修を受けるんだ。更にドクターも二人くらい受けるかもしれない。そうなると受講費はバカにならない』そんな悩みを隠さず話したから社長も考えてくれたのです」

これが相手の懐に飛び込むということかな。

「半年で終わるコンサル料は、定価を払うことにしました。研修の場を提供する方は末永くやって、バンダのナースが研修のサポートをしたらアシスタント料をいただけるかもしれない。そうならなくてもサポートすれば、それが最新の知識が常に入ってくる仕組みになるかもしれません」

「あっ！　研修時のサポートのお話ってありました？　わたし議事録に書いていません！」

「いえ、何も言ってないので書く必要はありません。バンダのみんなが研修を受けて施術の経験も積んだ後の話ですよ。ちょっと見た夢の話をしてしまいました」

ちょっと見た夢か、そんなこと考えて交渉してたんだ。

「あら！　事務長、寝ていらしたんですね」

「ちょっとだけですよ」

「契約書を先方につくってもらうのは何か意味があるのですか？」

「いや、特にはないです。時間セーブです。契約書をちゃんとつくるとなると兵藤法律事務所に頼むことになって、こちらから項目を出してゼロからつくってもらう感じになるから面倒なのです。その程度なら顧問料の範囲でできるだろうけど、相手にはひな形的な前例の文書があるだろうし、この手の契約書はどちらがつくってもあまり変わらないものですよ」

いままで契約書を熟読する機会はわたしにはなかった。でも確かに契約書の文章で問題になったのは見たことも聞いたこともなかったから、どちらがつくってもいいのかな。相手につくってもらえば楽だし……。わたし、事務長に似てきちゃったのかしら。

帰りがけにメールチェックしたら、既に平田社長からお礼状が届いていて、「契約書(案)」のファイルが添付されていた。

「もう届きましたよ」

「だろうな」

事務長は、もう閉じてしまったパソコンを点けることはせずに続けた。

「表題の末尾にカッコ・アン『(案)』って付いているでしょ。それがマナーなんですよ。きっと同じような契約に慣れているんでしょうね。明日見ましょう」

届いたのを確認しただけで、わたしたちはその日の仕事を終えた。


翌日、事務長は契約書を読みながら笑ったり怒ったり楽しそうだった。契約書の内容がかなりユニークだったらしい。

「関口さんは契約書があふれる職場にいたと思うけど、中身をチェックしたことはありますか?」

「いえ、最初から最後までしっかり読んだ契約書は一通もありません。上司が署名・捺印するのは何回も見ましたが……」

「取引のサイズが大きいですからね。その上司だって法務部がチェックしているから斜め読みでしょう。でもバンダに法務部はないから、自分で確認しなくちゃ。兵藤先生に丸投げはできるけど、その前に一度はしっかり読んでおくといいですよ」

そう言われて添付ファイルを開いたが、やはりどこに着目するのか、そういうことはわからなかった。

事務長はわたしから感想や見つけた間違いの報告を聞く気はなかったらしく、わたしがまだ読んでいるうちに電話をかけ始めていた。

「迅速なご対応をありがとうございました」

おーっ、事務長が標準お仕事言葉を使っているのを聞いて新鮮な気がした。

「いただいたかたちでなるべく手を加えずに進めたいと思うのですが、三点ばかりどうしても直していただきたいところがありまして、電話で概要をご相談させていただいてから改めて文書でお伝えしたいと思っての連絡です」

事務長はわたしに小さく手招きしたので「聞いていろ」という意味だと思い、メモとボールペンを両手に持って見せた。事務長は笑顔で大きくうなずいたので、わたしは机に向かってメモの構えをした。

「えー、まず反社会的勢力に対する条項がありませんよね。定型文でよいのですが、どこかに記されていないと正式な契約書のような気持ちになれないので何か見繕って入れてください。それと指定する裁判所がさいたま地裁になっていますが、できれば東京地裁にしていただきたく、ご検討ください」

この二件は社長の即答で解決した。反社会勢力については顧問の弁護士に伝え、定型文をどこかに入れて修正版を再送する。「さいたま地裁は手違いです」とのこと。どうもベースにした契約書が埼玉県のクリニックとの契約書で、書き換えを忘れていたらしい。

「三つ目は第六条です。『月度売上報告が、実際の売り上げよりも少なく報告されていたことが判明した場合、当該月分として乙が甲に支払う顧問料は二倍にする』というのがどうも……。『多寡は判明後一カ月以内に調整する』とか、そのような言葉を選んでいただきたいですね。『だましたら倍払え』みたいな一方的に読める表現は、この契約には似合わないように感じます」

社長の返事を聞きながら、事務長はわたしに伝わるように復唱し始めた。

「いままでの契約書にも書いてあった言葉なのですね。問題は起きたことがない……、でも平田さん、あなたはそれでいいのですか？　何か現代的でない、洗練されていない不正確な表現だと思いませんか？　はい、お願いします。顧問の先生に相談してくださるのですね」

電話が終わってから事務長はわたしに契約書を読んで気がついたことがあるか聞いてき

た。順番が逆のように思う。わたしの助けを全く期待していなかったということよね！　でも事務長が電話で言った三つは一つも気がつかなかったから、見抜かれていたということにもなる。文句は言えないか……。

「何も気がつきませんでした。反社も地裁も二倍も……。他のことも」

「読み慣れていませんからね。反社は書いてあることの間違いを見つけるのではなくて、書いてあるべきことが書いてないという指摘だから難しいですよね。さいたま地裁の方は、両社に無関係の埼玉県が突然出てきたんだから気がついてもいいかもしれないですよ」

「そうですよね。でも気がつくの難しいです。それと二倍の件も。だましたりする気持ちがなければそういう言葉が書いてあっても問題ないと思いました」

「それはいままでヒラタビューティーケミカルと契約してきたひとたちもみんなそう思って放置してきたんだと思いますよ。顧問料が売上連動でそれを安くするために売上数字を少なく報告したらたいへんだぞ！　と脅しているんだなと解釈しちゃいますよね。だけど、『違ったら罰金』としか書いてないのだから悪意なく間違った場合でも罰金です。となれば実害はあるのですよ。売り上げが一〇〇万円で顧問料を一五万円支払った後で、もう一〇〇円売り上げがあって顧問料が一五円足りなかったとわかったら、その月の顧問料は本当なら一五万一五円なのに罰として二倍の三〇万三〇円になる。そう書いてあるんですよ。そのことに誰も気がついていないって、本当はかなりおかしいのですけどね。いままで誰もちゃんと読んでいなかったということです。社長が何と答えてくるか待ちましょう」

「言われなければ気がつきませんでした。先入観で読んでいました」

「もう一つかなり奇妙な記述があったのだけど、興味はありますか？」

えっ？　何それ？

「平田社長に言わなかった変なことが書かれていたんですか？」

「ええ。それこそそう書いてあっても実務には影響しないのでね。『なるべく手を加えずに進めたいと思う』一心で言葉を控えました」

事務長はニャーッと笑った。おじいさんなのにわんぱく坊主に見えてしまった。

「興味あります！」

「それはですね、バンダが乙だということです。このような取引ではお金を払う方が甲です。お金をもらうのが乙。電機部品の例を言うと、部品メーカーって巨大産業が多いのです。巨大産業が資本金が一〇分の一にも満たない中堅アッセンブリメーカーに部品を納入するときでもお金を払う方が甲です。契約書の作成段階では甲乙の常識を誤ることはないので、意思を持って書いたことになります。『売る側でもへりくだらないぞ！　買っていただくんじゃない！　売ってやるんだ！』という意思がそう書かせるのです。電話で話した三つ目『ウソついたら倍にして返せよ！』なんて、あたかも『少年探偵団と戦う秘密結社の血の掟』の如きみっともない幼稚な文章も『ボクたちアタシたちの方がアナタたちより上なのよ』と言いたい突っ張る気持ちがそのように書かせてしまったと私は見ています」

契約書みたいな法務書類から心理を読むの？　事務長は契約を楽しんでいるのかもしれない。それにつけても「少年探偵団と戦う秘密結社の血の掟」って何だろう。ちょっと言葉を失ってしまったわたしにかまわず、事務長は続けた。

「平田社長がそのようなパーソナリティには見えないので、おそらくおかしいのは顧問弁護士だな。現代感覚が無い爺さんなのか、司法試験が簡単になった後に資格を取った駆け出しの小僧なのか。まあ、バリバリの五〇代なんてことはないだろうな」

平田社長から相談の電話が来たとき、折悪しく事務長は青木会計事務所に一人で出かけていた。今日は帰らないことを社長に伝えると、彼女はわたしに向かって話し始めた。

「困ってしまったのですよ。吉田さんはああいう方だからキチンと理由を説明しないとうなずいてくださらないと思うのですが、こちらの顧問弁護士にご指摘のことを伝えましたら『契約書はそういうもんだ！』と、取り合ってくれないのです。いまのままでは絶対に認めていただけない感じなのですか？」

そうか、わたしに感触を聞きたいんだ。どうしよう。彼女はわたしの意見を求めている。ここで「そういうことにはお答えできません」と言って断るのは簡単で、秘書として正しい対応かもしれない。だけど、平田社長はアートメイクを普及させたくてバンダのような儲からない相手にも誠意を持って対応しようとしてくれている。そういう社長に正しい判断の材料を提供できるのにしないでいるのは正しいことなのか。

「先日の打ち合わせの後、吉田がわたしに申したことをお伝えするのがよいと思うのですが。『一〇〇万円の売り上げで一五万円お支払いした後で、もう一〇〇円の売り上げが漏れていたことに気がついたとき、契約文のままだと問題だ』という話でした。契約書は『罰金』的な扱いで六条を記していますが、実際には特記事項的な言葉もないため、悪意がなくただ間違えた場合でも罰金になる点が気になるようです」

「ああ、よくわかりました。関口さん、ありがとうございます。吉田さんには後日、わたしから連絡させてください」

言ってしまった。ダメ秘書だな。コリーグ＝関口は何かしっぺ返しを受けるのかな。

翌日、事務長に電話の話をした。

「平田社長から感触を聞かれたので一〇〇万円の報告の後で一〇〇円追加の話を紹介しました。後日、社長から事務長宛てに連絡をいただけるそうです」

「あれまあ、そういう話を平田社長としたのですね」

「秘書失格ですか？」

「そうと言う人もいるでしょうね。シークレットを預かる職業ですからね。でも関口さんは秘書という仕事が好きですか？」

どうなんだろう。好きなのかな。

「以前、関口さんと話している中で、秘書の中古市場の話をしたのはいつでしたかね」

そんなことありました。採用面接のときです。

「世の中にはお古を好まないＶＩＰが多いからか、求人市場では秘書希望者があふれています。そういう状態を目の当たりにしたことがあります。海外営業で採用したい人材の面接に同席したことがあったのだけど、破格の条件を提示したのですがどうしても役員秘書をしたいと言って断られていましたね。秘書ってそんなに魅力的な職種なのか、海外営業の大将も首をかしげていました。そうなんですか？」

自分でもわからない。確かにわたしは事務長秘書に応募して採用されたのだけど……。

「いまよく考えてみましたが……。秘書という仕事をあまりしないうちに転職して、その後もあまりしていません。好きと言えるほどの経験がないのだと思います」

「秘書という職名に魅力があるのかな？　そんな感じはありますか？」

なるほど！　そうなのかもしれない。

「デスクから秘書に異動したとき、周囲から抜擢だと言われました。わたしもひとつ上に上がった気持ちになりました」

高村の顔がチラついた。わたしは多分、暗い顔になったのだと思う。事務長はわたしの気持ちに気がついた。気がついたけど気がつかないふりをした。そう感じた。

「平田社長は契約を締結するために、必要な情報を関口さんから聞こうとした。それは吉田には直接聞きたくない内容だ。だから平田さんには吉田の不在が好都合だった。関口さんは答えないこともできる立場なのに伝えることが早い解決を図ることだと感じて内情を伝えてしまった！　……いいんじゃないですか。それがいまのバンダに必要な対応です。

よい方向に行くと思いますよ」

話している間に平田社長からのメールが到着したことを知らせるウインドウがモニターに開いた。事務長はメールを自分で開きに行くので、まだ気がついていない。

「あっ、来ましたよ」

わたしの知らせに事務長もパソコンに向かってメールを開いた。

「来ましたね……。ぷっ、そう来たか。弁護士先生を説得できなかったんだな」

メールは「弊社側でも検討したが、校正文は御院に作成していただきたいという結論になりましたので、ご対応願う」という内容だった。「そういうもんだ」の先生は訂正を嫌がったというのが事務長の推測だ。それでも反社条項の追加と東京地裁への変更は済んでいる「(案)二」が添付されていた。

「報告が遅れました。ヒラタビューティーケミカルの顧問弁護士は先代からお世話になっているおじいちゃん先生だと平田社長が言っていました」

「なるほど。若造だったらそうそうクライアントに逆らわないからな。では関口さん、校正文を書いてみましょう。先方に送る前に兵藤先生に見ていただきます。できますよね」

はい！　バンダ事務長の秘書でありコリーグの関口萌音、第六条の校正文を書きます！

心の中でそう叫んだ後、わたしは声に出して返事をした。

「少年探偵団の血の掟ですね。すぐ書きます！」

「まあ、そんなもんです。正確には違いますが……」

眼瞼下垂の治療と美容

ヒラタビューティーケミカル社との契約は済んで、ナースの紹介を待つばかりとなった。次の動きがあるまで、アートメイクはしばらくお休みだ。

そんなとき、受付でちょっとした騒ぎがあった。

「二人とも田中ドクターの知り合いなんだって！」

眼科医二人がバンダに眼瞼下垂の手術を受けに来る。二人とも田中ドクターが執刀して、それを各回三人ずつ「関係者」が見学するという話だ。箱根で決まった「高齢者施術の充実」を検討する中で湧いた話だ。

「保険診療の患者さんの眼瞼下垂を手術する眼科医が、自分の眼瞼下垂は美容クリニックで保険外の手術をしたくなる。これが当たり前の感覚だな。本心というやつだ」

そう言いながら事務長は喜んでいる感じだ。わたしにとっては衝撃だ。保険医は美容医療を好きではないと思っていた。だから保険医が本職の田中ドクターがアルバイトに来るのはドクターがかなりユニークな人だからだと思っていた。バンダに来て、やたら高偏差値集団の職員たち、旧帝国大学で学んだドクターたち、慶應の山村さん、筑波の向井さん、難関看護科出身の迫力あるナースたちにも会って、わたしの偏見は薄くなってきたのかもしれないけど、消えてはいなかった。この驚きがその証拠だ。でも世の中はわたしなんか無視して進んでいる。保険医のドクターが八人もバンダに来て、そのうちの二人は手術を受けるんだ。

「吉田さんも眼瞼下垂、如何ですか？　肩こりが楽になりますよぉー」

田中ドクターが事務長に勧めている。院長も乗り気だ。

「それ、いいですね。吉田さんのオペを午前中にして、午後にオペをする二人のドクターが見学するとみんなハッピーですよ」

事務長は興味をもってはいるらしい。

「そうですねー、テレビで眼瞼下垂の番組を見たもので、私の肩こりもそれかなー、とは思っていたのですけど」

それを聞いて田中ドクターは、両手の人差し指で自分の両目のまぶたを持ち上げて見せて、

「こうやると、スッと肩が楽になりませんか？　なるならそれがオペをする価値ですよ。実感できるのではないですか？」

事務長は言われる通り指でまぶたを上げて、

「あっ！　楽になる！」


事務長のオペは、カウンセリング段階から職員に公開された。

「外見的にはたるみが出てきてぼやけだした二重をしっかりとした二重にするとイメージしていただけるとよいのですが、キリッとした大きな目にもできますし、たるみを取ることに重点を置いて見た目をあまり変えないかたちにもできます。ご希望に添いますよ」

田中ドクターの話し方は自信にあふれている感じで頼りになる気がした。

「もう還暦を超えて久しいですからね。いまから更にハンサムになろうとは思いませんよ。昔の目、『若い頃こうだったかも』という感じがいいですね」

事務長の答えに見学者の山村師長が口を出す。

「目いっぱいバチッとキリッとした方が見苦しくありませんよ」

うわー、トゲがある。田中ドクターも笑いながら念を押す。

「親衛隊の隊長があのようにおっしゃっていますが、どうしますか？」

「若い頃のまんまでいきます。隊長には『大人になってから口をきけ』とお伝えください」

この日は例の眼科医二人もカウンセリングを受けて、三人とも明後、土曜日にオペになる。最初は田中ドクターが執刀する事務長のオペで、午後一は院長、最後はまた田中ドクターという順番だ。院長の腕前は入社直後にあの若い男の子を見たので知っている。田中ドクターは、評判は聞くものの患者さんと会う機会がなかったので、どうなんだろう。

「当日は歩いて帰れます。でも目の周りが腫れぼったくなってアザのような内出血も後から出てきますので……、サングラスお持ちですか？　術後はしばらく使うといいですよ」

事務長は持っていますよ！　鞄の中にヴィトンのサングラスを入れているのを知っています！　私も事務長に声をかけた。

「ヨシダサン！　恥ずかしがらずにちゃんとサングラス使ってください！」

私の言葉に事務長だけが反応した。

「あっ関口さん！　キミだけに開示した私の秘密を第三者に開示してしまったな！」

以前、事務長が鞄からヴィトンのメガネケースを出しているところを見て、わたしは高級な老眼鏡を連想した。「あっヴィトンだ」と言うわたしの言葉に答えて、事務長はそれがサングラスであること、ドライアイで眼科医から勧められたものの世代的にサングラスの常用には高いハードルがあることを話して中身を見せてくれた。あまり使っていないことを知った眼科医から「恥ずかしがらずに使いなさい」と言われたこともそのときに聞いた。

「ヴィトンのサングラスを見せびらかしていただいたとき、吉田事務長はそれが秘密だとはおっしゃっていません」

やったぁー、言ったぞー！

ヒラタビューティーケミカル社の契約書を熟読したとき、守秘義務の条項に書いてあった「秘密だと言ったときから秘密」という秘密の定義が印象的だった。契約書としては普通の言い回しらしいが、それを言ってみたかった。でも事務長はわたしには応えず、田中ドクターに返事の続きをした。

「田中先生、わかりました。私の優秀な秘書が申したとおりサングラスはヴィトンの高級な、私でもかけたら芸能人に見えてしまうようなかっこいいのを持っていますので、それを使います」

「お二人は本当に仲がいいですね」

田中ドクターが笑っている。山村ナースは小さな声で、

「うっとうしいわよねーっ」

と、わたしに言った。

「ええ、ほんとうに」

わたしも小さな声で答えた。

事務長以外のカウンセリングはナースたちだけが聞き、受付やわたしは業務に戻ったので、残る二人がどんな「仕上がり」を希望したかは終礼で聞いた。

院長が執刀する三十七歳の飯田ドクターはパッチリ目、田中ドクターが執刀するもう一人の患者さん、四十四歳の鮫島ドクターは事務長と同じく人相が変わらないことを希望した。それと当日は田中ドクターの勤め先からオペ看が一人来て介助することが伝えられた。この一大イベントは全員が参加したいと希望したので、金曜を先取りの代休日にして翌日

の土曜を出勤にしている。なんだかちょっと、うきうきしてきた。自分のことでもないのに。

土曜日は、九時から開院して三人の患者さんを迎えた。田中ドクターは、オペ看の大井さんと一緒に出勤した。大ベテランとのこと。今日は破格の時給三千円でアルバイトナースとしての出勤だ。テレビドラマに出てくるような大きなオペ室をガラス張りの部屋から見るようなつくりではないが、バンダのオペ室はドクターとナースが全員入れるほどの大きさがある。受付の三人と私は、受付カウンターのパソコンモニターで録画するカメラの画像をリアルタイムで見る。今日の来院は医療関係者だけなので、音も出してよいことになった。

「午前十時五十五分……」

田中ドクターのオペ開始の声がパソコンから聞こえてきた。カメラはドクターの手の動きを写すのとナースも含めた範囲のとオペ室の全体が写る監視カメラ映像の三つが常設されているが、受付組に最初の二つは厳しいので、監視カメラの画だけを選んで見学者の様子を中心に見ることにした。四人の合意だ。

事務長の両側に田中ドクターと大井さんがいて、大井さんの側にナースが並び、田中ドクターの側に院長と二人の患者さんが並んで、両側から事務長をのぞき込んでいる姿が見える。それを見てイボ取りのときを思い出した坂本さんは、

「事務長って取り囲まれるタイプみたいね」

と笑った。森田さんは、

「わたしあまり事務長と話したことありません。どんなひとなんですか？」

そうか。森田さんとは接点がないのか。改めて聞かれると、事務長ってどんな人なんだろう。高橋さんも目玉だけ上に向けて言葉が出てこない。でも坂本さんはスッパリ答えた。

「めんどくさいひとよ」

ニッコリ笑う坂本さんを見て、わたしも高橋さんも爆笑してしまった。

「その通りね。悪いひととは思わないけど」

高橋さんは事務長を少しフォローした。

「昔の人だからストレートに話せないのよ」

わたしは分析してみせた。

執刀している田中ドクターが、事務長に声をかけている。

「目玉だけ右横を見てください。そうです。では右上を見てください」

それを聞いてバンダのナースたちがざわざわしている。

「事務長、はっきり意識あるんだわ！　静脈麻酔でこれは初めて！」

徳田ナースの声が聞こえる。

「えっ？　ふつうは意識ないんですか？」

事務長が徳田さんの声に応えたので向井さんが笑い出した。

「事務長、眠らないなーっ。でも痛くないんですか？」

「痛みは全く感じません。まぶたのあたりを触られている感じはあります」

田中ドクターも解説を加える。

「局所麻酔ではかなり痛みを感じるはずなんですよ。ぐっすり眠らないで目は動かせるけど痛くない、そういうポイントに静脈麻酔を調整して合わせるわけです」

やりとりを見て高橋さんは、

「事務長って、いいモニターかもね」

坂本さんも、

「そうかも。みんなの質問にちゃんと答えているもんね」

オペが終わって、事務長はストレッチャーで回復室に運ばれた。回復室と言っても小さなクリニックなので、ストレッチャー一台でいっぱいのスペースだ。受付の三人が見学を終えたドクターの対応をしている間にわたしは事務長に会いに行った。

「おつかれさまでした。オペ時間は六十五分でした。痛みはありませんか?」

「いまは痛くないいな。これから先はわからないけど。痛み止めが処方されていたな」

「糸、見えるんですね。今日は芸能人顔でお帰りですね」

「そうですか。糸、見えますか。目をつぶっているときの顔は鏡じゃ見えないことに改めて気がつきました」

だんだん麻酔が覚めてきたようで、事務長は仕事モードのですます調に戻ってきた。

「覚めきるのに一時間もかからないと言われたので、ふらつかなくなったら自席に戻りますよ」

田中ドクターと院長も狭い回復室に入ってきたので、部屋はちょっとキツい感じになった。

「どうもありがとうございました。肩こりが治るのは楽しみです」

「もう既に治っているはずです。完全に麻酔が覚めたら実感されると思いますよ」

そんなに即効性があるんだ！　わたしも年取ったらやりたくなるだろうな。

「吉田さん、全く痛みを感じなかったのですか？　なんだか患者さんによっては、痛くなくても触れた感じがすれば跳び上がるひとがいそうですね」

院長の言葉に事務長が応える前に、田中ドクターが話しだした。

「そこなんですよ。目を言うとおり動かせる効きなら、吉田さんも言われたとおり触れる感じくらいの感覚はあるはずです。その程度の感触で悲鳴を上げるひとも少なくないですよね。このやり方は患者さんを選ぶのですが、縫合の前に動きを見たいのも医者の人情でしょう」

「私は、患者さんは触れた感触を一〇〇％嫌がるという前提でやってきましたねー。静脈麻酔はぐっすり眠っている間にオペが終わる目的で使っています。午後一の飯田清さんは事務長のオペをご覧になったから、むしろ意識のある状態を望むでしょうね」

「飯田くんは望みますよ。聞いてみましょう」

静脈麻酔の効かせ方の話はナースたちにも新鮮だったようだ。休憩室でコンビニサンドの簡単なお昼ごはんを食べているとき、ドクターたちと同じ話をナースたちも話題にしていた。バンダで働くナースにとって、静脈麻酔はオペ中ぐっすり眠りたい患者さんに使うという認識があるようだ。向井さんによれば、よく調べている患者さんも多くて、患者さん側から静脈麻酔をリクエストされることも少なくないという。

「ちょっと触れただけで『ギャーッ!』って大声出す患者さんって、少ないとは思えないわ」

「何回もいろいろ直している人って、その傾向あるわよね」

「きっと『あそこのドクター、下手だから痛かった』なんてSNSに書かれるわ」

「でも田中ドクターって、いつもは静脈麻酔『ぐっすりモード』よね。今日はどうしちゃったのかしら」

「縫合の前に動きを見たいのは医者の人情なんだって」

「身内で試したのね」

「事務長、おじいちゃんだからSNSで悪口なんて言えないと思ったのよ」

午後一時、飯田清ドクターのオペが院長の執刀で始まった。介助は山村師長だが、大井ナースも横に立って山村さんをサポートする。他のナースは受付で私たちと見学し、代わりにオペ室では外部の眼科医三人が見学に入っている。

「目玉だけ右横を見てください。そうです。では右上を見てください。次は真上です」

院長も田中ドクターと同じく、患者さんに声をかけて目玉を二周させた。右の縫合で一周。左の縫合で一周。

「飯田さぁーん、痛くないですかぁー?」

この声かけも田中ドクターと同じだが、院長は何回もしていた。事務長のときは立ち会うナースたちから声がかかったので、ドクターが聞く必要はなかったのだろう。飯田ドクターに対して、今回の立ち会い者たちはおとなしい。

「確かに縫合前に動きを見ることは安心感があるようにも思うのですが、結果が変わるかというと、変わらないな、というのが正直な感想です」

オペ室の院長の声が聞こえる。見学のドクターたちにお茶出しをするため坂本さんと森田さんが応接室に向かい、ナースたちがオペ室の片付けに行った後の受付で、高橋さんと私は引き続きパソコンを見ていた。

「そうなんでしょうね。執刀医が安心感を得るだけのために触れただけで悲鳴が上がってしまう方にこのやり方をしてはいけませんよね。でも患者さんによっては価値があるでしょ。患者さん自身が望むこともあります」

「そうですよね。飯田さんは望んだし、事務長は楽しんでいらっしゃいましたよね」

そうかもしれない。事務長は楽しかったんだろうな。高橋さんとわたしは一緒にクスクス笑ってしまった。


本日の最後、鮫島誠二ドクターのオペは田中ドクター執刀で、向井ナースが介助。ここでも大井ナースが向井さんをサポートする。外部のドクターは別の三人に代わっている。

「目玉だけ右横を見てください。そうです。では右上を見てください」

三回目ともなると誰も何も言わなかった。

「事務長、赤パンダ！」

山村師長が事務長をからかっている。

眼瞼下垂の手術の後、目の周りにちょっと内出血があった事務長だが、その内出血がみるみる広がって、一週間経ったいまは本当にパンダのような、タレ目のサングラスのようなかたちになっている。同時に術後検診を受けに来た飯田ドクターも鮫島ドクターもそれほどではないのに、事務長だけ真っ赤になっている。

「これはですね、目の周りの組織の密度が違うのですよ」

田中ドクターが言うには、年齢とともに組織の密度は下がるそうだ。そのすきまに血がたまる。

「要は年取るとスカスカになるってことですね。引くのにどのくらいかかるものでしょう」

そうか。同じ手術を受けても年齢によってダウンタイムに差が出るんだな。

「事務長の内出血は一カ月くらいかかりますねぇー。二重のかたちが落ち着くのは半年くらいです。『見込みに変更なし』です」

山村師長はいつも事務長にはひとこと言いたくなるようだ。

「事務長、この際サングラスに慣れるといいですよ。なかなかカワイイから」

そして事務長も師長の言葉には必ず反応する。

「言葉は時代で意味が変わりますねー。私がカワイイのですね。昔ならステキだという意味かな？　よく言われたものです」

「それは記憶違いだと思います！　ぜったい記憶違いです！」

仲がいい人同士のやりとり。ひょっとしたら、これは早慶戦なのかもしれない。このディベート（？）は、師長の勝ちだな。事務長の記憶違いだと思います。

うわさ話は総務マター

この日の夜、わたしは受付の三人と、一緒にカラオケルームに行く約束をしていた。坂本さんを講師にした経理用語の自主勉強会だ。話を聞いた事務長は就業時間後に応接室を使っていいと言ったのだが、坂本さんが何故か猛烈に反対したので、それは無しになった。

「絶対に防音室の中で開催しなくちゃ。カラオケだって駅前より新宿まで出た方がいいわ！」

私たちは新宿通りに出て、カラオケルームに向かった。受付の人たちの目的には、わたしに向けた限界利益の講義だけではなく、森田さんに向けた職場の心得に関する講義もあるという。それで新宿のカラオケルームなのかぁー。

新宿駅を今日は東口で降りて新宿通りを伊勢丹の方向に歩いているとき、信号待ちの横断歩道で止まった自転車の男性に坂本さんは声をかけ、二人は話し始めた。

「日曜日、見に行きました！　凄っっくよかったです！」

「やあ、どうもありがとう。また来てくださいね」

信号が変わって、自転車は走り去っていった。

「わーっ！　東京に来てよかったぁー！」

人気の声優さんだという。憧れの人のライブに行ったばかりなのに、今日は偶然にも新宿通りでその人に出会って、坂本さんは興奮した。東京に出てきて、わたしも有名人を見かけることには少し慣れてきた。仙台では、おそらく旭川でも、道端で偶然有名人に会うことは稀有なことだ。それがライブに行くほど憧れている人と言葉を交わせたのだから、坂本さんの感激は容易に想像できた。


坂本さんはＢＳ（バランス・シート＝貸借対照表）とＰＬ（プロフィット／ロス・ステートメント＝損益計算書）の二つの表とそれに出てくる言葉の意味をさらっと書いた（明らかにネットからコピペして印刷した）紙をわたしたちに渡した。ＰＬ表の方には見覚えがあった。事務長の趣味の領域って、とても細かく分解した損益計算書だったんだ！

「こういうの高橋さんは見慣れてた？」

「見たことあるかも！　知らないけど……。わたし経済学部で……」

「えーっ、経営学部だと思ってた」

「経営学部だったら市ヶ谷キャンパスだったんだけどなー、経済学部は町田の多摩キャンパスだったの」

「法政って東京の大学じゃないの？」

「町田は東京よ。とてもそうは思えなくても」

うーん、やっぱり東京は札幌からも仙台からも遠い。わたしも法政大学は東京のど真ん中の大学だと思っていたし、高橋さんも都会人そのものだし。わたしの驚きは坂本さんが声に出してくれたので、わたしはただ聞いて驚いていただけだった。

言葉の説明だけで今日の経理研修はおしまい。坂本さんと高橋さんは二人の本題に入った。

「バンダで生きていくためには人間関係が重要よ！」

「えっ？　バンダの中にそんなドロドロした関係があるの？」

わたしは本気で驚いた。

「そんなわけないじゃないですか。みんながどういう歴史を背負っているか、って話ですよぉー」

坂本さんと高橋さんは森田さんの指導といいながらほとんど二人でうわさ話を楽しんでいるような姿だった。こんな講義なら確かに応接室で開催するのは避けた方がいいわ。

ナースたちはバンダに来る前に大病院を経験してきた人ばかりだ。資格を取った大学や看護師学校の附属や系列病院に就職してから外に出た人が多い。例外は徳田ナース。若いときに予期せぬ妊娠をしてしまい、シングルマザーで子供を育てるために准看の資格を取り、働いて子育てしながら通信教育で正看の資格を最近取ったばかりだと言う。その娘はいま横浜市大医学部の三年生。

「すんげー、ドラマになる！」

高橋さん情報に森田さんは男の子口調になるほど感激した。わたしもびっくりだ。

「正看取ってから給与体系がクリアーなバンダに来たって言ってたわ。事務長がルールを変えた直後ね。かなりブラックなところにいたのかしら」

「バンダが飛び抜けてクリアーなのかもしれないわ。事務長と斉藤先生だから……。明るいグレーでもダメ出しする組み合わせだもん」

ナースたちにはいまのところ長続きしているカレシがいないらしい。

「患者さんからは声をかけられるみたいよ。向井さん、月曜のヒゲ脱毛の男性に『食事をご一緒できたら嬉しい』って言われたんだって。『男性の患者さんはひとりで対応したくない』って言ってたわ」

「向井さんって、プライベートなら男性をバッサリ斬りそうよね。患者さんだとそうもいかないのかな」

高橋さんと森田さんのやりとりを聞きながら、わたしは施術シフトがキツくなることを想像していた。脱毛もシミ取りも、いまは施術部位が狭ければ一人で対応するシフトにしている。

「男性なら必ず二人で対応するってシフトにしたら、かなり患者さんの数がこなせないかもね」

独り言のように言ったら坂本さんに笑われてしまった。

「関口さんが事務長化してる！　ふふ」

「でも向井さんはナースルートの合コンにはよく行ってるんだって」

「山村さんもでしょ」

「白石さんも武田さんもよく行くみたい」

「ナースルートって、あるんだぁー」


高橋さんは結婚目前のパートナーがいて、もう長いお付き合いなのだけど、なかなか入籍には踏み切れないそうだ。なんと豊洲の仲買の跡継ぎで、バリバリの場内マン。生活の時間がすれ違いがちで、区切りをつけない状態をもう三年も続けている。

「なるようになるわ。という気持ちかな。けんかしているわけではないし」

森田さんもカレシがいることを明かした。

「学生のときに知り合って、卒業したら『遠距離』になっちゃって、どうしても東京に来たかったんです」

坂本さんは二人の話がうらやましかったようだ。高橋さんのことは既に知っていたものの、森田さんのことは今日初めて聞いたと言う。

「いいなー、わたしそういうこと、真面目な状況になったことないなー」

「イケメンの声優さん追っかけているうちは無いんじゃない？」

高橋さんがぐっさり坂本さんを突いた。突かれた坂本さんはわたしに聞いてきた。

「関口さんの話は何も聞こえてこないわ」

「わたしも……、何もないから……」

まだまだ話すべきテーマを持っている受付組が、わたしに関して話した会話はそれだけだった。


院長も田中ドクターもバツイチ独身カノジョ無しだとは知らなかった。一方で事務長は真珠婚、三〇年のお祝いをわたしが入ってくる前にしたそうだ。

「奥さんにティファニーのペンダントヘッドをプレゼントしたんだって。金のハンモックの中に真珠が入っているって言っていたわ」

「そういうところ、押さえるところは押さえてるわよね」

「何で三〇年も仲がいいんだろう、って田中ドクターが言ってたわ」

「あるところからメーユーになるんだって」

「メーユー？」

「子育て同盟の盟友」

どこからそういう情報が入ってくるのだろう。

「徳田さんが入ってきたときの歓迎会よ。田中ドクターが『ボクもバツイチだ』なんてアピールしていたら、院長が『ボクもだ！』ってカミング・アウトして、三〇年の事務長が仲間はずれになったのよ」

想像つくなー。

「光景が目に見えるようだわ！」

そう言いながら、わたしは自分のことを思った。真面目に結婚を考える人と出会っていない。二八歳、昔なら行き遅れの歳だ。これから出会って結婚して、子供が生まれて盟友になって……、最後は茶飲み友達かしら？　……相手の姿が見えない。わたしには計画的な人生を送るなんて、できないのかな。

「あーあ、わたしも考えなくちゃ」

坂本さんもわたしと同じ気持ちになったのかな。ため息で先を越されてしまった。

「わたしモテたのよ！　北の雪姫って呼ばれてた！　あーあ『フラなきゃよかった』って

ひとが……」

坂本さんは指折り数え始めた。

「四人いるわ！」

森田さんは「ぶっ！」と吹き出した。高橋さんもお腹を押さえて笑っている。笑いながらも高橋さんは坂本さんを慰めた。

「そうね、たいへんだったのね、逃がした魚は大きかったのね。じゃあ、逃がした魚の歌を歌いましょう！」

そうか、ここはカラオケルームだった。わたしたちは大きな声で何曲も歌った。歌いながら、わたしも坂本さんと、おそらく同じ不安を漠然と感じていた。告白されたことはある。高校のときにひとり。大学でふたり。『フラなきゃよかった』なんてことはない。絶対にない。

高橋さんと坂本さんは絶叫していた。

「わたしだってお姫さまって呼ばれていたのよ！　都会の歌姫」

「うっそーっ！　町田よ、町田！　町田の歌のお姐さん」

毛穴を描いて男性美容

ヒラタビューティーケミカル社から紹介状が届いた。週一回のアートメイクナースの紹介状だ。

「川田郁美さん、三十三歳。ヒラタビューティーケミカル全講座の講師資格保有。現在はフリーで二院でアルバイト中です。バンダは三院目で、将来的には独立を志望されています」

添付の紹介状と履歴書を見て、わたしは事務長に伝えた。事務長もメールを開いて読み始めた。

「ナースの資格で独立するということは、将来的にはドクターを雇うということですね！まーっ、そういう気持ちにもなる業界なのかもしれませんねー」

川田ナースの紹介が思いのほか早かったので、バンダのナースでアートメイクの研修を終えたのは、まだ山村さんと向井さんだけだ。徳田さんは研修途中で、白石さんと武田さんはこれから。水曜日を施術日にすることになり、事前の顔合わせも水曜にすることになった。

顔合わせには平田社長も来て、彼女にとっては初めてバンダの全ナースと太田ドクターとも会う機会になった。

「わー、外科のクリニックに五人のアートメイクアーティストが揃うって凄いことだわ」

「いや、ポイントはナース全員がアーティストになるのはこれからということですよ」

事務長ははた目にもはっきりわかるほどウキウキしている。平田社長が来るといつもそんな感じがする。間違いなく好みなんだわ！　同じことに気がついた高橋さんもクスッと笑った。

「川田です。よろしくお願いします」

朝礼のように全員が集まった事務室に元気な声が響いた。川田さんは向井さんタイプ。グラマーで中背、一六五センチくらいかな。ひと言発したとたんに明るいひとだと確信できる。

「既婚です。旦那は警視庁で交通流の解析をしています」

自己紹介でそこまで言うとは驚いたけど、すかさず坂本さんがした質問にはもっと驚いた。

「そんな地下深くに潜んでいるひととどうやって知り合ったのですか?」

地下深くに潜んでいるって……!

「街コンよ!」

一瞬で川田さんが仲間になったのがわかった。坂本さんとの組み合わせは何だか「最強の感じ」をかもした。

「ま、まちコンって何?」

驚く院長に事務長が説明した。

「街コンというのは地域を切り口にしたギャザリングで開催するコンパですよ。人口を呼び込みたい自治体が募集主体になることも多々あるのです」

「えーっ、なんで事務長知ってるのぉー? さては行ってるなー!」

坂本さんの言葉に平田社長も含めた全員が笑った。

「えー、とぉ! 皆さん期待しても『回数券持ってる』なんて空振りするような冗談は言いませんよ! 人間、いくつになっても世の中でどのようなことが起こっているかアンテナを張ることは大切です。若いときは何もしなくても情報が目の前に駆け寄ってきますが、年取るとね、自分で拾いに行かないと……」

「なんかいいこと言ってる？」

「凄っっくいいこと言ってる。おばあさんになる頃には役に立つかも」

師長と向井ナースの会話も笑いを誘った。

「本当に明るい職場だということが皆さんから伝わってきます。川田はヒラタビューティーケミカルの出身者の中でも特に優秀な成績で研修を終えて全教程の指導資格を持っています。皆様の良きアドバイザーにもなると確信しております。どうかよろしくお願いします」

なんだかここでもいつものように順序が逆になってしまった印象があるのだけど、全員がなごやかな気分になる紹介になった。

小田ドクターも田中ドクターも川田ナースがみんなに紹介された日の翌週に開催される週末歓迎会までは会わないはずだった。

しかし！　開催日の前に小田ドクターが川田ナースに会う事態が発生してしまった。

それは歓迎会の週の火曜日だった。

「あら、ドクター、ちょっと！」

徳田ナースに呼び止められて小田ドクターが振り返ると、

「いえいえ、あっち向いて」

と、徳田ナースは小田ドクターの後頭部を触ると、

「あーっ、やっぱり。円形脱毛症だわ！」

事務室は盛り上がってしまい、院長も入ってきて、

「先生、何か悩み事があります？」

そんなことを真顔で言い出した。

「石井クリニックで診てもらったらいいんじゃないですか？　おとうちゃんが皮膚科の専門医ですよ」

事務長がいちばんまともなことを言ったような気がした。坂本さんは予約表を確認して、

「小田ドクターの今日の診療は十七時には終わります。予約取りますか？」

こういうときの坂本さんはとても手早い。

「いやー、気がつかなかったなー、どうしちゃったんだろー」

さすがに小田ドクターはショックが隠せない。そのとき女神が二人現れた。

「アートメイクで目立たなくできるわよね」

「目立たなくというより、ぜんぜんわからなくできると思う」

山村さんと向井さんの言葉にみんな驚いたが、信じられない内容でもあった。

「べたっと黒く塗るんですか？　不自然にならないかな？」

小田ドクターはなんとかしたいけど、アートメイクの仕上がりにも不安たっぷりの感じだ。

向井さんは研修で見た感じでは、本当に毛が生えているような仕上がりだったと言う。

「べたっと塗るのではなくて、毛穴を描くんです。色を髪の毛に合わせてゆっくり点打する感じです」

「明日、いらっしゃいません？　練習台になってくださったら嬉しいな」

また山村さんは、ニッコリ悪い子な笑顔を見せた。

石井クリニックでは、目立たなくなるのに一カ月程度、完治には二カ月近くかかると言われたとのこと。まだ独身の小田ドクターにとって、後頭部に円形脱毛症を持って一カ月過ごすのはかなり苦痛だったようで、水曜のアルバイト先を早退して五時前に登院してきた。こちらでは川田さんが連れてきた患者さんが二人いたので、その後に小田ドクターを入れることにして、講師は川田さん、生徒は山村ナースと向井ナースという研修会が始まった。患者さんがみんな帰った夕方からのスタートだ。

「こちらに紹介するインクは全てＭＲＩに反応しない成分のものです。入れ墨は皆さんご存じでしょうが、墨に鉄が多く含有されているため、ＭＲＩの磁気に反応して高熱を発するのでやけどしてしまいます。アートメイクのインクにも鉄分が含まれるものもありますので、注文時には必ず安全性の高いものを選んでください」

川田さんの説明を聞きながら、事務長は院長にボソッと聞いている。

「磁気で発熱って発電しちゃうんですか？　インクがコイル？」

「誘導電流です。あっ、そうです。インクがコイルとして機能する誘導電流です。発電と言えば発電と言えます。さすが事務長、理科系だ。インクがコイルというのはわかりやすい」

「医学だって理系じゃないですか」

「いやー、生物科学系は物理力学系とは違いますよ」

いや、やっぱり二人とも理科系だ。磁気で発電なんて受験勉強以来、言葉ですら聞いたことがない。ぜんぜんわかりやすくない。二人の話を聞きながらわたしはフレミングの左手の法則を思い出して、左手の親指と人差し指と中指を直角に立てて眺めていたら……、

「発電は右手だよ！」

事務長と院長は声を合わせてわたしに指摘した。

研修は続いている。小田ドクターの髪に合わせた色合いにインクを調合したら、いよいよ色入れだ。

「毛穴一つ一つ、こうやって刺して、色を入れていきます」

ペンのようなメスのような、院長が好む精密感と凝縮感のある棒を使って、三人は代わる代わる小田ドクターの後頭部を突いている。

「間隔は本当の毛と同じ間隔です。二年前後で薄くなり始めて三年くらいで抜けます。レタッチで再度インクを入れるときは正確に同じところに入れてください」

小田ドクターがビクッとしたような気がした。すかさず山村師長が声をかけた。

「ドクターは円形脱毛症なんだから二度目は入れなくて済みますよ。二年以内に治るとい

いですね！」

悪魔か！　院長と事務長、太田ドクターまで声を出さずに笑いもがいている。

「えっ！　こんなにわからないの！」

太田ドクターが目を丸くした。他のみんなも代わる代わる小田ドクターの患部を見て改めて感心した。本当に脱毛症の部分がどこなのかわからない。処置前は五〇〇円玉大の全く毛のない空間があったのに、それがどこかわからない。目を近づけてもわからない。

「石井クリニックのおとうちゃんが診療放棄するんじゃないか？『どこ治療するんだっけ？』って」

事務長の言うとおりだ。これではどこを治すのかわからない。

翌週の月曜日、石井クリニックに寄ってから登院した小田ドクターは、

「やっぱり『わからない！』と言われました。内科の奥さんまで出ていらして『わからない』と言われました」

さすがにかなり嬉しそうだ。

「ドクターは『引き続き皮膚科的治療は必要だけど、人目を気にする患者さんにはバンダ

さんを紹介するかなー』と言ってました！」

「あの出来映えを見てしまうと、メインメニューに入れたいですねー」

事務長は毛穴の効果に感激して、バンダのアートメイクではメインの施術に据えたいと言い出した。事務長の髪は年齢なりで、正面から見ても頭の地がスーッと見える程度の薄さがある。水曜日に川田ナースが来ると、朝礼の後に事務長は薄毛治療の相談を始めた。

「大体ですけど、小田先生の脱毛カモフラージュと比べたら五、六倍の時間と面積ですね」

座った事務長の頭を立って上から見ながら、川田さんは考えている。

「もともと生え際が気になる女性を想定したもので、希望の場所を聞いて自然なグラデーションをつくりながら施術するものなのですよ。面積よりは施術時間、技術料としての料金設定をするクリニックが多いのですが……、男性の頭頂部の広い面積となると、技術より体力かなー。二時間はかからないかなー」

川田さんの迷う言葉を聞きながら、事務長は院長から「趣味」と言われた損益表をたたいて施術の原価を計算している。

「頭一つ分の面積は本来三六万円のところ一括割引で二九万円！　これで行ってみますか？

他があまりやっていないということは患者さんがイメージしにくくて、かなりの割安感がないと訴求力が追いついてきませんからね」

例によって独り言のような口調でありながら、聞こえるように川田さんにか、わたしにか、はっきり話している。診察室に準備に行こうとしていた院長もその声の大きさに振り返った。

「セット料金の検討ですか？」

「男性の増毛アートメイクですよ。小田先生で強烈な効果を知ったのでね。まだ世の中的には知らない人が多いはずだから『ちょっとやってみようかな』という気持ちになるところまで無理しても価格を下げてみようと思って。ヒット作になることを期待できるのではないか！　そういう検討です」

話を聞いて、部屋を出かかっていた院長は、戻って事務長のパソコンモニターを覗いた。

事務長は損益表のいくつかの項目を指さしながら、

「二九万円にしても診療別利益は損益でまだ一七％です。これだけあれば『目玉商品』に据えても不安が全くありません」

わたしもモニターを覗いてみた。人件費がかなり高い。……そうか、川田さんの施術を前提にナースや受付の構成分も入れた人件費を時間割りしているんだな。そうなら、半年経って山村さんや向井さんが施術できるようになれば、利益は更に出る。

「まー、あまりこの世界では聞かないかもしれませんが、これが戦略的価格設定というものですな！」

それほどのものでもないだろうけど、事務長はそう言ってニヤリと笑った。

「やってみますか！」

院長もニコッと笑い、事務長はわたしを振り返った。

「戦略商品の商品化が正式に決まりました。まずはささやかにキックオフ会議を院長、川田ナース、山村師長、関口さんと吉田、五人で開催します。一七時前に一時間の会議が終わるよう設定してください」

懐かしい響きだ。事業戦略、中長期計画、作戦会議、キックオフ……。あの事件の後、人事部に異動してから今日まで耳にも口にもしてこなかった。しかし午後遅く開催されたキックオフ会議は、私が経験したことのあるセレモニー的な「みんなでワッショイ！　それ行けGO──！」みたいなものではなかった。プロジェクターで原価計算書を見せて討議するものだった。会議の最後に「エイエイオー！」と関《とき》の声を上げる元気なものとは全く違うキックオフだった。

「このような次第で、備品・薬品は通常在庫で全てがまかなえる施術です。キャンペーンがうまくいかなくても赤字が出るわけではありません。また、キャンペーン価格は『頭ひとつが今ならひと声二九万！　持ってけドロボウ！』みたいな格安価格にしますが、それでも損益で五万円近い利益が上がりますので、それを顧客認知度アップにかかる費用の原資にできます」

バンダの企業サイズでは、テレビ広告ができるわけではない。訴求するといってもホームページに大きく載せるだけなのだが、スタッフ全員が小田ドクターの施術を見ているので、同じものを見れば、誰でも必ず感激するに違いないという思いがある。どう知らせるかだ。

ホームページに小田ドクターの施術前・施術後を載せるのは必須だ。でもそれだけでは弱いので、髪の薄い事務長に毛穴メイクを受けてもらって「男性美容の実例」として夕刊紙に写真を載せることになった。話をつけたのは院長だ。院長の人脈だ。九大ラグビー部の同期に会議の部屋から電話したら即決だった。

そこまで決まって、予算立てに入った。が、そこからの事務長はセコかった。

「立ち上げ半年の目標施術数を二〇件にしましょう。売り上げは五八〇万円になります。損益は九八万六〇〇〇円。そこから五〇万円の広告特別予算を拠出して、残りの四八万六〇〇〇円は、もしも患者さんが大勢来てしまったときのインク代に備えましょう」

「そんな目標でいいのですか?」

川田ナースはがっかりしたかもしれない。でも、山村ナースは違う視点を持っていた。

「広告費は最初に使っちゃうんだから、半年で五〇万円以上の利益は確実に出さなきゃダメってことね。でも二〇件なら月に三、四件でしょ。週に一件あるかないか。いいんじゃないかと思います。ハイフのときぜんぜん来なかったじゃない」

超音波リフトのハイフは、もともとそれほど人気のある施術ではない。でもそれがわからず、導入時にはキャンペーン特価とか「おともだちご紹介割引」とかをしてしまったそうだ。

「患者さんがぜんぜん来なかったときの喪失感はちょっとしたモンだったわ」

それは事務長も入る前のことだったらしい。

「実際にやってみたら『こんなはずではなかった!』というのが世の常です。川田さんが関係されてる他院では既に『毛穴入れ』はメニューにあるんでしょ。流行っていますか？」

「診療科目には載せていますが、患者さんは……、わたしがいるときに来た記憶がありませんね」

「そこです！　アートメイクで既に定評を勝ち得ているクリニックでもそうそうしない施術です。患者さんに知ってもらって来ていただくことを私たちがしなければ誰もしてくれないということです。総員一四人のクリニックがする認知活動です」

そうかもしれないわ！　夕刊紙に載っても見る人って何人いるのかしら。テレビじゃないんだから。

「もちろん簡単にできることを目標にしてはいけませんが、無理なことを目標にしても士気の低下を招くだけです。頑張ればできることを目標にしましょう。アートメイクで先行している他院ではほとんど患者さんが来ない診療科目です。何もしなければバンダには誰も来ません。頑張りましょう！　そういう考えでの半年二〇人です」

事務長は珍しく力説した感じだった。山村ナースが拍手したのにはちょっと驚いたけど、川田さんは不安になったようだ。

「えーっ、やだぁー、患者さんが一人も来ないような気になってきちゃったー。わたしも頑張って知り合いの知り合いくらいにまで声かけなくちゃ！」

現在もアートメイクの施術を受けにバンダに来る患者さんは川田ナースが声をかけたひとたちがほとんどなのだが、男性は来たことがない。みんなが頑張らないと一人も患者さんが来ないことだってあり得るんだわ！

「ホームページに単独のページをつくります。事務長と小田先生のビフォー／アフターを夕刊紙に載せてもらいます。皆さんもお知り合いへのお声がけやスタッフブログで頑張りましょう！」

わたしはキックオフ会議をこう締めくくった。

夕刊紙には施術の内容と効果について記した説明文と二人の術前・術後の写真、それと施術中の写真も付けて送った。記者が取材に来るわけではなかったのに、記事は意外に大きく扱われていて、一面の半分近い面積だった。ライティングのせいか、事務長の術前写真が「本格的なてっぺんハゲ」に見えると言って、事務長は誇大広告だと指摘されることを心配したが、わたしが見た感じは正しく写っている写真だった。

文章で書いてあるのは毛穴メイクの存在を紹介するもので、読者層と思われる中年男性に向けて「薄毛が気になりだしたら試す価値あり」と結ばれていた。そしてなんと！　石井クリニックの副院長も「円形脱毛症が目立たなくなるまで待てない事情がある方にはお勧めできる施術です」と、名前入りでコメントしてくれている。文章は事務長が書いたものだが、石井副院長に見せて記載許可のサインをいただいたものだ。記事に採用されていた。

「なかなかの記事になっていませんか。さすが編集長が院長の知り合いだと違いますね。施術に対する好意が感じられるな。気持ちが入っているじゃないですか」

そういう事務長に院長が答えた。

「実は彼、吉田さんよりもう少し気になる状態なんです。おそらく近いうちにバンダに来るでしょう」

それで気持ちが入ったわけか。男性にとっては気になるんだろうな。もうすっかり濃くなった事務長の頭頂部を見ながらわたしは新聞社の編集長のことを思った。

わたしの横でいつの間にか一緒にのぞき込んでいた山村さんが、事務長に聞こえるようにつぶやいた。

「あらー、うまくやり過ぎちゃったわね。いないところで『ピカちゃん』って呼んでたのに、これから何て呼ぼうかなー」

それを聞いた事務長はゆっくり回転椅子に座ったまま振り返って、

「あっ、山村師長。このたびはありがとうございました。なんだか嬉しいんですよね。気持ちが若くなった気がします。根性の曲がった若造のケツを蹴飛ばしたくなるくらい明るい人格に戻った気もします」

二人は見つめ合い、歯をむき出しにして「ク、ク、ク」と微笑み合った。

それはかなりコワい光景だった。


新聞にはクリニック名を載せただけで施術料も書かなかったのだが、ホームページには新設した毛穴キャンペーンのページを新聞発売日にアップした。夕刊紙なので発売当日の昼で間に合うという考えからだ。そこにはしっかりキャンペーン価格二九万円も書いた。どうなるんだろう。夕刊紙は紙版も電子版もあるが、紙版で感激した記事の大きさはスマホで見る電子版ではサラリと通り過ぎてしまう大きさに見えてしまった。両方合わせて二〇〇万人近い人が購読中というのだが、いったい何人の人が見てくれるのか。

「今日、月曜に発売されたのだから明日、明後日、火曜、水曜までは問い合わせがあってもいいかと思います。木曜以降は来ないでしょう」

終礼で事務長は予想を発表した。

「そこで院長にお願いして、お友達の施術を早急にしてもらうことにしました。間を置かずに『後日談、体験レポート』という感じの記事を出していただいて宣伝効果に追い打ちをかけるのです。先ほど編集長から、今週の水曜で調整が付いたとの連絡が来ました。午後六時からです。残業時間になりますが、如何ですか？　みなさん立ち会いたくありませんか？」

水曜日のオペ当番以外のひとも、全員が立ち会いを希望した。

「では、なかなか無いことですから……、院長、見学というかたちで許可しましょうよ。当番以外の方はタイムカードを打刻してから『見学』しましょう」

院長も賛成して、水曜は非番の小田ドクターと田中ドクターを除く全員が定時後のクリニックに残ることになった。

「二〇〇万人の読者のうち問い合わせてくれたのが九人、その内カウンセリングに来てくれるのが四人。これが現実です。半年で二〇人が十分難しい目標だということがわかりますね。でもここで頑張れば、他院が気にしていないところに市場をつくれるわけですよ」

水曜の朝礼。編集長が来る日の朝に事務長が昨日までの状況を紹介した。

「差別化ですね！」

すかさず山村ナースが言うと、事務長は、

「広義にはそうですね。でも普及した言い回しではないのですが、他社とは土俵を変えて商売することを『区別化』と言ったひともいます。『若い女性』という主戦場で他院とひと味違うことをするのが差別化で、『中高年男性』という『違う土俵』をつくるのが区別化です。中高年男性から『バンダのアートメイクは他院に行くよりハードルが低い』そういう定評が取れたら、区別化に成功したと言えるでしょう」

「目指しましょう！」

わたしと山村ナースが同時に言った。同時に言ったのでみんなが驚いて、みんなが笑った。

「やる気が出てきましたねー」

院長も笑うと事務長も、

「師長！　あなたとは仲良くなれそうな気がします」

「それは気のせいだと思います」

山村ナースの間髪入れないレスポンスにみんなお腹がよじれてしまった。


水曜日、今度は新聞社から記者とカメラマンも同行してきた。太田ドクターがカウンセリングをして、向井ナースが編集長の頭を患者用洗面台でゴシゴシ洗って、タオルでサッと拭いたら写真をバチバチ。濡れた髪の間から地が見えて、ちょっとみすぼらしい。それからドライヤーをかけてバチバチバチバチ。事務長のときはこの段階で頭の地はほとんど見えなくなったのだが、今日の編集長は確かに「吉田さんよりもう少し気になる状態（院長談）」なので、まだはっきり地が見える。


編集長の体験レポートが載ったのは、翌週の火曜日だった。紙面の画像はメールで届いていたが、三時に新聞をコンビニへ買いに行った。

「私のときより画面がいいですね。隣に人気女優の写真もないし」

事務長のときは近くにあった記事が目立って、男性二人の頭が並んだ写真はかすんでいた。でも今日の記事は編集長の写真が大きく目立っている。ニコニコ読んでいた事務長だが、だんだん表情が真面目になってきた。

「この記事は好意的というよりは感激していることが伝わってくるな。マズイなー。終礼でちょっと相談だ」

終礼で事務長が言った不安は、予想以上に患者さんが来た場合の対応だ。

「何か不安を感じたのです。『期待して周到な準備をしたら空振りだった』というのが企画ものの常なのですが……。今日の記事はやたらに訴求力が強くて」

編集長がこれほど感激するとは思ってもいなかったようだ。

「患者さんが想定外に多くなった場合、それを断れずにいるとナース三人がアートメイク専業になってしまって、他の施術に支障が出てしまう状況を憂えたわけです。もしも患者さんが殺到したら、……しばらくはアートメイク専業クリニックになりますかぁー」

事務長はニャーッと、だらしなく笑った。だから川田ナースが「そんなでいいの？」と、聞いたじゃないですか。目標を立てるとは、お金の計算だけじゃなくて実施計画も伴わないと！

ドクターをサポートするナースは毎日二人。オペの難易度によっては三人。ナースは全部で五人プラス川田さん、アートメイクをできるのは川田さんと山村さん、向井さんの三人で、徳田さんは今月末まで研修……。

わたしはいろいろ考えていたのだが、でも、それはたぶん一秒もなかったのかもしれない。みんなが事務長につられて笑い出しそうになる様子を見ながら、わたしは思いを声に出した。

「オペと機器施術を経営の柱にしているのがいまのバンダです」

みんなが驚いてわたしを見た。

「アートメイクで三本目の柱をつくろうとしています。でも三本目ばかりに力を入れていまの二本を無くしてはいけません。アートメイクはどんなに患者さんが多くなっても毎日二枠はオペの患者さん、一枠は機器施術の患者さん、それができるかたちにしておかないとバンダはアイデンティティーを失います！」

わたしは危機感で勢いがついていた。期待した施術が中止になったり、すぐやりたいのに半年後になるのでは患者さんを失う。資本力のある大手チェーンのクリニックならいざ知らず、独立系小規模クリニックのバンダが信頼をなくすのは簡単だ。

声が大きくなっていたかもしれない。みんながざわついているのがわかった。でもわたしはそのまま続けた。

「アートメイクの予約が増えても、必ず機器施術も常に最低一枠は確保しましょう。どうしても足りなくなったら」

全員がわたしの次の言葉を待っているのを感じた。

「ヒラタビューティーケミカルに応援を頼みましょう。わたしがお願いに行きます！」

事務長の不安は的中した。新聞が出た翌日の朝から問い合わせの電話がほとんど途切れなく鳴り続いた。今回は二日で終わることはなかった。そしてわたしは繁忙期だけ来てくれるアートメイクの研修を終えたナースの紹介を平田社長にお願いに行くことになった。

「大丈夫ですよ。新事業立ち上げに参画する川田さんみたいな人を探すわけではありませんので、そう時間をかけずに紹介できますよ。それにしても驚きました。アートメイク導入から男性に向けた頭皮メイクのキャンペーン、立て続けの新聞掲載、なんだか立体的な訴求を感じました。吉田さんのアイデアですか？」

「出だしはそうなんですけど、吉田は突っ込みが足りないきらいがあるのです。患者様が集まらなかったときのことばかり気にしていて、殺到したときの準備が足りませんでした。結局、平田社長のお手を煩わせることになって、申し訳ありません」

「いえ、アルバイトのご紹介は手間ではないのですよ。ナースの側からも相談されることが多いので助かります」

平田社長は気遣いをしてくれるひとなので、言葉の通り受け取って良いかどうかはわからなかった。でも少し安心した。

「吉田事務長が男性読者から注目されたときの準備をしていなかったのは、ちょっと楽しいですね。わざと忘れて関口さんに陣頭指揮を執ってもらいたかったのかもしれませんよ」

えっ？　……そうかもしれない。面倒で逃げたか！

気がついて驚いたことが顔に出たんだと思う。

「関口さんのことを高く評価されているんですよ。素敵な上司ですね」

「わざと忘れて部下をハラハラさせたり怒らせたりするなら、素敵じゃありません！」

親しく話してくれる平田社長につられて、わたしも打ち解けた話し方をしてしまった。

「でも、本当に忘れていたなら……」

「忘れていたなら？」

「ちょっとかわいいです」

事件はある日突然やってくる

世の中には薄毛を気にする中年男性がこんなに多いとは！

半年で達成するはずの目標は三週間で達成した。他院からの問い合わせもどんどん届いた。そのことで思わぬ収穫になったのが、バンダが人気のアートメイク研修施設になったことだ。使用料が無視できない収入になった。もちろん他院にノウハウが広がればバンダ独自の施術ではなくなる。区別化できない商品になる。でも事務長は、それを嫌がっていては自ら苦難の道を選ぶことになると言う。

「工業製品の発明で特許を取っても現実には何年も独占できません。美容施術の独占なんて賞味期限二カ月、消費期限半年がいいところではないですかね。それに毛穴を描くのはもともとあった技術ですから、他院が同じことをしても真似ではありません。それでも二カ月くらいは開発者利益を享受しましたかね。

今後は同業の仲間とともに中高年男性市場を育てて、大きくなった市場の中で小さいながらも定評を勝ち得て関東地方で五％以下、首都圏で一〇％以下みたいな地道なシェアを稼いでいく方が中小クリニックにとってはよいのです。そうなれば大きく流行に左右されることのない安定したメニューにしていけるのです」

中小クリニックが独占市場をつくろうとして頑張ろうとすれば、たいへんなお金がかかる。規模を大きくするためにクリニックを拡張したり新しいナースを雇ったり。それに継続的な広告費、そして独占すれば必ず出てくるネット上の誹謗中傷を検索の下位に押し下げる費用も発生する。

バンダのようにネット上の中傷を野放しにしているクリニックには、毎日のように対策業者から売り込みの電話やメールが届く。中傷の中身は、ドクターが学歴詐称してるとかナースや受付の態度が最低とか、まぶたが閉じなくなった、鼻が曲がって取れてしまったとか、ちょっと現実離れしたものもある。それでも見ていて気分の良いものではない。そのような記事が検索の上位に来ないように対策するのだが、バンダ規模だと「月額二〇万円から」みたいな売り込みが多い。

大手は月に一千万円以上かけているという噂もある。大げさな噂だと思いたいのだけれど、そのような大手を検索してみると、出てくるページをめくってもめくっても、六枚めくってもー〇枚めくってもついに誹謗中傷が出てこなかったりする。それを見たら本当ではないかと不安になる。そういうことに大きなお金を使うのはちょっと怖い。

更に無理な独占がもたらす不利益は施術構成比の偏りだ。

アートメイクの患者がバンダに集中すれば、それ以外の施術は少なくなっていく。バンダの診療がアートメイクだけみたいになった後に流行が終わったら、断り続けたアートメイク以外の患者さんはバンダに戻ってこない。アートメイクの患者さんだって、まるで大学病院の名医みたいに『四年待ち』とかになったら、ブームの後はもう誰も来ない。

これが事務長の考えだ。

それで、「同業の仲間とともに中高年男性市場を育て、その市場の中で一桁くらいでもしっかり存在感があるシェアを稼いでいく方がメリットがある」ということになる。

今日も毛穴のアートメイクを受けに来た男性が待合室にいた。向井さんに呼ばれて施術室へ入って行く。受付の様子を開いたドア越しに見ていたら、女性が飛び込んできた。本当に飛んできたように見えた。

「どーしてくれんのよぉーーー！」

ロングのカーリー、スリーブレスのTシャツ、おへそが見えてその下にぴっちりスキニーのジーンズ。ガリガリで一七〇センチクラスの長身。昨日全身脱毛に来た子だわ。五回コースの一回目、小倉涼子さん。毎日同じ服着てるのかしら。

「消えちゃったのよ！　武田出せぇー！」

クレームだわ。院長は今日に限って東大に行っちゃったし、事務長は兵藤法律事務所で、高橋さんは青木会計事務所。小田ドクターはさっきの男性のカウンセリングを始めたばかり。それに小田くんじゃー頼りになるのか……。徳田ナースは小田ドクターに付いていて、他のナースは全員施術中。受付には坂本さんと森田さん。

えっ？　年下の二人とわたしで対応するの！

わたしが机から立ち上がったとき、坂本さんはクルッと私を見た。不安そうな顔。

「タトゥーが消えたのよ！　ココッ！」

わたしは受付へ小走りに入っていった。左腕の肩に藍色一色の夏に見せる洋風のタトゥーだ。羽根のスッとしたデザインなのだが、確かに羽根の先端から少し下がったところが欠けている。

「どうしてくれんのよー」

声が小さくなってきた。

「アタシ、フォロワー二万人いるんだからね。バンダになんか絶対行くなって書くからね」

どんどん声が小さくなって涙ぐみ始めた。

言ってる言葉は以前事務長が追い払った因縁男と同じだけど、この子はそんなんじゃない。本当の被害者なんだ。

「タトゥーが欠けている場所はわかりました。いまドクターが診療中なので少々お待ちください」

小倉涼子さんは少し落ち着いたらしく、待合室の隅の椅子に座った。森田さんが受付カウンターに残り、私と坂本さんは事務室に入って入り口のドアを閉めた。

「坂本さん詳しい？　脱毛でタトゥーって消えちゃうの？」

「タトゥーのあるところは脱毛できないって聞いているんだけど、なんでできないのか知らないの」

「カウセ終わったらドクターに相談しましょう」

アートメイクのカウンセリングは三〇分もかからない。でも今日は凄く長い。患者さんは遠方、小田原の人なので、事前にメールで連絡を取り合い、今日、カウンセリングに続けて施術する。バンダではカウンセリングから施術まで日を開けることが多いのだが、今日は注意事項を詰め込んでいるのか、ふだんより時間がかかっている。

徳田ナースが患者さんを案内する声が聞こえたので、坂本さんとわたしは診察室に入った。

「えっ！　いやー、参ったな。ボクのせいです」

テレビドラマなんかだとお医者さんは自分の失敗を絶対認めないシーンなんかがあるけど、小田ドクターは言下に白状した。

「タトゥーが消えるのは熱なんですよ。脂肪は伝わりにくくて筋肉はよく伝えるんです。患者さんのタトゥーには気がついて痩せているのにも気がついたから二センチ離せと武田さんに指示したのですが……。三センチだったかなー。いずれは針脱毛をするだろうと思って、針は痛いから面積が小さくなるようにギリギリを狙うようにしたんだけど。それに施術後にすぐ気がつくべきだった。申し訳ない」

そうなんだ。でも謝っただけで済む話ではない。

「どうすればよいのですか？」

「どうすればいいんだろう。入れ直せるのかなー」

ちょっと！　そんなこと言わないで！

「小田ドクター、脱毛はご専門でしょ！　きちんと対応してくれないと困ります！」

反省しているのに年下の事務員にゴリゴリ言われて、小田ドクターには嫌な子に見えているんだろうな。でもわたし自身にも焦りがある。小倉さん、涙ぐんでいたし、二万人のフォロワーに悪口を拡散されたって悪いのはこちらだし。

坂本さんも心配顔でわたしたちの話を聞いていたが、ポツリと言った。

「アートメイクで修正できたらいいのにね。……消えちゃうかぁー」

それ！　それだ！　川田さんに頼んでみよう。


「入れ墨はしないわよー。かなり消えたの？」

電話の向こうの川田さんは難色を示した。

「フェザーの一部がちょっと欠けた感じの消え方です。でもキレイにそろった毛の一部が欠けているので目立ちます。二センチよりは小さいと思います」

なんとか川田さんが正確にイメージできるようにわたしは頑張った。

「そうかぁ。そういうことなら入れたところでレタッチしてもらうのね。でも外国とかで行けないなら……。紹介するわ。紹介するようなところだと三万円くらいかかるかな」

「三万円って高いのですか？」

「うーん、単色のボディアクセントみたいなデザインでしょ。日本で入れたタトゥーなら、レタッチは六千円くらいね。三万円はかなり高いと思う」

川田さんに入れ墨を断られたのは予想のうちだったけど、彫り師を紹介してくれると言ったのには驚いた。一流の彫り師の中にはパリで個展を開いた人もいると聞いて、知らない世界の話を聞いた気持ちになった。


「三万円はボクが払います」

話を聞いて小田ドクターは勢いよく言った。そうしてくださいともそんなことしなくていいとも言える立場じゃないけど、小倉涼子さんと話す手持ちのカードに「弁償」が確保できた。


待合室に行くと小倉さんと一緒に真っ黒けの大きな男のひとがいた。小倉さんの隣に座って静かに話していた。

「お待たせしました。事務局の関口と申します」

私の後ろに小田ドクターも付いてきたが、深くお辞儀をしただけで何も言わない。それは予想した通りだ。わたしが頑張らなくちゃ。

「このたびのことは申し訳ございません。タトゥー近くの脱毛は患者様の体質によって脱毛機のヘッドをどこまで近づけられるかが違ってくるのですが、小倉様の脱毛の際は近づけすぎてしまったためタトゥーの一部が抜けてしまったものと判断いたしました」

小倉さんは下を向いている。男性はまっすぐわたしを見ている。

「消えてしまった部分の修正の費用を当院がお支払いいたします。もし、お近くに心当たりの工房がございませんでしたら、当院からご紹介することもいたします。外国で個展を開くほどの工房でもご紹介できます。このような対応でどうかご納得いただき、脱毛コース残りの四回も引き続きいらしていただけないでしょうか」

平謝りだ。外国でやったのだから旅費も出せ！　ホテル代も出せ！　なんて言われたらどうしよう。

「いや、こんなにまっすぐ謝っていただけるとは思っていませんでした。あっ、ボクは涼子のパートナーです。コイツ、ちょっと冷静じゃなくなっていたみたいなんで、メール見て飛んできました」

そう言いながら立ち上がった真っ黒マッチョくんはデカい。背の高さは院長並み。Tシャツから出ている腕はムキムキだ。田中ドクターどころではない。

「このタトゥー、ハワイでやったんですよ。わざわざ直しに行くようなことはありませんが、ハワイにはよく行くのでね。次に行ったときにでもついでにやってきます。期限なんて無いでしょ」

「もちろんです！」

よかった。ハワイの往復代とホテル代が浮いた！


二人を見送った後、小田ドクターはわたしに向かって九〇度の最敬礼をした。

「ありがとうございました！」

「インシデントがいいのかわかりませんが、今回のことを他のドクターにもご案内くださ い」

小田ドクターが診察室に戻るのを見てから、わたしも自席に戻った。

ほっとしたのもつかの間、電話が鳴ったので受話器をとったら男の声がゆっくり話し始めた。

「先日二重《ふたえ》を受けた者の友人です。責任あるお立場の方に代わっていただけますか？」

これかよ！　こんなときに。ほっとする間もありゃしない。

「わたしは、チーフ・オペレーティング・オフィサーの秘書です。当院の役員にお話があるのでしたら、最初に承る立場にあります」

「ひどい状態にされましてねー。訴訟のぉー、準備をしているのですよ。それでぇーーー、そんなことになる前に……」

ゆっくり話してくるのが気に障って、私は普段より少し早口になったかもしれない。

「訴訟の準備をされているのですね。では訴状が届きましたら、順！　番！　に！　対応いたします。訴状をお待ちします！　次のご連絡は訴状発送後にお願いいたします！」

受話器を耳から離して電話機に置くまでの間に男の声が聞こえた気もしたけど、そのまま置いた。

「あーあ、ヨナの日だわ」

中学生の頃に読んだ赤毛のアンに出てくる不運な日のことを思い出して、そんなことを言ったら、「何ですか？　それ」と聞く坂本さんの後ろに戻ってきた事務長がいた。

「懐かしいですね、ヨナの日ですか。今日は良くないことが続いたのですか？」

「あっ、『ヨくナい日』で『ヨナの日』ですか？　昭和ぁー。昭和の略ぅー」

若い女性の坂本さんとおじいさんの事務長の反応が逆のようにも感じた。それは一回目の施術から続々戻ってきたナースたちにもやっぱり逆に聞こえたみたいだ。

「事務長、赤毛のアン読んでいたんですか？」

向井ナースがびっくりしている。

「熟読しました。私の時代の男の子は小学校でムーミンとサッカー、中学でアンと野球、高校に入ったら徒然草とラグビーを経験しなければ、ちゃんとした大人になれないといわれたものです。だからムーミンの『ヨハネの日』も知っていますよ」

あまりに意外な話で、向井ナースばかりでなく事務長の似合わない話を聞いていたみんなは言葉を失った。それでも山村師長は何か言う。それが義務だと思っているのかもしれない。

「六十歳以上の人はアンを読んではいけないって条例がありましたよね」

「あれは新宿区と渋谷区ですよ。目黒区、品川区は大丈夫です」

楽しんでいる二人を見て、私は早稲田と慶應の出身者とはプライベートでお友達になるのは難しいような気がした。ポンポン出てくる言葉のキツさではなく、何か流れている時間が違う感じがする。

そんなことより事務長、わたしはほめて欲しいな。今日のわたしのこと。


事務長はいつも早く登院する。年齢的に早く起きちゃうんだろうな。院長はいつも開院ギリギリなのだけど、今日はもう来てわたしの机の向かいに座って事務長と話していた。

事務長はわたしに気づくと、立ち上がって声をかけてきた。

「あっ、関口さん、おはようございます。朝礼が終わったら院長と三人で打ち合わせをしますので応接室に行きましょう」

ちょっと不安になった。これは事件でないはずがない。何だろう「訴状をよこせ」と言ってガチャ切りした男のことか。


応接室で、院長がテーブルの上に出したのは英文の書類だった。

「昨日、教授から『メールを送る』と電話がありまして、届いたメールのプリントです」

私の英語は大学二年の必修科目が最後だ。全部英語の手紙を出されても……。わたしがテーブルの上の手紙を眺めるだけで手を出さずにいると、事務長はその手紙を取って黙読し始めた。

「凄いなー院長、『ワン・アンド・オンリー・パーソン』って言われてるじゃないですか！『ワン・オブ・ザ・ベスト』とかじゃないですね！」

院長が留学していたカナダの大学からのメールだ。バンクーバーにある高偏差値の大学だというのだが、わたしは知らない大学だった。

その大学の医学部長に院長の高い形成外科技術が買われて「これから本格化する再建医療、事故などで失った耳や鼻をｉＰＳ細胞で再生して元のかたちに再建する医療の実務に携わって欲しい」という内容だと事務長が教えてくれた。

「再生医療の技術でできた皮膚や軟骨を使ってもとの形にするところで『ドクターサトウのグレートスキルが必要とされている』と言っています」

そう私に説明した事務長は、そのまま院長に質問した。

「院長はカナダで執刀できるのですか？」

「ええ。留学したとき資格テストを受けましてね。カナダとアメリカなら大学の外でも医師としての診療行為が認められているのです」

「そうですか。行きたいですか？　行きたいですよね。準備に一年、軌道に乗って定評を得るまで臨床トップを務めて欲しい……。プラス三年、合わせて四年ですかね。バンダにとっては、まさに事業継続の問題になりますね」

院長不在の四年間。常勤医師は院長一人のバンダが存続できるわけがない。わたしはまた職を失うのか。たいへんな事件だわ！

「いまは状況の共通認識までにして、週明け診療時間後に検討しましょう。それまでこのことをよく考えてください。関口さん、月曜は残業になりますがよろしくお願いします」

「他の人には声をかけなくてよいのですか？　師長とか」

二人を見て言ったら、事務長が即答した。

「いえ、この三人で打ち合わせましょう。どう四年間を乗り切るか、考えをまとめて集まりましょう」

これはきっと誰にも話してはけないことなんだろうな。口止めはされなかったけど、少なくとも月曜の夜までは言わないことにしよう。そう思ってもバンダがなくなる不安を感じながら時間が過ぎていくのは怖かった。事務室に戻って二人になってから、わたしは事務長に聞いてみた。

「院長、わたしたちを置いて行っちゃうんでしょうか」

「四〇過ぎて飛び込んできた青春最後の花火じゃないですか、行きたいですよ。なんとか行って帰ってこられる状態を私たちがつくってあげましょう」

そう考えるのか！

クリニックを院長が帰ってこられる状態にしておくことを考える。

暗くて不安な気持ちがふっと消えて、前向きなアイデアを考えるときの明るい気持ちに変わった。言葉が変わるとこんなに気持ちも変わるんだ。心の乱れの無い週末を過ごせる気がして、わたしの言葉も軽くなった。

「事務長は何歳くらいまで青春だったのですか？」

「いま、真っっっ只中です！」

月曜の残業時間、応接室で売上データを確認することが打ち合わせのスタートになった。

いまやバンダの売り上げは月平均で四千万円ほどになってきていた。四〇%が院長の外科施術だった。アートメイクの立ち上がりが早く、院長と同じくらい。残りの二〇%がアルバイトドクターとナースの医療機器施術で構成されている。

「思惑通りですね。アートメイクが院長の売り上げと同じになってきました。院長部分を抜くと月の売り上げは二四〇〇万円。いまのバンダのブレークイーブンは売り上げで月二二〇〇万円だから、院長が不在の間の変化を院長分だけにとどめられれば、クリニックの設備と全職員を維持できます。余裕は二〇〇万円。ザックリなら粗利で二〇〇万円の余裕があると見てもいいんだろうな。数字の上ではね」

意外だった。もうそんなになっていたんだ。でもそれはアルバイトドクターが機器施術に立ち会うのが専門の「居るだけドクター状態」なのもわかる数字だった。太田ドクターも小田ドクターも注入までだし田中ドクターはオペはするけど木曜だけだから、思うほどの売り上げにはなっていない。数字を見ながらわたしは思ったことをそのまま口にした。

「オペできるドクターを雇って余裕をつくりますか？　月四〇〇万円くらい売り上げていただけたら楽になりますよね」

週四、五回なら一日五時間として月八〇時間から一〇〇時間、アルバイト代は月一〇〇万円、施術の比例費五〇万円、粗利はザックリ二五〇万円になるので、それだけ増えたら月二〇〇万円の余裕が月四五〇万円の余裕になる。それに売り上げ四〇〇万円というのは院長の売り上げの四分の一。無理な目標ではないはずだ。

事務長に四〇〇万円をどう出したか聞かれて、そう答えた。

「関口さん、それはとてもよいセンスです！　細かい項目に引きずられないで大枠をつかんだ組織トップの見識です。院長の四分の一を指標に、それだけ稼いでくれることを条件にするならフルタイムにこだわらない募集というのもできますね。少しでも多く稼ごうというのではなく、院長不在の期間を確実な守りで固める考え方ですね」

事務長が手放しと言っていいほどほめてくれたのには少し驚いた。院長もわたしの考えが気に入ってくれたみたいだ。

「なんだかできるような気になってきましたね。安心してカナダに行けるかな」

「それはまだまだ安心はできませんよ。でも関口さんが提案してくれたプラス四〇〇万円の売り上げをひとつの指標にするのには賛成します。売り上げは目標にし易いですからね。新規アルバイトドクターがオペで稼ごうと、ナース増員の機器施術で稼ごうと、アートメイクの更なる強化で稼ごうと、損益には差が出ますが四の五の言わずに何しろ売り上げを四〇〇万円追加できるものを検討してみましょう」
まずは田中ドクターに勤務日数の増加を打診をすること、太田、小田、両ドクターには勤務日数の増加に加えて院長のオペの講義を受ける気があるか聞くことから始めることになった。ドクターとの交渉の進捗、行方に対応して美容機器の増設、ナースの増員、アートメイクナース要員の増員という順で検討を進めることにした。これは後戻りしやすい順だと事務長が言って、院長がやたらに納得して見せたが、いまのわたしなら当たり前の順番だと言われなくてもわかる。ナースを増やしてもドクター不在のときは施術できないのだから、ドクターの確保は何よりも優先されて当たり前だ。二人ともどうしちゃったんだろう。以前の二人は新人のわたしにわからせるために説明的な会話をよくしていたけど……。

そんな気遣いはもう必要ありません！

院長のカナダ出戻り計画は、少なくとも対応策の方向性が出るまで三人だけの秘密にしておかなければならない。単に院長がいなくなることだけが伝われば、職員が過剰な不安を持つかもしれないから。週末のわたしのように。

「一週間も秘密にしてはおけないでしょう。明日から小田ドクターや太田ドクターに打診するのですから、動けば必ず皆さんの耳に入ります。面倒くさいことになるならバンダを辞めようと思うひとが出るでしょう。これを避けたいのです。対応が決められずグズグズしていると、思わぬところから尾ひれの付いた噂が流れて職員の不信感を招き組織が内側から崩壊する、というのがよくあるパターンです」

事務長の言葉は怖かった。そうならないためにすぐに決めなくちゃ。明日は小田先生に相談して、水曜は太田先生に相談して……、何から話せばいいの？

「では、院長がいない間、バンダはどうあって欲しいか。ここで我々三人の考えを出し合って、小田ドクターと話してみましょう」

わたしはまた少し不安になった。院長はちょっと浮かれている。事務長はいつもの通りだ。いつもの通りだけどそれは事務長がたいへんなときに冷静でいられるということではない。たいへんなときでも緊迫感が無いだけだ。頼りになるのかしら……。

火曜日、帰りがけの小田ドクターを院長がつかまえて応接室に入っていった。

「いい話になるとは限りませんからね。関口さんは同席しないで話がこじれたときに後からクッションになってください」

と、言い置いて事務長も入っていく。

後からわたしがクッションって何!?

相談の結果は意外なものだった。小田ドクターがバンダに応募したのは「居るだけドクター」をしていたうちに美容外科に魅力を感じたからだと言ってはいたが、アルバイトしているうちにその思いが強くなってきて、いま勤めている他の脱毛院を辞めてバンダ一つに絞ることを相談しようとしていたところだったというのだ。

「いま週二日の小田ドクターが院長代理か何かの肩書でフルタイムになってくれたら頭数的には好ましいのですが、集客力の問題はありますね」

事務長の言い方はあっさりしていた。

小田ドクターが帰った後のクリニックに三人だけ残って、わたしたちは話し合っていた。院長にとっても小田ドクターの申し出は意外だったようだが、事務長とは違う見方をしていた。

「集客力が無くても常時院長が在院というのは重要ですよ。私は魅力的な提案だと思いました。小田ドクターが院長代理になってくれて、関口さんが言った『四〇〇万円稼げるオペドクター』を雇えたら、もう大丈夫という気になりませんか?」

院長は早く解決したいという気持ちで焦りが出ているのかもしれない。「もう大丈夫」ではなくて、それでは何も進んでいないじゃないですか。でも事務長はたいてい肯定する言葉から話し始める。それはこのひとの特徴なのかもしれない。

「そうですね。小田ドクターの申し出は受けてよいのではないですか。ただ報酬は別途検討だな。院長代理手当なんて新設しませんよ! 小田ドクターはこれからもしばらくは『修業中』なのですからね」

そうか。そうよね。でも誰が師匠になるの? 小田ドクターの師匠は誰?

「あのー、田中ドクターが先生になるのですか? 指導手当とか出すことになるのですか? 小田ドクターから授業料を徴収するのでしょうか?」

わたしの質問を聞いて事務長と院長は驚いたような表情になって、二人とも笑い出した。

「関口さんだけが冷静でしたね。小田ドクターを正職員として雇うことの全貌を検討しましょう」

田中ドクターも太田ドクターもきっちりした勤め先があるので、登院日数の増加はできなかった。小田ドクターが常勤になって月―金の院長の代わりになると、それまで小田ドクター自身が担当していた月・火が戦力半減になる。先週、三人で打ち合わせたときは、ナースを増員して機器施術を充実する案も挙がったが、これは機器と施術場所をかなり増やさなければならないので没になった。残るはアートメイクの充実とオペドクターの採用だ。まずはバンダの主力施術維持のためドクターの採用に力を入れることで三人の意見は一致した。そしてこのタイミングで職員に現状と計画を案内することも意見の一致を見た。

「お留守番はつらいなー」

山村師長の感想が、ナース全員の気持ちを代弁していた。向井ナースもがっかりしていた。

「院長のオペ・サポはやる気が出るんだもん。レベル段チだから」

金曜日、緊急全体会で院長のカナダ行きを案内したとき、ナースたちは元気がなくなってしまった。アルバイトドクターからは木曜日の田中ドクターが出席してくれていた。

「院長のカナダ行きを聞いてからずっと考えていたんですけどね。週に一回という登院日数は変えられないのですが、もし皆さんの事情が許すなら、木曜の定時後に1つ骨切りを毎週一件入れては如何でしょう。軽いオペではありませんが、私はあちらで普段から骨は扱っていますし、売り上げ的にも貢献度が高いのではないですか？　平均二〇〇万、月四回で八〇〇万というところではないですかね」

ナースたちの間に電気が走った。

「骨切り、復活するなら万田先生以来ですね」

山村師長がウキウキしているのがわかった。向井さんも目を輝かせている。みんな重いオペ、難しいオペをしたいんだ。その気持ちは事務長にも伝わったらしい。

「私は万田ドクターのお名前を聞いたことしかなくて人となりは存じ上げないのですが、いまはお元気なのですか？　バンダで骨切りをされていたなら、いろいろアドバイスをいただくことはできるのでしょうか？」

「お元気なのですが、もうメスは持たないともおっしゃっています。体力的にオペはキツイというのが引退された理由です」

その伝説は聞いたことがある。万田先生最後のオペの話だ。二重の手術をしていたとき手が震えて定まらない。そのとき介助をしていた山村ナースがドクターの右手に手を添えて、オペを最後まで続けて素晴らしい仕上がりになったという伝説だ。自信をなくしたドクターは引退を決意したとか。この話は坂本さんから聞いて知っていたが、ほかの人が知っていることなのかどうかはわからない。山村さんに真偽を聞く勇気もない。

院長の説明を聞いてわたしはそんなことを思い出していたが、事務長には別のアイデアが浮かんだようだ。

美容医療では、患者さんが各ドクターの症例写真を見てクリニックを選ぶことも多い。ところが田中ドクターが骨を扱うのは整形外科の保険医として大病院の中でだけの実績なので、美容の症例はまだ無い。そこで万田ドクターの症例をバンダの症例として紹介し、万田ドクターに施術を監督していただいたらどうかという提案だ。田中ドクターはすぐ賛成した。

「それはありがたいな。私がいくら『自信があります』なんて言っても誰も気がついてくれないでしょう。ここでやってた万田さんとは面識がありますし、実際にコーチしてもらえたら私にも患者さんにも安心感がありますよ。『輪郭の万田』なんて言われていたんだからアピールできると思いますねー」

「賛成していただけると、私も的外れのことではなかったとわかって安心です。『輪郭の万田』なんて呼ばれていた方なのですか！　その万田ドクターに月・火もいらしていただいて小田ドクターのコーチもしていただけると更に安心なのですが」

事務長はやたら都合のいいことを言って院長を見た。ナースたちはすっかり乗り気になって、みんなニコニコしながら事務長とともに院長を見ている。話だけはどんどんいい方向に進んでいる。

「ち、ちょっと待ってください。何しろ万田先生は引退されているのです。月・火・木ですか？　一週間に三日も来てくださるかな」

事務長はたたみかける。

「院長！　ここは正念場かもしれません。万田先生のお力添えを賜ることができたら実に多くのものが解決できそうな見込みになりました。残るは院長が気持ちをどれだけ万田先生に伝えられるか、その一点にカナダ行きの成否がかかっています」

なりたいあなたの主観と客観

「肩書は院長代理ということでよろしいでしょうか？」

小田ドクターは、事務長の言葉に緊張している。それをほぼ無視して事務長は続けた。

「新しい契約書も用意しました。お互いに一行ずつ読んで内容を確認しましょう。ただ、いまの時給のままフルタイムになったような給与です。その点は肩書に追いついていないのですが、ご理解賜りたいところです」

事務長はキチンとすべきときは本当にキチンとできるひとだと思う。年齢が自分の半分しかない小田ドクターに、丁寧な言葉で説明している。わたしも事務長から「萌音ちゃん」と呼ばれたことがない。前の会社では職場の全員から、後輩にまで「萌音ちゃん」と呼ばれていた。バンダでは院長も他のドクターもナースも受付も、全員がわたしを「関口さん」と呼ぶが、それはわたしが入る前に事務長が提案したことだと坂本さんから聞いた。話している相手の仕事を尊重しているならば「ちゃん付け」は誤解を招くのでやめましょうという提案だったそうだ。

月曜日の終礼後、応接室で小田ドクターに対する事務長の説明は続いている。院長は事務長とソファーを並べ、わたしはスツールに座り、小田ドクターは三人掛けのソファーに一人で座っている。

「それと万田ドクターというバンダのＯＢが名誉院長という肩書で月―木でいらしてくだ

さいます。万田ドクターはプチから骨切りまで定評のあるドクターでしたが、ご高齢で一度引退されました。と、言ってもまだ七五歳ですけどね。それで指導者という立場で復職をお願いしたところ、小田ドクターを指導することを含めて快諾してくださいました。これはチャンスだと思います。是非生かしてください」

「ありがとうございます！　誠心誠意努めます！」

いつもちょっと頼りなくてニヤニヤ傾向のある小田ドクターだが、事務長のキッチリした態度に反応したのか、使い慣れない丁寧な言葉と固い動きになっている。つい笑ってしまいそうになるのだが、さすがにいまは我慢しなくちゃ。

院長が座り直して話し始めた。

「一緒に施術する機会をもっとつくりたかったのですが、なかなかそうもいかなくてすみません。でも万田先生は『輪郭の名人』と言われた名医です。得るものがたくさんあると思いますよ」

激励している感じだ。小田ドクター、あなたにしっかりしてもらわないと、院長がカナダに行った後に残るわたしたちは路頭に迷ってしまう。頑張れ小田知樹！　……先生。

万田名誉院長が挨拶に来るのは来週だ。話は院長との間で済んでいるので、もう焦りはない。小田ドクターとの話が終わって、静かな一週間になりそうな落ち着いた気持ちになった。

席に戻ったそのときに、スマホがプルッと振動してメール受信を報せた。

「しばらく同窓会にいらしていませんが、如何ですか？」

ホントだ。もう二年くらいになるかな、ぜんぜん行ってなかった。卒論グループの同窓会、東京分会だ。文学部一つと工学部二つ、合わせての三つの研究室が合同チームをつくって、仮想の街を想定し、都市計画を立案する卒論だ。教授同士の仲がよくて、飲み会が発祥だとも言われていたが、真偽のほどはわからない。連綿ともう一〇年近く学生たちが続けている研究テーマだが、その仮想の街はクラッシュ・アンド・ビルドを繰り返し、わたしたちの時代とは似ても似つかない姿になっていることを以前この同窓会で聞いた。

声をかけてくれたのは、一年上の先輩、山下恵さん。この合同研究の初代卒業生だ。自動車会社の渉外部に勤めている。国土交通省と一緒に仕事をするような部門だ。

「ご無沙汰して申し訳ありません。是非、参加させていただきます」

すぐ返信が来た。

「よかった。今回は七学年が隙間無く来るわよ！」

山下さんは気さくなひとで同窓会の主催もよくしてくれるのだが、たいてい「明日やります」とか「今週末やります」とか。そういうタイミングでの誘いばかりだ。それで行かれないことだってあるのだけど、よくお店の予約が取れるな。でも今週末は余裕で行ける。行きたい気分だ。久しぶりに萩の友（東北大ＯＢ）に会おう。

「萩友会って言うんですか！　知らなかった」

久しぶりに同窓会に行った話を昼食のファミレスで事務長にした。幹事の姐御とわたし以外の七人は全員男性だけど先輩に対して礼儀正しかったことや、みんなバラバラの業種で仕事の話題が意外に楽しかったこととか……。

「早稲田の稲門会はよく聞きますね、そこらじゅうにある感じ」

山村師長も後からファミレスに来て話に加わった。

「萩は東北大学の校章ですか？　稲は早稲田の校章です」

「そうです。それで萩友会です」

「慶應は三田会ですよね。何でペンペン会じゃないんだろ」

事務長がからかうと山村師長は鼻にしわを寄せて声を出さずに笑ったが、取り合わなかった。

「七学年も集まるっていいわね。やっぱりみんなが東京に出てきているって感じなのかなー？」

その通りかもしれない。先輩も後輩もわたしたちの学年も、ほとんどが首都圏の会社に就職した。しかしそれでも地元を離れて、卒論だけが共通点の同窓会はささやかだった。七学年で九人。私は仮想の街の二期生だからしっかり「先輩」と見られる立場で、山下さんは最長老だ。

「七学年が隙間無く東京で集まれるというのは、日本の都市集中を反映しているのかもしれないね。業種もいろいろだったと言ってたよね」

「そうです。ホントにバラバラでした。自動車、鉄道、電機、建設、銀行、商社、都市開発、道路公団、美容医療、九人で九業種です！」

わたしは指を折って九業種をレビューした。

「そーかー。みんな東京に出てきてしっかりやっているんだ。いい子たちねー」

「商社の男の子が元気なかったな。入社三年でもう左遷されたって。元気ないからみんなと会いたくなったから来たなんて言って」

「そういう落ち込んだときに同郷というか、同窓のひとと会えるって、いいわよね」

「入社三年で左遷というのはずいぶんな話に聞こえますね」

「商社の不動産部門に入社したのですが、何かと評判がよくない機械材料系の関連子会社の経営企画部に飛ばされたそうです。自分は都心から外れた目黒川のほとりに行ったのに同期では丸の内本社の物流本部に異動したひともいて、凄く差が付いた気持ちだと言っていました」

「へぇー。そうなのですか。私は時代も業種も違うからいまのお話が違って聞こえてしまうのですが……。その状況はチャンスで、会社が与えてくれた絵に描いたようなエリートコースに乗ったように聞こえるのですがね」

エリートコースではないと思う。山村師長は興味ありそうに乗り出している。

「私がいたところでは、会社のトップが若い社員に求めたのは影響力です。その若者一人がいることによって組織がどう変化していくか。それをトップが確認できる環境、それを周囲の社員も認識できる環境、そういう環境をエリートとして白羽の矢を立てた若者に与えるのですよ。関連子会社なんて典型例です。そこでなら大失敗してもいいのです。

失敗した後しっかり始末を付けられるか、逃げ出して責任を逃れようとするか、そこでリーダーとしての資質が見えることもあります。後始末がスマートだった人はみんな役員になりましたよ。大失敗しないと偉くなれないという話もまことしやかに語られました。もちろん本社で基礎から教えて鍛えたら大きくなりそうな吸収力のいいスポンジ型エリートもいるでしょうが、問題がある組織に置いたら頭角を現すような野生児型エリートもいるでしょう」

「そういうのあるんですか！　大きい会社ってコワいな。関口さんのカレシって野生児ぽかった？」

「関口さんのカレシは都会人になりたかったのかもしれませんね。丸の内の物流には興味を持ったみたいですからね。でも上のひとたちはそうでない彼を見ていたのではないですか？　いま元気がないのでしたら、すぐに会ってそう言ってあげたら如何ですか？」

いつのまにか二年下の杉本くんがわたしのカレシになっていた。

「いえ、その、カレシって……。あっ、でもなかなかのアピアランスでした。年下のカレシかー」

「あらら、その反応、何？　いいわね！　関口さんに春が来た？」

まだ春は来ませんよ。でもかわいかったな。何よりも杉本くんとわたしには同じ時間が流れていた。いまこの状況は改めてその感じを思い出させる。……同じ時間、それは重要なことだ。

なりたいわたしの主観と客観

その日の夕方、万田ドクターが挨拶にいらした。

七五歳、肩に届くほどの白髪交じりの長髪。彫りの深い目鼻立ち。アゴにちょっと伸ばした、こちらも白髪交じりのヒゲ。若い頃は凄い美形だったことをうかがわせる容貌だ。

「たのしい隠居生活を送っていたのですが、佐藤くんが声をかけてくれました。若い人たちのお役に立てるなら、もう一度世間の風に当たってみるか。そんな気持ちで参りました。知った顔の方も知らない顔の方も、私はこんな顔です。よろしくお願いします」

たのしい感じのひとだ。

「どんな『たのしい隠居生活』だったのですか？　私は先生と一回りほどしか違わないの

で教えて欲しいです」

そうか、わたしにはずっと先のことだけど事務長には目前の話だ。

「はは、有名な小説の題名と同じで『毎日が日曜日』なのがまずたのしいですね。普段は品川駅前のフラットに住んで、便利なアーバンライフをエンジョイしているのですが、新百合ヶ丘に別宅がありましてね。ホリデー・ハウスというか、庭いじりがしたくなると行くんですよ。アーバン／サバーバンという切り口でのライフ・バランスのとれた生活と言えばいいかな。メリハリがあって、それがまたたのしいのですよ」

「えっ！　新百合に別荘ですか？　目からウロコです！」

感激している事務長に、万田先生も興味を持ったようだ。

「別荘お持ちですか？」

「ええ。清里に一軒あるのですが二年に一度くらいしか行きません。いや、三年に一度かな？　新百合あたりだったら……、確かに別荘街のようなところもありますね」

万田先生は古い友達と会ったような朗らかな笑顔になった。

「近いとその気になれば毎週行けますよ」

事務長が別荘を持っていることは坂本さんから聞いたことがあった。老後に備えた不動産投資の勢いで別荘を買ったとか。清里だったのか。でもやっぱり意外だ。そんなにきっちり将来の準備をするひとにはとても見えないのに。

万田先生と一瞬で旧知の仲のようになった事務長、もともと知り合いの院長と向井ナース、山村師長は知り合いの上に慶應の同窓だ。目の前で結成された「万田派」が名誉院長を取り囲んでワイワイ騒いでいる。わたしたちその他大勢がその輪の外に取り残される状態になる瞬間があった。

万田先生の一流感、凄いオーラ。周りを囲む事務長も院長も師長も向井ナースも、みんな同じオーラの中にいるような感じがした。このひとたちはみんな一流なんだ。気がつけば、坂本さんも高橋さんも森田さんも、徳田ナースも白石ナースも武田ナースも、小田ドクターも、その他大勢が騒ぎの外に取り残された。そういう瞬間があった。

その「オーラの壁」を小田ドクターが破った。ドクターは一歩前に出た。

「このたび院長代理に就任いたします。小田知樹です。どうかご指導のほど、よろしくお願いします！」

緊張しているのがわかった。でも万田先生の前に出たら、それは当たり前の緊張に思えた。

「佐藤先生からよく聞いていますよ。研究熱心で文献調査をしている姿をスタッフがみんな見ているそうじゃありませんか」

万田先生が朗らかに応える。そうだ！　小田ドクターが英文の資料をネットで読んでいる姿はよく見る。

「ま、まだまだ調べなければならないことばかりで……。精進いたします！」

「そんなに張り詰めていては患者さんに心配されてしまいますよ。じっくり基礎を身につけていけば肩書の方が貴方を追いかけてきます。追いつかれるために時間が必要なら私を利用してください」

見抜かれている。小田ドクターにはまだ院長代理という肩書はかなり重そうだ。万田先生の言い回しはかなり洒落ていると思うけど、明確に未熟なままではいけないと言っている。でもいまの小田ドクターにはそれに気がつく余裕はなさそうだ。しっかり研鑽して、あのオーラの中に入れるドクターになってください。

バンダの新体制をどんどん決めていって、保健所に万田先生を登録して、社内規定の組織の項に名誉院長と院長代理の定義を追加して労働基準局に変更届を出して……。医療機関の組織変更は内側だけでは済まない。

「みんなバンダを辞めずにとどまってくれたことは何よりです。不安はそこだけでした。もうその不安もないので、院長はカナダ行きの準備をするだけです」

一段落付いた日の総務会議で事務長は話をまとめた。

「吉田事務長、本当にありがとうございました。こんなにみんなが満足するかたちにできるとは思ってもいませんでした」

お礼を言う院長。わたしも全てがうまくいった気持ちになっていた。

「私にはひとつ想いがあるのですが、お二人に聞いていただきたい」

事務長が突然、何だろう。

「私は先月六三歳になりましてね。もう引退間近です。そろそろ後継者をしっかり決めておきたいと考えたのですよ」

もうそんな歳なんだ。例の毛穴アートメイク以来、かなり若々しくなってしまって事務長の年齢に気づくこともなく今日まで過ごしてしまっていた。理事の定年規定は厳格ではないものの、原則は社員規定に準拠するから、あと二年で定年だ。

「事務長、お歳のことを感じずにいました。失礼いたしました。でも後継者の求人はいまからするのはさすがに早くないですか？」

「いえ、関口さん、私はあなたこそ事務長にふさわしいと思うのです。院長は如何ですか？」

心臓が止まるかと思った。院長もまばたきを何度かした。まばたきしたけど院長は賛成した。

「意外に感じてしまいましたが、考えてみれば吉田さんの後継者として関口さん以上の方はいませんね。賛成です！」

「それでは引き継ぎの提案なのですが、関口さんには即刻『事務長代理』に就いていただいて私は『顧問』という立場でサポートするというのは如何でしょう？」

「顧問というのは意外です。事務長と事務長代理ではいけないのですか？」

「それでは実質いまと変わらないことになりますよ。経験がなくてもトップは関口さんというかたち、枠組みをつくるのです。船頭はひとりです」

二人は事務長代理候補を横に置いて、人事の相談をし始めた。いないところでして欲しかった。わたしが事務長をするなんて……。二人に割り込んで言うべき言葉も思いつかない。わたしの平常心はどこかへ行ってしまった！

事務長は涙ぐみ始めたわたしに向き直った。微笑んでいた。

「経営者というものは事業の継続性を維持するためにレールを敷くのです。それは自分に続く若い後継者が脱線にだけ気を付けていれば、しっかり進んで行かれるレールです。院長のカナダ行きをこの三人で考えてつくった体制こそがバンダのレールです。レールを一緒に敷いた関口さんはロコモーティブ（機関車）になってレールの上を間違わずに進んでいけると私は信じています。進んでいって線路を延ばしていくことができると信じています。多少の事件は起きても大丈夫です。労働争議が起きたら斉藤先生、経営に行き詰まりそうなときは青木先生、訴訟に巻き込まれたら兵藤先生、強力なメンバーです。それにあなたの顧問はかなりたよりになりますよ。

それよりも何よりも『地位が人をつくる』と言うではありませんか。本当にそうなんです。肩書が変わると自分も変えられます。関口さんがここで経験されたことに無駄はありません。足りなかったら更に経験していけばいいのです」

どきどきしているわたしとは対照的に、院長の顔がどんどん明るくなっていく。

「関口さん、私は事務長に賛成です。吉田事務長と一緒に仕事をするようになって、職員の年齢、性別、外見にとらわれない仕事の配置を意識するようになりました。意識していたつもりなのに『関口さんを事務長に』と聞いたときには、関口さんの年齢とか小柄な姿とか、事務長という地位でイメージする押し出しに似合わないと思ってしまいました。しかしこの一年、関口さんが経験されたこと、クリニックの経営の中で事務長や私に提案してくれたこと、それを思えば事務長後継の最適任者です」

院長の言葉を事務長が続けた。

「外部のひとの中には関口さんの若さを馬鹿にしてくるひとがいるかもしれません。しかし関口さんにはそれをはね飛ばす知識を身につけてきたはずです。それにバンダには関口さんを守ってくれる尖った専門知識を持つ仲間たちがいます。この先力の不足を感じる状況になったなら、更に知識を身につけ仲間との絆を深めていけばいいだけです」

事務長代理になってから後戻りしてもいいと言われた。嫌になったら後戻りして「総務担当職員」で小田院長代理の指示を待って従う立場になってもいいから、まず事務長代理になってみるべきだと二人に言われた。

「戻った先に吉田事務長はいらっしゃらないのですか？」

「ええ、もちろんいません。私は顧問という立場で……、そうだな、週二回か三回くらいの登院にして小田院長代理の人生相談にでも乗ろうかな。『顧問は来んモンだ』と言いますからね。毎日来たら嫌がられるでしょ」

成田エアポートにわたしたちは院長の見送りに来ていた。既にほとんどの荷物はバンクーバーに行っていて、院長は機内持ち込みの小さなアタッシェケースひとつの軽快な姿だ。

「空港に見送りに来るなんて幼稚園のときの羽田以来だな」

「吉田顧問が幼稚園のときって大正時代ですか？」

そういう山村師長に顧問はまじめな口調で答える。

「一九六〇年代前半だから大正だったかもしれないですね。あの頃は海外に行くこと自体がたいへんだったんです。父が南北アメリカ縦断の出張に行くのを羽田で見送ったのだけど、父は父で『職場で水杯を交わした』と言っていましたねー。父の職場のひとたちもたくさん来ていたなぁ。でも私が頻繁に出張するようになった一九八〇年代には、もう誰一人見送りに来なかった。そういう時代になっていたのかな」

それを聞いた向井ナースも、

「院長、引っ越し前にバンクーバーへは一〇回くらい行きましたよね。海外は簡単に行けるようになりましたよね」

「あっ向井さん、簡単にいけなかった頃を知ってるんだー」

こんどは坂本さんがからかう。

「みなさん、ありがとう。そういえば空港で送ってもらうのは留学するときの最初のフライトで母に見送られて以来かな。たしかに、こう、周りを見ても今は見送られている人は少ないのかもしれないですね」

「四年間ぜんぜん帰って来ないなんてことしないでくださいよ。院長代理として院長に聞きたいことが必ず起きると思います」

院長代理、やっぱりまだ不安なんだ。

「ではちゃんとやってるかどうか抜き打ちで見に帰って来ますかね。吉田顧問もお願いしますよ。しっかり見てくださいね。それと私がいない間に六五歳になっても退職しちゃダメですよ」

「それは考えておきます。ほとんど無いみたいな理事のルールなんて、社内規定を書き直すより面倒だし」

わいわい騒いでいるうちに時間になり、院長は手荷物検査のゲートに入っていった。

東京へ帰るネックスで、わたしは吉田顧問の隣に座った。

「顧問が第二の人生にバンダを選んだのは何故なんですか？」

何気なく聞いた質問だった。何でいままで聞かなかったのか、それも不思議に思える問いだった。

「ははは、意外ですか？　意外ですよね。電機会社で外向きの仕事をしていたのが国内出張すらほとんどない異業種に来たのですからね。でもそれは……、山村師長に話したことがあったな」

前の席で向井さんと話していた山村さんは、顧問の声が聞こえてシートに膝立ちになってこちらを振り返った。

「憶えてますよ！　組織づくりをゼロからしたいって言われてましたよね！」

「電機会社でたのしく商品企画をしていたのですがね、後輩が増え、部下が増えていくうちに組織づくりや管理業務が仕事の中心になっていったのですよ」

商品企画というのは開発目標や売上目標をつくる側で、縛られることが少なくストレスがたまりにくい職場だと周囲から見られていた。その理由で他部門から鬱になった職員二人を引き受けてくれと頼まれたことがあったそうだ。

「鬱になった社員が休職している間に、それぞれの部門長から相談されて二人とも引き受けたんですよ。引き受けた時期は二週間くらいのずれで、ほとんど重なっていました。自分の組織の中で二人を同時に見ているうちに『この二人を鬱にしてしまった組織』という観点で問題を考えるようになりました」

半年経って顧問は二人を元の組織とは違う部門に転出させた。

「元のところに戻すとまた鬱になると確信したのです。元の部門の長は二人とも賛成してくれましたが、不名誉なことをされたと感じていたかもしれません。が、返してから辞められたらその部門長が責任を問われる可能性だってあります。私は迷いませんでした。そういう病んだ組織が生まれてしまう環境。それに気がついた頃に定年になってしまいました。引き続き同じ会社でポテンシャルを落として余生を送ることもできましたが、それよりも新しいこれからの組織を高いポテンシャルでゼロからつくりたいと思いました」

こんな答えが返ってくるとは思わなかった。ちょっと重かった。そういう経験をしてきたひとだったんだ。

わたしは組織というものを深く考えたことがあったといえるだろうか。私で大丈夫なのだろうか。山村師長は既に座り直して向井ナースとの会話に戻っている。

「事務長代理がバカだとクリニックって倒産しちゃうんでしょうか?」

「それはそうですよ。『こんな組織じゃやっていけない』と職員がストライキをして患者を受け入れられなくなるかもしれません。患者さんの受けを狙って高価な施術機器や測定器を買って破産するかもしれません。そんなことは意外に簡単に起きるものです」

そんな不気味な話の後、少し沈黙が流れた。


「プーッ!」

顧問が吹き出した。数瞬の沈黙を破ったのは、吉田顧問のちょっと間抜けな吹き出し笑いだった。

「失礼しました。ついうっかり『美容医療の最後の日』を連想してしまいました」

周りのひとたちが耳をそばだてる気配があった。前の席の二人の会話も止まった。吉田顧問も同じ気配を感じたはずなのに、構わずあの日のことを話し始めた。

「院長が『はじめは関口さんの見かけが事務長にふさわしいかどうかを考えた』という話をされたのを憶えていますか? 私はいまそれを思い出して『あれは院長のルッキズムだ

な』と思いました。次に『美容医療とはルッキズムの存在を認めるところから始まるのかな』とか思って……。連想がつながってしまって最後は美容医療のない世界にまでたどり着いてしまいました」

その世界ではメタバースで生活することが一般的になっている。多くの人がメタバースで収入を得るので、実生活よりもメタバースにいる時間が長くなっている。そこでの自分はアバターだ。アバターとは、言ってしまえば勝手にカッコよくできる自分だ。

「滞在する時間が短い方の世界では、そこでの見映えは多少の不満があったとしても軽く感じますよ。メタバースの方ではみんなが自分のアバターを『差別されるような欠点のない姿』にしていく可能性があります。美男過ぎても美女過ぎても、浮くことがありますからね。とすれば、その世界ではルッキズムが存在しなくなる訳です。

まーっ、一〇年か二〇年もする内に世の中の女性はみんな同じ顔と体格になって、男性もそうなっていって、容姿は『女性』と『男性』の二種類だけになってしまうかもしれません。そうなってからは、次の一〇〇年の内に男女の区別もなくなるでしょう」

みんな黙って聞いていた。少し経って山村師長がまた膝立ちで振り向いた。

「事務長！　いえ顧問！　凄いこと考えますすね！　それ、哲学ですね。わたしにもルッキズムがあると思います。とらわれたくないけどあると思います。そしてルッキズムに悩んで困っているひとがバンダに来てわたしと出会うんだわ」

話しながら師長は両肘をシートの背もたれに載せて、重ねた両手の甲の上にアゴを載せ、目玉だけで上を見た。

小田院長代理も通路を隔てた席から話し始めた。

「私も美容医療の原点をもういちど考えてみる気持ちになりました」

ネックスを品川で乗り換えて、目黒のクリニックに着いた。今日は休診にしたのだけど、書類の整理はしておきたいという話になって、顧問と事務員は一緒に職場に戻った。

受付の三人が古いカルテの整理に八階へ行き、七階の事務所で顧問と二人になったとき、わたしはまだしっくりこない肩書のことを話した。

「事務長代理って重いです。地位はまだわたしをつくってくれません」

「関口さんは何になりたかったのでしょうね。事務長秘書はいまもなりたい職業ですか?」

あれ、わたしは何になりたかったんだろう。

「それって、意外と自分ではわからないものなのかもしれません」

わたしの返事を聞いて、顧問はニコッと笑った。
「もうとっくにつくり始めていますよ」

完

あとがき

　関口萌音、一年間の物語をお読みいただき、ありがとうございました。

最後にかなり背伸びをしないと務まらないむずかしい立場を与えられてしまいましたが、萌音はきっと、彼女の知恵で仲間と共に乗り越えて行くものと信じております。

　この物語は実在の人物を記録したものではありませんが、登場する人々の思いや心は、現実の出来事に投影されたものを集めております。

　美容医療に携わる彼らの精神を感じていただけましたら幸いです。

ちば　かずのり

著者プロフィール

ちば かずのり

横須賀市出身
民生用映像機器の設計、商品企画、事業企画などに携わった後、
都心の美容外科クリニックで組織づくりとその運営に参画。
現在は実務を離れ、品川区北部の商業地帯と町田市中部の丘陵
地帯の二拠点を生活の場とし、閑雲野鶴の日々を送る。

なりたいわたしの主観と客観

2023年９月15日　初版第１刷発行

著　者　ちば かずのり
発行者　瓜谷 綱延
発行所　株式会社文芸社
〒160-0022　東京都新宿区新宿1－10－1
電話　03-5369-3060（代表）
03-5369-2299（販売）

印刷所　図書印刷株式会社

ISBN978-4-286-24487-7